Kate Bateman

Kate Bateman écrivit sa première romance pour tenir le pari à un dollar que lui avait lancé son mari, persuadé qu'elle n'arriverait jamais à la finir. Elle lui prouva qu'il avait tort en rédigeant un roman historique qui se déroulait pendant la Renaissance italienne. Quand elle ne voyage pas vers des destinations exotiques « pour faire des recherches », Kate mène une double vie en tant qu'experte en art et en antiquités pour plusieurs émissions télévisées au Royaume-Uni.

Rendez-vous
sous le cerisier

Aux Éditions J'ai lu

SECRETS ET MYSTÈRES

1 – Cette étrange intruse
N° 11752
2 – L'amour décodé
N° 12187
3 – Adorable chipie
N° 12348

Diaboliquement vôtre
N° 12878

LES CÉLIBATAIRES DE BOW STREET

1 – Les mariés du secret
N°13028
2 – Les meilleurs ennemis
N°13155
3 – Princesse sans couronne
N°13281

RIVALITÉS

1 – Rendez-vous au printemps
N° 13598
2 – Rendez-vous clandestins
N° 13672

KATE

BATEMAN

RIVALITÉS – 3

Rendez-vous sous le cerisier

Traduit de l'anglais (États-Unis)
par Astrid Mougins

J'AI LU

J'AI LU POUR elle

Si vous souhaitez être informée en avant-première
de nos parutions et tout savoir sur vos auteures préférées,
retrouvez-nous ici :

www.jailu.com

Abonnez-vous à notre newsletter
et rejoignez-nous sur Facebook !

Titre original
A WICKED GAME

Éditeur original
St. Martin's Paperbacks,
an imprint of St. Martin's Publishing Group

Prologue

Juin 1813

S'il y avait bien une chose à laquelle un Davies ne pouvait résister, c'était à un défi lancé par un Montgomery.

Harriet Montgomery le savait comme elle savait que la Terre tournait autour du Soleil. Elle savait également – c'était d'une agaçante évidence – que sa vie serait nettement moins excitante si Morgan Davies était tué au combat. Il avait beau être insupportable, l'hostilité ouverte qu'ils entretenaient depuis toujours avait quelque chose de réjouissant.

S'il mourait, qui l'asticoterait ? Qui s'amuserait-elle à exaspérer ?

Personne.

Ce n'était pas envisageable.

Naturellement, elle pouvait simplement prétendre qu'elle espérait que les hommes de Napoléon lui fassent la peau. Mais depuis des générations, les Davies mettaient un point d'honneur à contrecarrer leurs rivaux Montgomery. Morgan n'étant pas homme à déroger à la tradition, il serait bien capable de s'accrocher à la vie rien que pour la contrarier.

De toute façon, Harriet ne pouvait se résoudre à prononcer de telles paroles. Même si elle refusait de l'admettre, elle ne lui souhaitait aucun mal. En outre, elle ne mentait jamais, à moins que ce ne soit absolument indispensable.

Le meilleur moyen de s'assurer qu'il reviendrait sain et sauf était sans doute de lui donner une chance de prendre le dessus dans leur interminable querelle. Du moins, en apparence. Il ferait tout ce qui était en son pouvoir pour rentrer en Angleterre rien que pour la narguer. Ou réclamer son trophée.

Il partait le lendemain. C'était pourquoi elle avait gardé son défi le plus risqué pour ce soir, au bal de lady Glencoe.

Elle allait lui donner de quoi avoir envie de vivre.

*

* *

— Tu as sans doute appris que je partais demain ?

Morgan avait pris un ton délibérément nonchalant. Il lui avait fallu vingt minutes pour coincer Harriet Montgomery dans un coin tranquille de la salle. Il se délecta de la roseur qui avait envahi ses joues lorsqu'elle s'était rendu compte qu'elle était piégée et contrainte de s'entretenir en tête à tête avec lui.

— En effet, c'est ce qu'on m'a dit.

Lorsque les yeux gris d'Harriet le toisèrent, son ventre se noua. Il parvint néanmoins à n'en rien montrer. Il neigerait en enfer avant qu'il lui laisse entrevoir l'effet qu'elle avait sur lui.

Il inclina la tête sur le côté, d'un air moqueur.

— Quoi, pas une larme pour mon départ ? Pas d'adieux mélancoliques ? Tu espères peut-être que je finirai au fond de l'océan ?

Ses joues rosirent encore plus. Était-ce de l'embarras ou une simple irritation ? L'un comme l'autre était trop espérer.

— Non, les pauvres poissons n'ont rien fait de mal pour mériter d'endurer ta compagnie pour l'éternité, répliqua-t-elle. Laisse-moi passer.

Son humour acerbe le fit sourire. Il ne bougea pas d'un pouce.

— Voyons, n'es-tu même pas un peu inquiète pour moi ? À qui lanceras-tu tes piques si je ne suis plus là pour te servir de cible ?

— Même si ta présence m'insupporte, je ne suis pas mauvaise au point de souhaiter qu'il t'arrive quelque chose de grave.

Son ton doucereux laissait entendre qu'elle trouverait parfaitement acceptable un préjudice mineur tel qu'un nez en sang ou une gifle. Morgan se retint de rire. Il aurait préféré une gifle d'Harriet au baiser de n'importe quelle femme.

— Ta sollicitude me touche, railla-t-il.

— Figure-toi que je m'inquiète. Jusqu'à présent, tu as toujours eu une veine de pendu. À force de coups de poing, de contorsions et de fourberies, tu t'es extirpé de tous les pétrins dans lesquels tu t'étais fourré. Sauf que la chance ne dure pas éternellement, surtout en temps de guerre. Vous autres, les hommes, vous adorez jouer aux héros. Je parie que tu feras une folie qui te fera tuer.

Le sourire de Morgan se fit vorace. Sa phrase maladroite était l'occasion qu'il attendait.

— Tu paries, hein ? Très bien, j'accepte.

— Tu acceptes quoi ?

— Ton pari.

— C'était juste une façon de parler, je...

— Non, non. Tu as bien dit « Je parie que tu te feras tuer ». Je relève le défi. Rien ne me fera plus plaisir que de te donner tort.

— Pour l'amour de Dieu !

En dépit de son air exaspéré, Morgan vit ses lèvres trembler comme si elle retenait un sourire. Elle avait des lèvres terriblement tentantes.

— Alors, que parions-nous ? insista-t-il.

Elle fixa sur lui ses yeux gris avec une telle intensité qu'il en perdit le fil de leur conversation.

— Soit, dit-elle enfin. Je veux bien jouer avec toi. Si tu reviens en vie, Morgan Davies, je te donnerai…

Il se ressaisit aussitôt.

— Trois vœux ? Comme un de ces génies de la lampe dans les contes orientaux ?

— Non ! Tu m'obligerais à faire quelque chose de révoltant ou de dangereux. Ou qui ruinerait ma réputation.

Il posa une main sur son cœur d'un air outré.

— Tu me blesses, Harriet Montgomery ! Comme tu voudras, propose-moi autre chose. Il faut que ça en vaille la peine. Si je perds, c'est que je serai mort, ne l'oublie pas. Tu pourras sabrer le champagne.

— Si tu gagnes, je déclarerai en public que tu es mon Davies préféré.

— Pfff… Tu détestes trop ma chère famille pour que ça ait la moindre valeur. J'attends mieux que ça.

Elle baissa le regard sur sa bouche avec une lueur espiègle dans les yeux et il sentit son membre se réveiller dans son pantalon.

— D'accord, dit-elle. Si tu reviens indemne, je t'accorderai trois baisers.

Morgan cligna des yeux. Ils n'avaient encore jamais décidé d'un enjeu aussi physique.

Aussi intime.

Aussi désirable.

Cette fois, les joues d'Harriet étaient cramoisies. À sa respiration saccadée, il devina qu'elle s'était surprise elle-même. Puis elle se força à le regarder dans les yeux.

Le gant avait été jeté.

La partie pouvait commencer.

Il se pencha sur elle, savourant la manière dont elle reculait contre le mur pour tenter de maintenir une distance convenable entre eux. Son envoûtant parfum de fleur lui chatouilla les narines. Il approcha les lèvres de son oreille.

— M'embrasser trois fois ? C'est là la pire punition que tu puisses imaginer ?

— Oui, répondit-elle le souffle court.

— Pire que de se rendre à un bal sans corset ou de danser avec lord Litchfield ?

Il se tourna légèrement, désignant d'un signe de tête le vieil aristocrate libidineux sur leur droite. Il était connu pour son hygiène douteuse et ses mains baladeuses.

— Cent fois pire, répliqua-t-elle sur un ton de défi.

Il lui adressa un regard moqueur.

— Que disait Shakespeare, déjà, au sujet des dames qui protestaient un peu trop ? Je commence à croire que tu as envie que je t'embrasse.

— Je préférerais embrasser un crapaud. Au moins, j'aurais une chance qu'il se transforme en prince charmant.

— Alors que je ne suis qu'un hideux voyou, c'est ça ?

— Exactement.

— Très bien, puisque je suis un voyou – je réfute ton accusation de laideur –, je ne peux rejeter ta proposition. Trois baisers si je reviens vivant ? Marché conclu.

Il laissa son regard s'attarder sur sa bouche. Il aurait bien aimé lui donner un avant-goût de ce à quoi elle s'était engagée. Il rêvait depuis longtemps de presser ses lèvres sur les siennes. Il devinait qu'elles auraient un goût d'ivresse et d'interdit : une combinaison irrésistible.

Il fut tenté de le faire et de la planter là, la laissant fulminer et obligée de s'expliquer devant les autres. Elle le giflerait, naturellement, ou lui enverrait son genou dans les parties. Il y aurait un terrible scandale.

Il n'était pas mufle au point de nuire à sa réputation en public. Toute Montgomery qu'elle était, elle n'en était pas moins une lady.

Il proposa néanmoins par pure perversité :

— Veux-tu que je l'inscrive dans le livre de paris de White ? Histoire de le rendre officiel ?

— Quoi ? Pour que tout le monde soit au courant ? Non ! C'est un pari entre toi et moi, Davies. Cela doit rester entre nous.

— Peut-on faire confiance à une Montgomery ?

Comme il s'y attendait, elle le foudroya du regard.

— Bien sûr !

Il lui prit le menton et la força à le regarder dans les yeux.

— Tu sais que je réclamerai mon dû, n'est-ce pas ?

Elle déglutit laborieusement.

— Oui.

— Même si, par miracle, tu trouves un homme assez fou pour t'épouser pendant mon absence, tu me devras quand même ces baisers.

— Je sais.

— Bien.

Il se força à faire un pas en arrière.

Ils étaient ridicules. Pourquoi ne pas admettre simplement qu'ils avaient tous deux envie de s'embrasser ? Hélas, ils étaient allés trop loin pour reculer. Ils étaient piégés dans ce cycle de provocations, même s'il était évident dans le regard d'Harriet que, malgré elle, le désir se mêlait à l'irritation.

Elle était encore trop innocente pour le comprendre. Pas lui. Malheureusement, il ne pouvait rien y faire pour le moment. Pas alors qu'il était sur le point de partir.

— Dans ce cas, je vous fais mes adieux, mademoiselle Montgomery, dit-il avec une courbette exagérée.

Alors qu'il se redressait, elle le retint par le poignet. Il fut surpris ; elle le touchait rarement.

— Ne dis pas adieu mais *au revoir*[1], le gronda-t-elle. Nous devons nous revoir si tu veux tes baisers.

— Très bien, *au revoir*, alors.

Il avait voulu prendre un ton enjoué, la laisser sur une note d'humour. Toutefois, une sensation oppressante lui comprimait la poitrine et sa gorge s'était nouée. La quitter s'avérait plus difficile qu'il ne l'avait pensé.

Elle libéra son poignet et releva son menton avec ce port hautain qui lui donnait envie de l'attirer à lui et de dévorer sa bouche.

— Ne t'avise pas de mourir, Davies, dit-elle. Si j'apprends que tu es mort, j'en serai très contrariée.

1. En français dans le texte. *(N.d.T.)*

1

Londres, juillet 1815

Marchant le long de Whitehall d'un pas vif, Morgan se retint de siffler l'air enjoué d'une chanson de marin. Le ciel était bleu, les oiseaux gazouillaient et la vie était, somme toute, plutôt belle.

Rien de tel qu'un séjour en prison pour remettre sa vie en perspective et, dans sa cellule en Martinique, il avait eu tout le temps de réfléchir. Il était rentré en Angleterre avec deux objectifs précis : la séduction et la vengeance.

Pas nécessairement dans cet ordre.

Après avoir sillonné les océans pendant près de deux ans au sein de la Marine royale de Sa Majesté, il était de retour à Londres, revigoré à l'idée que sa vengeance touche au but. Robert Dundas, vicomte de Melville et Premier lord de l'Amirauté, avait enfin accepté de lui révéler l'identité du cartographe dont la carte fautive était à l'origine du naufrage de son navire et de la détention qui s'était ensuivie.

Accusé à tort d'être un espion anglais par le gouverneur français de l'île, un véritable sadique, Morgan avait passé chaque jour de sa détention à peaufiner les détails de sa vengeance envers le cartographe responsable de ses souffrances.

Ses erreurs témoignaient d'une incompétence grave. Certes, les bancs de sable pouvaient se déplacer avec le temps, mais ce n'était certainement pas le cas de *tout un chapelet d'îles*.

Imprimée à Bury Street, dans le quartier de Bloomsbury, la carte erronée était signée *R. Crusoé*. Or, il n'existait aucun cartographe de ce nom à Londres. Ce pseudonyme évoquant le naufragé fictif de Daniel Defoe était sûrement une mauvaise plaisanterie.

Qui n'avait que modérément amusé Morgan.

En approchant de l'Amirauté, il esquissa un sourire. Il allait enfin obtenir des réponses et, lorsqu'il connaîtrait le nom de l'imbécile qui avait dessiné cette carte fantaisiste, il le retrouverait et le lui ferait regretter.

Il n'avait pas l'intention de lui faire subir la même brutalité et les mêmes tourments qu'il avait endurés : la faim, la soif insupportable, les coups. Il n'était pas comme le général Jean-Luc de Caen, son geôlier, qui les avait traités, lui et ses hommes, avec une innommable cruauté.

Il voulait juste une explication et des excuses.

Après quoi, il lui enverrait son poing dans la figure.

Il avait perdu des semaines de sa vie dans cette prison infernale, moite et puante. La moindre chose qu'il puisse faire était de lui casser le nez, de lui fêler quelques côtes et de le laisser perclus de douleurs pour plusieurs semaines. Ce ne serait que justice.

Certes, c'était un peu mesquin de sa part. Peu lui importait. C'était une question de principe. Les cartes devaient être fiables. L'Amirauté ne pouvait se permettre d'employer des gens aussi incompétents et d'équiper sa flotte avec des outils de navigation aussi médiocres. Des vies humaines étaient en jeu.

Sa propre vie avait été mise en danger. Il aurait été très contrarié de ne pas rentrer à Londres en un seul morceau pour accomplir la deuxième promesse qu'il s'était faite.

Cette seconde partie de son plan, la séduction, serait sans doute la plus complexe, mais il avait toujours aimé les défis.

Il n'y aurait pas eu la moindre difficulté s'il avait voulu mettre n'importe quelle femme dans son lit. Avec ses beaux traits, sa chevelure brune et son sourire insolent, il avait toujours été le chéri de ces dames. Dans son uniforme de capitaine bleu et or, précédé de la rumeur de ses actes de bravoure contre l'armée de Napoléon, il était pratiquement irrésistible.

Aux yeux de toutes les femmes sauf une.

Celle qu'il désirait.

Celle qui hantait ses nuits et envahissait ses rêves depuis des années : l'irascible et hautaine Harriet Jane Montgomery.

Son obsession depuis toujours.

La rivalité entre leurs deux familles avait façonné leurs rapports depuis qu'ils étaient enfants. Au fil des ans, ceux-ci avaient évolué en une aversion joyeuse qui se manifestait par d'incessantes chamailleries que ni l'un ni l'autre n'auraient voulu abandonner.

Ils se provoquaient l'un l'autre avec des défis et des paris stupides. La phrase « vas-y, je te défie de le faire » avait été le refrain qui avait bercé leur jeunesse.

Parfois, elle était prononcée par les propres frères de Morgan ou par Carys, leur sœur. Cependant, lorsqu'elle lui était jetée au visage par un ou une Montgomery, surtout sur le ton guindé et moqueur d'Harriet, le défi devenait irrésistible.

« Je te mets au défi. »

C'était à cause de ces quelques mots qu'il s'était cassé le poignet un été, quand il avait dix ans ; qu'il avait failli se noyer dans les douves de Trellech ; qu'il était tombé d'innombrables arbres, rebords de fenêtre et remparts ; qu'il avait été griffé en tentant de caresser un léopard et mordu par Geoffrey le paon quand il avait voulu lui subtiliser une plume.

Il y avait toujours eu un prix à gagner, le butin de guerre. Son frère Gryff avait volé le châle de Maddie Montgomery et l'avait accroché triomphalement aux créneaux de Trellech Court. Morgan avait chipé le tire-ligne favori d'Harriet, celui avec ses initiales gravées sur le manche en argent et l'avait jeté dans un torrent.

Quand Harriet, les yeux brillants de larmes, lui avait donné un coup de poing dans l'épaule, il avait été pris de remords. S'il adorait la voir en colère ou agacée, il n'avait pas supporté de la voir bouleversée.

Lorsqu'il avait appris que le tire-ligne lui avait été offert par sa mère décédée, il s'était senti comme le dernier des cloportes. Il avait fait le fier, rétorquant que lui aussi avait perdu sa mère et ne reportait pas pour autant son affection sur un stupide instrument de dessin. Néanmoins, sa conscience, jusque-là peu regardante, s'était réveillée.

Il s'était senti tellement coupable que, le lendemain matin à l'aube, il était entré dans le torrent glacé pour récupérer le tire-ligne, au risque d'attraper une pneumonie.

Harriet étant une des Montgomery honnis, il ne pouvait simplement le lui renvoyer avec un mot d'excuse. Un Davies ne s'excusait *jamais* devant un Montgomery. Il s'était donc creusé les méninges pour trouver une solution.

Finalement, il l'avait envoyé anonymement. Les menaçant d'une bonne raclée s'ils révélaient son secret, il avait soudoyé deux garçons du village avec un shilling en leur demandant de prétendre qu'ils l'avaient trouvé dans leur filet alors qu'ils pêchaient la truite.

Ce souvenir le fit sourire. Harriet et lui n'avaient cessé de s'asticoter l'un l'autre jusqu'à son départ pour la guerre.

La perspective de réclamer ses trois baisers était sans doute la raison pour laquelle il était toujours en vie. Il aurait fait n'importe quoi pour rentrer à Londres et contraindre Harriet à respecter sa part du marché.

Il savait qu'elle n'avait pas oublié leur dernière conversation et, en dépit de son impatience à réclamer son dû, il n'avait pu résister au plaisir de la torturer *encore un petit peu*.

Se précipiter chez elle à peine débarqué aurait trahi son empressement et eût été avilissant. Il avait pris son temps. Il était en Angleterre depuis un mois et, bien qu'il ait retrouvé Harriet lors de la partie de campagne de Maddie au pays de Galles, il avait scrupuleusement évité toute allusion à leur pari.

Il ne l'avait pas mentionné non plus lorsqu'ils avaient dansé à l'occasion du mariage de Carys et Tristan. Son silence l'avait rendue folle. Il l'avait vue se mordre la langue une centaine de fois, comme si elle était sur le point d'aborder le sujet, avant de se raviser.

Il avait bu du petit-lait.

Toutefois, il ne pouvait poursuivre ce petit jeu éternellement, aussi amusant soit-il. Ils étaient à présent tous deux de retour à Londres. Le moment était venu de cesser ces enfantillages et de mettre un terme à leur supplice.

Car, durant sa détention, il avait eu une révélation surprenante : il ne pouvait pas se passer d'Harriet Montgomery.

Il la voulait dans son lit.

Dans sa vie.

En permanence.

Certes, ils passaient leur temps à se caresser à rebrousse-poil. Toutefois, cette friction constante créait une délicieuse chaleur, un feu couvant qu'il avait l'intention d'attiser jusqu'à ce qu'il s'embrase. Ils étaient parfaits l'un pour l'autre, physiquement et intellectuellement. Ils partageaient le sens de la repartie, le goût de la provocation, la soif de connaissance et d'aventure.

Il devait convaincre Harriet qu'ils étaient compatibles. Ils étaient ennemis depuis si longtemps que se hérisser l'un contre l'autre était devenu une habitude. Cependant, chaque fois qu'ils se parlaient, la lueur dans les yeux d'Harriet trahissait une attirance indéniable. Il lui montrerait qu'ils pouvaient être plus que des adversaires. Beaucoup plus.

Leurs trois baisers ne seraient qu'un début. Il la voulait tout entière, corps et âme. Il voulait sa reddition complète.

Mais d'abord, il devait s'occuper de la carte erronée.

Il grimpa quatre à quatre les marches de l'Amirauté et toqua. Un vieux marin grisonnant à l'uniforme d'enseigne de vaisseau lui ouvrit.

— Capitaine Davies ? dit-il avec un sourire encourageant. Monsieur le vicomte vous attend.

Morgan ôta son chapeau, le coinça sous son bras et suivit l'homme dans une série de couloirs somptueusement décorés jusque dans un petit salon privé.

Le vicomte de Melville, un homme imposant d'une quarantaine d'années, se tenait derrière un grand bureau tapissé de cuir. Ce fut surtout l'autre personne dans la pièce qui attira aussitôt l'attention de Morgan.

Son cœur fit un bond.

Lord Melville l'invita d'un geste chaleureux à prendre ses aises.

— Ah, vous voilà, Davies ! Vous connaissez déjà Mlle Harriet Montgomery, je crois ?

2

Harriet dut faire appel à toute la force de sa volonté pour ne pas éclater de rire en voyant la tête de Morgan quand il l'aperçut dans la pièce.

Il se ressaisit remarquablement vite. Après un sourire affable à lord Melville, il s'inclina courtoisement vers elle et prit le ton formel qu'ils utilisaient toujours en public.

— En effet, nous nous connaissons. C'est un plaisir de vous revoir, mademoiselle Montgomery, quoique j'avoue être un peu surpris. Lord Melville et moi avons rendez-vous pour discuter d'une affaire importante.

Harriet lui adressa un sourire charmant, bien que son cœur palpitât comme si elle venait de courir un cent mètres.

— Oui, j'en suis pleinement consciente, répondit-elle. C'est lord Melville qui m'a invitée. Vous cherchez un cartographe qui vous a fait du tort, n'est-ce pas ? Étant cartographe moi-même, je dispose d'informations susceptibles de vous intéresser.

— En effet, déclara Lord Melville en indiquant un fauteuil ouvragé en bois doré sur sa gauche. Je vous en prie, mademoiselle Montgomery, prenez donc un siège.

Harriet s'exécuta. Dans son uniforme d'apparat de la Marine royale, Morgan était redoutablement séduisant. Certains hommes paraissaient empruntés en uniforme ; lui semblait capable de commander le monde et tout ce qu'il contenait.

Morgan prit le fauteuil placé devant le bureau de Melville.

— Capitaine Davies, vous vouliez connaître l'identité du cartographe Crusoé, n'est-ce pas ? demanda ce dernier.

— Oui, milord. J'ai des comptes à régler avec lui.

— Dans ce cas, je vais vous mettre dans la confidence. Puis-je compter sur votre discrétion absolue ?

— Naturellement.

— Crusoé est un nom de guerre qui protège une des ressources les plus précieuses de l'Amirauté.

Morgan plissa le front.

— Une ressource précieuse ? Pardonnez-moi, milord, mais vous êtes fou de faire confiance à cet homme. Sa carte des Caraïbes est tellement grotesque que mon navire s'est échoué sur des récifs tout droit sortis de son imagination. À cause de cet incompétent, mes hommes et moi avons été capturés par les Français et détenus comme prisonniers de guerre pendant six semaines dans des conditions exécrables.

Melville hocha la tête.

— J'en suis profondément navré. Je comprends que vous en vouliez à cet homme. Toutefois, si je vous disais que ce n'était pas une erreur ? Ou, plutôt, que c'était une erreur intentionnelle ?

— Pardon ?

— L'Amirauté est consciente des informations fallacieuses sur cette carte. C'est nous qui avons demandé à M. Crusoé de commettre ces imprécisions.

— Pourquoi ? demanda Morgan, sidéré.

Melville se tourna vers Harriet.

— Auriez-vous la bonté de le lui expliquer, ma chère ?

— Bien sûr.

Se tournant vers Morgan, Harriet prit un air sérieux et professionnel. Elle n'avait encore jamais eu l'occasion de lui montrer toute l'étendue de son savoir-faire et était ravie de pouvoir l'impressionner.

— La désinformation cartographique, autrement dit la modification de cartes dans le but de tromper l'ennemi, est une arme de guerre utilisée depuis des siècles.

— En effet, confirma Melville. Au XVe siècle, le cartographe allemand Henricus Martellus allongea démesurément la pointe sud de l'Afrique sur les ordres du roi Jean du Portugal afin de décourager les commerçants étrangers d'emprunter la route de l'Est. Il parvint ainsi à protéger les découvertes portugaises des convoitises du reste du continent.

— Les Russes en ont fait autant il y a une cinquantaine d'années, reprit Harriet. Ils ont rallongé la Sibérie de trente degrés vers l'est, exagérant du même coup les difficultés de la route maritime du Nord. Les marchands européens renoncèrent pendant des années à se rendre en Chine par cet itinéraire !

— Plus récemment, l'Amirauté a ordonné au capitaine Cook de modifier ses cartes de lieux stratégiques découverts dans le Pacifique, déclara Melville. Nous lui avons demandé d'omettre les ports naturels en eau profonde où les navires pouvaient mouiller. Nous avons même recruté un second cartographe, le Dr Hawkesworth, pour altérer encore les cartes de Cook avant que celles-ci apparaissent dans le récit officiel de ses voyages.

Melville s'interrompit pour émettre un petit gloussement de rire.

— À l'époque, le comte de Sandwich était Premier lord de l'Amirauté, reprit-il. Nous fourvoyons nos rivaux depuis des décennies.

Harriet cacha son sourire en voyant l'air frustré de Morgan.

— Cette leçon d'histoire est passionnante, dit-il. Cependant, je ne vois toujours pas le rapport avec mon naufrage. À moins que l'Amirauté ne fournisse également des cartes piégées à ses propres marins ?

— Bien sûr que non, répondit Melville avec un sourire compatissant. Je crains que vous et votre équipage n'ayez été les victimes collatérales d'une ruse de notre gouvernement pour semer le chaos chez les Français. Puis-je vous demander où vous avez trouvé la carte en question ? Je peux vous assurer qu'en aucun cas elle n'a été distribuée sur nos navires.

Harriet vit le moment exact où Morgan comprit son erreur. Plissant les yeux, il se passa nerveusement une main dans les cheveux.

— Je m'en suis emparé sur le *Brillant*, un navire français que nous avions capturé et conduit à Sainte-Lucie une semaine plus tôt. Le gouverneur de l'île, le général Delaval, nous a ordonné de continuer à harceler les Français autour de la Martinique. Ma propre carte étant dans un triste état, j'ai confisqué celle du *Brillant*.

Posant les coudes sur le bureau, Melville mit ses mains en clocher.

— Tout s'explique. Nos espions se sont démenés pour que ces cartes falsifiées parviennent entre les mains des Français. Votre naufrage était précisément le but que nous recherchions, mais chez l'ennemi, bien entendu.

— Je vois, maugréa Morgan.

— C'est un accident regrettable et totalement imprévisible, poursuivit Melville avec un haussement d'épaules. Qui aurait pu imaginer que cette carte tombe entre des mains amies ?

Harriet était convaincue que Morgan serrait les dents. Il fulminait d'autant plus qu'elle était témoin de sa déconvenue. S'il n'avait été un Davies, elle aurait eu de la peine pour lui. En l'occurrence, il lui était difficile de ne pas savourer ce moment.

Ne serait-ce qu'un peu.

— Par conséquent, vous n'avez pas vraiment besoin de connaître la véritable identité du cartographe Crusoé, poursuivit Melville.

Morgan ouvrit la bouche pour protester. Melville ne lui en laissa pas le temps.

— Cependant, en vertu de la haute estime dans laquelle vous tient l'Amirauté, notamment pour la capture du *Brillant*, je vais vous la révéler, à condition que vous juriez de vous dispenser de toutes représailles. Crusoé n'est pour rien dans votre naufrage.

— Soit, maugréa Morgan. Pas de représailles. Vous avez ma parole.

Melville adressa un regard satisfait à Harriet qui lui répondit d'un sourire. Morgan prit un air suspicieux.

— Dans ce cas, déclara joyeusement Melville, le cartographe connu sous le nom de Crusoé n'est autre que Mlle Montgomery ici présente.

Le cœur d'Harriet battait si vite qu'elle avait du mal à respirer. Elle inclina néanmoins la tête d'un air serein. Une jubilation puissante montait en elle tandis qu'elle attendait la réaction explosive de Morgan.

Oh, cela faisait des mois qu'elle rêvait de ce moment tout en le redoutant !

Morgan cligna des yeux.

— Je vous demande pardon ?

Il se tourna brusquement vers elle.

— Toi ? Je veux dire, *vous* êtes R. Crusoé ?

Comme portée par une vague triomphale, Harriet acquiesça.

— En effet, c'est bien moi.

3

Morgan ne savait pas s'il devait en rire ou en pleurer. Ce devait être une sorte de cauchemar. Il attendit quelques secondes en espérant se réveiller. Peine perdue : Harriet et Melville étaient toujours là, en chair et en os.

Une pendule tictaquait bruyamment sur le manteau de la cheminée. Il s'éclaircit la voix en s'efforçant d'ignorer le vacarme de son propre cœur :

— Expliquez-moi, je vous prie.

À la mine espiègle d'Harriet, il était clair que sa déconfiture l'amusait follement.

— Mon père a fourni des cartes pour l'Amirauté pendant plus de trente ans, répondit-elle. Malheureusement, ces dernières années, sa vue s'est détériorée.

— C'est pourquoi Mlle Montgomery a pris sa relève, continua Melville en lui adressant un regard affectueux. Elle est aussi talentueuse que son père.

Les pommettes d'Harriet rosirent et Morgan ressentit une pointe d'irritation en voyant la manière dont Melville la dévorait des yeux. *Pour l'amour de Dieu, il est marié et a le double de son âge !*

Gênée par son éloge, Harriet haussa les épaules.

— Je suis simplement heureuse que l'Amirauté reconnaisse mes compétences et m'ait laissée poursuivre l'œuvre de mon père.

— Nous avons demandé à Mlle Montgomery de créer ces cartes erronées afin de confondre les Français, expliqua Melville.

— Elles ont été publiées sous le nom de Crusoé pour cacher mon identité, enchaîna Harriet. Non seulement parce que je suis une femme et que la plupart des hommes s'obstinent à déconsidérer tout ce qui est produit par une femme, aussi compétente soit-elle, mais également pour éviter qu'un Français dépité ne me traque pour se venger. Précisément comme vous l'avez fait aujourd'hui.

Sur ces deux points, Morgan pouvait difficilement lui donner tort.

Harriet arqua un sourcil à la manière de Nanny Maude, la vieille nourrice de Morgan au pays de Galles, quand elle le grondait pour avoir commis une bêtise.

L'idée qu'Harriet soit menacée glaçait le sang du jeune homme. Il lança un regard noir à Melville.

— Ses cartes ont-elles mis des vaisseaux français en perdition ?

— Oh oui. D'après nos sources, au moins trois d'entre eux se sont échoués ou ont fait naufrage.

Harriet pâlit.

— Y a-t-il eu des victimes ? Des noyés ? s'inquiéta-t-elle.

— Pas que nous sachions, répondit Melville. Un navire s'est échoué sur un banc de sable au large de la Crète ; un autre s'est brisé sur des récifs en voulant accoster à l'île Maurice ; le dernier a heurté des rochers près de l'île de Wight. Les trois équipages se sont rendus sans effusion de sang.

— Tant mieux, soupira Harriet. Je n'aurais pas voulu que des hommes meurent par ma faute.

— C'est sans compter votre propre navire, Davies, ajouta gaiement Melville. Je suppose que nous pouvons l'ajouter au tableau de chasse de Mlle Montgomery, même si nous nous serions bien passés d'une telle prise.

Morgan ne s'intéressait plus à son navire.

— Les Français ne se sont-ils jamais rendu compte que les cartes étaient erronées ? demanda-t-il.

— Quelques-uns l'ont peut-être soupçonné, répondit Harriet. Notamment quand ils se sont échoués, comme ce fut votre cas. Cependant, même s'ils ont compris avoir été dupés, la guerre est terminée. Napoléon est sur le point d'être exilé à nouveau, pour de bon cette fois. Je doute que quelqu'un se donne la peine de venir jusqu'ici simplement pour me traquer et se venger.

— Oh, vous seriez surprise de découvrir jusqu'où peut aller l'obsession d'un homme, mademoiselle Montgomery, rétorqua Morgan. L'envie de prendre sa revanche, de *gagner,* peut occuper chaque instant de son esprit.

Il refoula un petit sourire triomphal en voyant Harriet entrouvrir les lèvres. Elle avait parfaitement compris qu'il ne parlait pas uniquement de vengeance, mais également de son pari de revenir vivant pour réclamer ses baisers.

Il baissa les yeux vers sa bouche afin de ne lui laisser aucun doute sur ses intentions. Les joues d'Harriet rosirent à nouveau. Morgan se sentit tout de suite de bien meilleure humeur.

Il se donna une tape sur la cuisse et se leva.

— Bien, il semblerait que je n'aie plus rien à découvrir ici, déclara-t-il. Mon rêve de me venger de M. Crusoé s'est envolé en fumée. Mademoiselle Montgomery, vous faites honneur à la nation.

Melville adressa à Harriet un regard navré.

— Il est vraiment regrettable que votre travail ne puisse être rendu public. Hélas, nous devons penser à votre sécurité ainsi qu'à celle de votre père.

Harriet se leva à son tour avec un petit rire.

— Oh, l'anonymat me convient parfaitement, milord. Je suis fière d'avoir pu apporter ma contribution à la victoire de mon pays, même modeste. Nous autres les femmes, nous ne pouvons montrer notre patriotisme en portant de jolis uniformes et en cultivant notre hâle sur le pont de nos navires.

Cette pique à l'intention de Morgan fit mouche.

— Et en étant pris pour cible par les canons, en faisant naufrage, en étant injustement emprisonné, rétorqua-t-il. Ce ne fut pas toujours une partie de plaisir.

— Je ne vous le fais pas dire, en convint Melville avec un sourire.

Morgan coiffa son chapeau et offrit son bras à Harriet.

— Mademoiselle Montgomery, puis-je vous raccompagner à la porte ? À moins que vous n'ayez d'autres affaires confidentielles à discuter avec lord Melville cet après-midi ?

Elle écarquilla les yeux d'un air amusé en entendant son ton pincé. Il se maudit d'avoir montré qu'il était jaloux.

— J'en ai terminé avec lord Melville pour aujourd'hui, répondit-elle. Raccompagnez-moi donc.

Elle salua Melville en ajoutant :

— Au revoir, milord. Dites à Anne que j'aurai terminé la carte qu'elle m'a commandée dans une semaine environ. Je lui enverrai un message lorsqu'elle sera prête.

— Merci.

Elle plaça sa main nue sur le bras de Morgan et se laissa escorter hors de la pièce.

Ils ne s'étaient pas tenus aussi près l'un de l'autre depuis des semaines, lorsqu'ils avaient dansé ensemble à Trellech. Elle dégageait toujours une odeur de bouquet de roses ainsi qu'une fragrance plus mystérieuse qui le rendait fou de désir.

Dès que la porte se fut refermée derrière eux, elle lâcha son bras comme s'il était brûlant et s'écarta d'un pas.

Il se retint de sourire.

Ils marchèrent en silence dans le long couloir en marbre, le claquement des hautes bottes de Morgan se superposant au staccato plus rapide des bottines d'Harriet. Il lui lançait furtivement des regards de biais. Elle portait une pelisse et une robe en soie lilas qui mettaient en valeur son teint pâle et faisaient ressortir le gris lavande de ses yeux.

Bien que consciente de l'intention de Morgan, elle continuait à regarder obstinément droit devant elle.

Le même enseigne de vaisseau leur ouvrit la porte et les salua sur un ton enjoué.

— Bonne journée, mademoiselle, capitaine.

Une calèche attendait en bas des marches.

— C'est la tienne ? demanda Morgan.

— Oui.

— Tu veux bien me déposer chez moi ?

Elle haussa les sourcils et le regarda enfin en face.

— Tu n'es pas venu à cheval ?

— Non, comme il faisait beau, je suis venu à pied. Cependant, apprendre la véritable identité de M. Crusoé m'a coupé les jambes.

Elle leva les yeux au ciel.

— D'accord, bien qu'Hanover Square soit dans la direction opposée à Bloomsbury. Tu habites toujours Hanover Square, je suppose ?

Morgan était prêt à parier sa chemise qu'elle connaissait en détail ses conditions de logement tout comme il connaissait les siennes.

Connais ton ennemi, etc.

Il regrettait seulement de ne pas connaître la couleur de ses draps.

— Oui, avec Rhys.

Leur sœur Carys avait emménagé quelques semaines plus tôt avec Tristan.

Harriet lança un regard au cocher perché sur son banc pour vérifier qu'il avait entendu le changement d'itinéraire. Il hocha la tête.

Morgan ouvrit la portière, déplia le marchepied et aida Harriet à monter à bord. Il la suivit et s'installa sur la banquette opposée avec un soupir lascif.

Assise le dos droit, elle étala ses jupes sur les côtés pour qu'elles ne touchent pas les bottes de Morgan.

Il était très inconvenant pour eux de voyager ainsi dans un espace clos, sans chaperon. Quiconque les aurait aperçus en aurait été ébahi.

Un an plus tôt, voir un Davies et une Montgomery partageant volontairement une voiture aurait équivalu à voir lord Wellington jouant aux cartes avec Napoléon. Cela dépassait l'entendement et ne pouvait finir qu'en bain de sang.

Désormais, l'idée n'était plus aussi abracadabrante. Depuis que Gryff avait épousé Maddie et que Carys avait succombé au charme inexplicable de Tristan, les fondations de la querelle ancestrale entre les Davies et les Montgomery avaient été sérieusement ébranlées.

Rhys et Morgan étaient les derniers Davies à maintenir la tradition. Sauf que Morgan comptait faire tout ce qui était en son pouvoir pour forger sa propre alliance Davies-Montgomery.

4

Harriet tapa contre le plafond pour indiquer au cocher qu'il pouvait se mettre en route puis croisa sagement les mains sur ses genoux.

— J'ignorais que ton père perdait la vue, dit Morgan. J'en suis navré.

Elle parut surprise par sa sollicitude.

— Merci. Il souffre de ce que les médecins appellent une cataracte. Sa vue s'est considérablement détériorée. Il ne distingue plus grand-chose, juste des taches d'ombre et de lumière.

— N'existe-t-il aucun remède ? Des gouttes oculaires ?

Elle émit un petit rire exaspéré.

— Oh, il y a plusieurs traitements, dont certains particulièrement farfelus. J'ai fait de longues recherches sur la question. Le plus prometteur est une nouvelle forme de chirurgie pratiquée sur le globe oculaire. Elle consiste à extraire le cristallin devenu opaque et restaure presque entièrement la vision. Mon père ne veut pas en entendre parler.

— Je le comprends, maugréa Morgan. Je serais terrifié qu'un vieux charcutier trifouille dans ma cornée. S'il perd le peu de vue qu'il a encore ? S'il reste dans le noir le plus total ?

— La médecine moderne a fait des progrès considérables ces derniers temps, répondit-elle. Certes, il existe un risque, comme dans toutes les procédures chirurgicales. J'essaie depuis des mois de le convaincre d'en parler au moins avec un chirurgien oculaire. Il refuse obstinément.

— Peut-être pourrais-je tenter de le persuader ?

Morgan essaya de ne pas rire en voyant son expression horrifiée.

— Parce que tu crois qu'il suivrait les conseils d'un Davies ? s'exclama-t-elle. Il préférerait se fier au diable en personne. Pour que cela fonctionne, il faudrait que tu lui dises de ne tenter l'opération sous aucun prétexte. Il se précipitera sans doute par esprit de contradiction.

— Comme ton oncle, le baron Lucas, rit Morgan. Il prenait toujours le contre-pied de ce que lui suggérait mon père.

Harriet sourit malgré elle.

— C'est vrai. D'un autre côté, il faut admettre que leur rivalité les amusait.

Elle lui lança un regard suspicieux.

— Je m'étonne que tu aies aussi bien pris d'apprendre que j'étais M. Crusoé, dit-elle.

— Pour un Davies, tu veux dire. Que voulais-tu que je fasse ? Que je bondisse par-dessus le bureau et étrangle Melville avec sa cravate ?

Il baissa les yeux vers la gorge d'Harriet comme s'il projetait d'y poser ses mains et vit ses muscles se contracter lorsqu'elle déglutit.

— Je ne sais pas... Tu semblais avoir projeté un châtiment particulièrement déplaisant pour M. Crusoé.

— Oh, tu n'imagines pas à quel point ! répondit-il avec un sourire. J'ai passé des mois à imaginer tout ce que je lui ferais lorsque je lui mettrais la main dessus. Abandonner toute idée de vengeance est profondément frustrant.

Harriet semblait se demander s'il plaisantait ou pas.

Ils avaient rarement l'occasion de se trouver tous les deux dans un espace aussi réduit. Morgan s'enfonça encore un peu plus dans la banquette et s'offrit le plaisir coupable de l'examiner de près.

En vérité, s'il était dépité que ses rêves de revanche aient été anéantis, d'apprendre qu'elle était le coupable lui donnait également l'agréable sentiment que le destin lui-même s'en était mêlé.

Comme si c'était écrit...

Quoi qu'ils fassent, ils semblaient condamnés à se mettre des bâtons dans les roues. Il aurait dû s'y attendre. Le destin avait un étrange sens de l'humour.

— Comment comptais-tu le punir ? demanda Harriet. Puisque tu es un homme, je suppose que cela consistait plus ou moins à le rouer de coups.

Il prit un air faussement offensé.

— Les femmes ne sont pas les seules à concevoir des manières diaboliques de torturer autrui. M. Crusoé m'a causé des semaines d'inconfort et de frustration. Je comptais lui rendre la monnaie de sa pièce.

— Ce n'est plus possible maintenant que tu sais que c'est moi. Tu as donné ta parole à Melville.

— Je ne vous maltraiterais jamais physiquement, mademoiselle Montgomery, railla-t-il.

— Uniquement verbalement.

— C'est différent. Je ne fais que rendre coup pour coup. C'est un terrain de jeu sur lequel nous sommes à égalité.

Elle hocha la tête, sa manière ironique d'accepter le compliment.

Pris d'une envie de la provoquer, il s'étira langoureusement et soupira :

— Je vais devoir trouver un autre moyen de défouler ma frustration... un combat de boxe, peut-être ; ou d'escrime ; ou encore une autre forme de décharge physique plus agréable.

Elle rosit légèrement puis se ressaisit vaillamment.

— Tu trouveras facilement quelqu'un disposé à te marteler de coups ou à te pourfendre.

Ou à coucher avec toi.

Les mots non dits flottèrent lourdement entre eux et une nouvelle idée lui vint. S'il ne pouvait punir « M. Crusoé » en recourant à la violence, rien ne l'empêchait de prendre une petite revanche sensuelle tout en poussant doucement Harriet vers l'autel.

À cause de sa carte, il avait connu la faim, la soif et l'épuisement. Il lui ferait subir les mêmes tourments, avec une touche charnelle. Elle aurait faim de ses caresses, soif de ses baisers et leurs ébats la laisseraient exténuée.

Ce serait une vengeance jouissive pour tous les deux. Elle finirait par comprendre qu'elle ne pouvait vivre sans lui comme il ne pouvait vivre sans elle.

Oh, nous allons nous amuser.

Depuis des années, il se rendait à tous les événements mondains, tous les bals, toutes les soirées dans l'espoir de l'y croiser, se préparant joyeusement à leurs joutes verbales. Son esprit vif et sa capacité à répondre du tac au tac à ses piques l'enchantaient. Croiser le fer avec elle était un plaisir auquel il n'imaginait pas de fin.

Avant de partir pour la guerre, il avait songé d'innombrables fois à lui faire l'amour. Mais les risques auraient été trop grands. Une liaison entre un Davies et une Montgomery, aussi discrète soit-elle, aurait été tellement scandaleuse qu'elle ne serait pas restée secrète longtemps. Quelqu'un, quelque part, l'aurait découverte. Il aurait été contraint de l'épouser ou aurait été accusé d'avoir abusé d'une innocente. Si Harriet avait refusé de l'épouser, ce qu'elle n'aurait pas manqué de faire, elle aurait été mise au ban de la société comme une fille perdue.

Cependant, les choses étaient différentes dorénavant. *Il* était différent.

Deux ans plus tôt, il avait été trop jeune et trop agité pour se ranger. Il voulait voir le monde et vivre des aventures. Désormais, sa vie de marin était terminée. Il avait de la chance d'être encore en vie et la seule aventure qui l'intéressait était de faire d'Harriet son épouse.

Il ne pouvait imaginer son avenir sans elle. Elle était la seule femme capable de lui donner une érection avec un simple regard, un sourire en coin. Elle l'écorchait vif avec ses railleries cinglantes et il adorait ça.

Lors de son séjour en prison, elle avait occupé toutes ses pensées, et, quand bien même cela n'aurait pas suffi à le convaincre qu'elle était celle avec qui il voulait passer le reste de sa vie, les récents mariages de Gryff puis de Carys lui avaient montré l'importance de s'engager dans une relation permanente et de saisir le bonheur quand il était à votre portée.

Même si ce bonheur s'incarnait dans une femme qu'il avait provoquée pratiquement toute sa vie.

Une femme qui le tenait à distance et résistait de toutes ses forces à leur attirance mutuelle.

Il lui lança un autre regard furtif. La convaincre qu'il était sérieux serait son plus grand défi. Comment lui démontrer que ce qui avait commencé comme une rivalité malicieuse avait mué en des sentiments plus profonds ?

Lui demander simplement de l'épouser était hors de question. Toute déclaration d'amour serait accueillie avec incrédulité, dérision ou dédain. Voire les trois.

Néanmoins, ils n'étaient plus si jeunes et le fait qu'elle ne se soit pas mariée en son absence était encourageant.

Elle avait des sentiments pour lui ; il en était sûr. Elle les gardait profondément enfouis tel un filon d'or sous la terre. Puisqu'il était trop impatient pour creuser la roche à la main, des mesures plus radicales s'imposaient. Des mesures explosives qui les sortiraient de l'ornière dans laquelle ils se trouvaient.

Il devait lui prouver à quel point l'attirance physique entre eux était exceptionnelle et combustible. Leur pari lui en fournirait les moyens.

— Pourquoi me regardes-tu comme ça ?

Le ton sec d'Harriet l'extirpa de ses méditations.

— Comment ?

— Comme si tu voulais me tordre le cou.

— Je ne te ferai jamais intentionnellement du mal, Montgomery. Tu ne peux pas en dire autant.

Il leva le menton et lui montra la cicatrice pâle sous sa mâchoire.

— C'était un accident ! protesta Harriet.

Il eut une moue sceptique.

— Avec une épée rouillée, de surcroît.

— Rhys et toi l'aviez volée dans l'armurerie de Trellech, contra-t-elle. Avec des plastrons de cuirasse et des heaumes pour jouer aux chevaliers et aux châteaux forts. C'était de ta faute. Tu n'avais qu'à pas me prendre en otage.

Elle avait sans doute raison. Cela avait été une des nombreuses occasions où il avait sous-estimé sa volonté de fer. Il lui avait ordonné de s'agenouiller et de jurer fidélité à la maison Davies, comme les vassaux prêtaient autrefois allégeance à leur seigneur.

Naturellement, Harriet avait refusé. Il avait eu un moment d'inattention, distrait par le fait qu'elle était diablement jolie avec ses yeux dardant des flèches et ses joues rouges d'indignation. Elle en avait profité pour saisir une branche au sol et le frapper.

Pris par surprise, il avait fait un bond en arrière. La branche avait heurté l'épée, la faisant basculer en arrière. La lame avait entaillé le dessous de son menton. Il avait senti sa brûlure et, en se touchant, avait vu le sang sur ses doigts. Il avait d'abord été outragé.

Battu par une fille ! L'indignité suprême !

Rhys, lui, avait éclaté de rire.

— Oh, une victoire pour la maison Montgomery. Bravo, Harry !

La désinvolture naturelle de Morgan avait vite repris le dessus. Malgré la douleur, il avait adressé un sourire enjoué à Harriet, ravi de la voir horrifiée par ce qu'elle avait fait. Elle était pâle comme un linge.

— Mon Dieu, tu saignes ! s'était-elle écriée.

— Tu as eu un coup de chance, avait-il répliqué. Tu veux embrasser ma blessure pour la soigner ?

Cela avait suffi. Elle était redevenue cramoisie.

— Plutôt mourir !

Elle s'était relevée et enfuie à travers la forêt. Morgan n'avait pas essayé de la retenir, lançant derrière elle :

— Un jour, tu m'embrasseras, Harriet Montgomery !

Il n'avait jamais su si elle l'avait entendu.

Un cahot secoua la calèche et Morgan croisa son regard. Il était sûr qu'elle se souvenait du même incident. Ses doigts se crispèrent sur les plis de sa jupe.

— Bien que mes affaires avec M. Crusoé soient terminées, il reste une autre question à résoudre entre nous, dit-il doucement. Si je me souviens bien, nous avions fait un pari avant mon départ pour la guerre.

Il soutint fermement son regard avant de conclure :

— Puisque je suis de retour sain et sauf à Londres, il semble que tu me doives trois baisers.

5

Le cœur d'Harriet battait à tout rompre dans un mélange d'effroi et de soulagement.

Enfin.

Depuis le retour de Morgan, elle n'avait cessé de penser à leur pari stupide. Pour être honnête, elle ne pensait qu'à cela depuis longtemps.

Elle avait secrètement espéré qu'il se précipite dès son arrivée ; qu'il galope jusqu'à Bloomsbury sur son cheval le plus rapide, martèle la porte ou escalade le mur de sa chambre pour réclamer son dû.

Naturellement, comme elle ne vivait pas dans un conte de fées, rien ne s'était passé de la sorte.

Morgan était de retour depuis des semaines et c'était la première fois qu'il abordait le sujet.

Elle savait qu'il n'avait pas oublié. Aucun Davies ne raterait une si belle occasion d'avoir le dessus sur un ou une Montgomery et d'afficher sa victoire de la manière la plus humiliante possible. Son omission était donc délibérée ; une manière diabolique de la torturer et de jouer avec ses nerfs.

Diaboliquement efficace.

Lorsqu'elle l'avait aperçu à la partie de campagne de Maddie et de Gryff quelques semaines plus tôt, elle avait été sens dessus dessous. Elle avait tenté de se fondre dans le décor en rasant les murs de la salle de bal. Comme toujours, il l'avait repérée en quelques secondes.

Il l'avait invitée à danser. Ou plutôt, il avait exigé qu'elle danse avec lui. Il avait simplement tendu la main et déclaré : « Allons-y », puis il l'avait entraînée sur la piste sans attendre sa réponse.

Elle ne s'en était pas plainte. D'être dans ses bras, même à une distance respectable, lui avait procuré de délicieux frissons.

Pourtant, Morgan était un coureur de jupons qui flirtait sans vergogne avec toutes les femmes. Elle n'aurait pas dû être attirée par lui. Hélas, la passion n'écoutait pas la logique. Morgan tenait son cœur en otage depuis des années. Elle était décidément un cas désespéré.

Elle avait été convaincue qu'il ferait allusion à leur pari scandaleux durant leur valse. Or, il n'avait fait que des commentaires moqueurs sur les invités et lui avait dit que sa robe ressemblait à un paquet d'algues.

Plutôt que de se sentir soulagée, elle avait été étrangement... déçue ?

Ce devait être le même sentiment que celui d'une armée prête au combat arrivant sur le champ de bataille et découvrant que l'ennemi avait décampé durant la nuit.

Elle avait été impatiente que les hostilités commencent.

Le mufle s'était défilé.

De toute évidence, son objectif était de la rendre fébrile, qu'elle ne pense plus à rien d'autre qu'au moment où il réclamerait son trophée. Cela signifiait que, lorsqu'il se déciderait enfin, elle aurait passé des semaines à imaginer ce moment.

Elle n'avait jamais été embrassée.

Ni par lui.

Ni par personne d'autre.

Cela la rendit soudain furieuse. Il avait dû embrasser des centaines de fois. C'était injuste.

En constatant qu'il l'observait toujours depuis la banquette opposée, elle se rendit compte qu'elle se taisait depuis un bon moment. Elle ne trouvait pas ses mots. La présence virile de Morgan était presque suffocante dans le petit espace. Elle était consciente des moindres détails de son aspect, de l'éclat des boutons dorés sur sa veste bleu nuit à la manière dont les muscles de ses cuisses étiraient son pantalon d'un blanc immaculé.

Elle releva les yeux.

Puisqu'il l'étudiait sans vergogne, elle lui rendrait la pareille. Elle ne se laisserait pas intimider par son regard. Néanmoins, son pouls s'affola lorsqu'elle contempla son visage, si familier et pourtant différent de son souvenir.

À vingt ans, Morgan avait été d'une beauté insolente. L'homme qui était revenu de la guerre était plus fascinant encore. Ces deux années de vie aventureuse avaient laissé leur marque. Il avait de nouveaux sillons au coin des yeux, sans doute à force de rire ou de plisser les paupières dans le soleil. Sa peau était hâlée et ses cheveux plus longs qu'autrefois. Un peu trop longs selon la mode du jour, mais ce côté sauvage et désinvolte lui allait bien. Les doigts d'Harriet la démangeaient de toucher ses boucles brunes.

Elle serra les poings et s'éclaircit la voix :

— Fort bien, je te dois trois baisers, dit-elle calmement. Il ne sera jamais dit qu'une Montgomery n'a pas de parole.

Grâce à Dieu, ils se trouvaient à l'abri des regards. Personne n'assisterait à son humiliation.

Elle lui adressa ce qu'elle espérait être un regard de défi, les sourcils arqués et poussa un long soupir stoïque.

— Allons-y, finissons-en.

Elle ferma les yeux, fronça les lèvres et se pencha en avant.

Retenant son souffle, elle attendit son premier baiser.

Elle ne reçut en réponse qu'un rire moqueur.

Indignée, elle rouvrit les yeux.

— Que se passe-t-il ? Tu as changé d'avis ?

Hilare, il fit non de la tête.

— Oh, Harriet, tu ne crois quand même pas que tu vas t'en sortir aussi facilement ?

Son expression espiègle laissait craindre le pire. Il s'apprêtait à faire quelque chose de scandaleux ; quelque chose de typique d'un Davies.

— Si je me souviens bien, le pari stipulait que tu m'accorderais trois baisers, c'est bien ça ?

Elle acquiesça.

— Ce qui implique que c'est à moi de prendre l'initiative de ces baisers.

— J'en conviens, dit-elle d'une voix peu assurée.

Il promena son regard sur son visage, sur son nez, ses lèvres, son menton, puis descendit plus bas. Elle se sentit rougir lorsque son attention se porta sur sa poitrine. Son corset lui parut soudain beaucoup trop serré.

— Le pari ne précisait pas *à quel endroit* je t'embrasserais.

— Tu veux dire… dans une salle de bal, par exemple ? demanda-t-elle en plissant le front. Pourquoi pas ici ?

Il lui adressa un regard condescendant.

— Je ne parlais pas géographiquement, mais physiquement. À quel endroit… sur ton corps.

Harriet en resta bouche bée.

— Sur mon corps ? répéta-t-elle d'une voix éraillée.

Le regard de Morgan pétillait. Elle y vit de l'amusement et autre chose plus intense qu'elle craignait d'identifier.

— Trois baisers sur les lèvres, ce n'est pas un trophée, dit-il. Surtout quand il y a tant d'autres endroits plus intéressants où poser ma bouche.

— Mais... Je...

Harriet ne parvenait plus à penser. Son rythme cardiaque s'était emballé.

Où voulait-il l'embrasser ?

Lorsqu'elle avait conçu ce pari, c'était dans la perspective d'embrasser Morgan sur la bouche. Elle mourait d'envie de découvrir la sensation de ses lèvres sur les siennes. À présent, elle ne la connaîtrait peut-être jamais. Oh, elle l'aurait frappé, le pervers !

— Ne peux-tu pas commencer par la bouche ? suggéra-t-elle. Pour le premier, du moins ?

Il baissa les yeux vers ses lèvres comme s'il réfléchissait à cette possibilité, accentuant encore sa nervosité.

— Non, conclut-il. Ce serait trop facile.

— Où, alors ? Quand... ?

— Je ne te le dirai pas. Ce sera une surprise. Dans ce genre de situation, l'attente fait partie du plaisir, crois-moi.

Harriet réprima un grognement de frustration. Elle aurait dû s'y attendre. Connaissant les ruses machiavéliques des Davies pour déformer les termes d'un pari, elle avait eu tort de le sous-estimer. Néanmoins, elle ne doutait pas d'être à la hauteur de tout nouveau défi qu'il lui lancerait.

— Ce ne peut être dans un lieu public, dit-elle précipitamment. Tu ruinerais ma réputation.

Il sourit sans vergogne.

— Pourquoi pas un lieu public ? Le risque d'être surpris peut être particulièrement excitant.

Harriet était partagée entre la colère et l'humiliation. La perspective de l'embrasser était-elle si ennuyeuse qu'il avait besoin de l'épicer avec un soupçon de danger ?

Avant qu'elle ait pu le lui demander, il ajouta :

— Je te promets que personne ne nous verra. Je pense que ni toi ni moi ne voulons que ceci (il agita l'index entre eux) se sache.

Elle frissonna d'effroi.

— Certainement pas. Tu ne peux garantir que nous ne serons pas vus. Aussi prudent sois-tu, quelqu'un pourrait arriver et…

— Tu refuses de payer ton dû ?

— Absolument pas, s'offusqua-t-elle. Mais…

— Alors fais confiance à ma plus grande expérience. On ne nous verra pas.

Harriet poussa un soupir de mécontentement. Cette conversation ne se passait pas du tout comme elle l'aurait voulu.

Morgan se redressa sur la banquette, tira sur ses manchettes et regarda par la fenêtre.

— Ah, Hanover Square. Nous sommes arrivés. Iras-tu à la soirée de Maddie mardi prochain ?

— Oui, j'ai été invitée.

La calèche s'arrêta dans un soubresaut.

— Dans ce cas, nous nous y verrons, dit-il avec un sourire malicieux.

Alors qu'il ouvrait la portière, elle demanda :

— Cela se passera là-bas ?

— Peut-être que oui ; peut-être que non, répondit-il, diabolique. Tu verras bien.

Harriet fulminait. Cet homme était un provocateur-né.

Elle le regarda gravir les marches de l'élégante demeure qu'il partageait avec Rhys, son autre frère célibataire, et disparaître derrière la porte laquée de noir.

Seigneur, quelle journée !

6

Radieuse, Madeline Davies, née Montgomery, la nouvelle comtesse de Powys (un titre qu'elle avait acquis en épousant Rhys, le frère aîné de Morgan), accueillit Harriet dans son nouvel hôtel particulier de Grosvenor Square.

— Harry, tu es superbe ! s'exclama-t-elle. C'est l'une des robes que nous avons commandées à Mme de Tourville ?

Harriet étreignit chaleureusement sa cousine.

— En effet.

Maddie l'avait harcelée jusqu'à ce qu'elle accepte de l'accompagner chez la couturière préférée de Carys, la sœur de Morgan, connue pour ses élégantes tenues extravagantes.

Harriet n'avait jamais porté une robe aussi osée, d'un taffetas bleu nuit qui luisait telle de l'encre humide sur une page fraîchement imprimée. Cette couleur donnait à ses yeux une teinte profonde et mystérieuse, plutôt que boueuse comme la Tamise. La coupe était flatteuse et le décolleté audacieux.

Harriet devait résister à l'envie de tirer sur sa robe pour le remonter.

Il était étrange de se montrer dans une toilette aussi coûteuse. L'année précédente, elle avait porté les mêmes cinq robes durant toute la saison en s'efforçant de les agrémenter de différents chapeaux, gants et châles afin de cacher la pauvreté de sa garde-robe. Elle ne s'était pas encore habituée à l'amélioration soudaine de leurs finances.

La fortune des Montgomery périclitait depuis des années. Bien que l'oncle William, le père de Maddie, soit le baron Lucas de Newstead Park, Harriet et son père habitaient depuis toujours le quartier bohème et délabré de Bloomsbury, puisant des revenus réguliers mais modestes dans leurs activités de cartographes. La mère d'Harriet avait succombé à une fièvre alors qu'elle avait neuf ans.

Lorsque la vue de son père avait commencé à baisser, Harriet avait géré seule leur imprimerie, ce qui n'était pas pour lui déplaire. Elle aimait dessiner des cartes. Elle était ravie de pouvoir démontrer ses compétences et de reprendre le flambeau de leur activité familiale.

La découverte d'un nouveau filon d'or sous les terres qu'ils possédaient en copropriété avec les infâmes Davies au pays de Galles depuis des siècles avait considérablement amélioré leur train de vie. L'oncle William leur avait alloué une rente plus que généreuse, au point qu'ils n'avaient plus vraiment besoin des revenus de la boutique. Pendant un bref moment, Harriet s'était imaginée visitant tous les lieux qu'elle avait dessinés sur ses cartes. Toutefois, aucune somme d'argent ne pouvait rendre la vue à son père. Il avait besoin d'elle à Londres et elle avait rangé ses rêves dans un tiroir.

— Lord John Copeley s'intéresse à toi, chuchota Maddie en lui prenant le bras. Quant à Eugene FitzGibbon, il m'a harcelée toute la semaine pour que je te le présente. On dit qu'il possède la moitié du Shropshire.

Harriet fit une moue cynique.

— La haute société est tellement superficielle. Ces gens ne s'intéressent à moi que parce que nous sommes devenus riches. La saison dernière, ils ne m'auraient pas adressé un regard. Ils s'imaginent que je n'ai aucune mémoire ?

— Sans doute, rit Maddie. Néanmoins, c'est toujours agréable d'être désirée.

Harriet haussa les épaules. Elle s'efforçait de calmer sa nervosité à la perspective de revoir Morgan. Comme si elle l'avait invoqué, elle l'aperçut de l'autre côté de la salle de bal, discutant avec ses deux grands-tantes Constance et Prudence.

Elle gémit intérieurement. Ses tantes étaient deux commères effrontées qui adoraient se mêler des affaires des autres. Sous leur apparence faussement inoffensive (Constance apportait toujours son tricot à toutes les réceptions mondaines), elles cachaient un esprit acéré et un talent pour tirer les vers du nez à n'importe qui. Harriet s'était souvent dit que la guerre contre Napoléon aurait été plus courte si Wellington les avait recrutées comme espionnes.

Morgan semblait apprécier leur compagnie. Il renversa la tête en arrière dans un grand éclat de rire qui fit écarquiller les yeux au groupe de femmes qui papillonnaient autour de lui en espérant lui être présentées. Elles échangeaient des messes basses en agitant leurs éventails.

Harriet leva les yeux au ciel.

— Je dois accueillir les autres invités, soupira Maddie. Puis-je te laisser seule ?

— Bien sûr, répondit Harriet avec un sourire. Ne t'inquiète pas pour moi.

Alors que Maddie s'éloignait, Harriet entra dans la salle de bal en s'efforçant de ne pas attirer l'attention et se faufila dans la foule en direction de Morgan.

Comme s'il n'était pas déjà suffisamment séduisant en tenue de soirée, il avait mis son uniforme d'apparat avec ses épaulettes dorées. Elle eut un pincement au cœur. Il ne fallait pas s'étonner que toutes les femmes se pâment devant lui.

L'embrasserait-il ce soir comme il avait menacé de le faire ? Elle avait les paumes moites rien que d'y penser.

Intriguée par la conversation d'un groupe de matrones qui rôdaient non loin de ses tantes et de Morgan, elle s'approcha et se cacha derrière une fougère en pot posée sur un piédestal.

— Croyez-vous qu'il ait une maîtresse ? chuchota lady Brassey.

— Je n'ai rien entendu à ce sujet, répondit Caroline Thurlow à voix basse. Il en a forcément une. Un homme tel que lui ne peut rester sans femme trop longtemps. N'oubliez pas que, quand il était prisonnier, il a été privé de compagnie féminine pendant des *semaines*. Ensuite, il a passé un mois en mer. Je parie que, dès que son navire a accosté, il est allé droit dans le premier bordel.

— Certaines putains ont bien de la chance, soupira Louise Huntley derrière son éventail. Imaginez à quel point il devait être désespéré ! L'énergie, la passion !

Les trois femmes en frissonnèrent de délice.

— Que ne donnerais-je pas pour une nuit avec lui, soupira lady Brassey. Brassey est tellement ennuyeux ! Il ne vient à moi que quand il est ivre. Le capitaine Davies est divin.

Harriet était partagée entre l'amusement et la consternation. On ne discutait jamais de ces sujets salaces devant une célibataire.

Néanmoins, elle ne pouvait les contredire. Morgan était séduisant au point que c'en était agaçant. Il dégageait une énergie éclatante qui rendait tous les autres hommes dans la salle plus ternes. Tout en regrettant qu'il soit aussi arrogant, Harriet ne pouvait nier qu'il lui plaisait.

Habituée à prêter attention aux détails les plus infimes sur ses cartes, elle connaissait son visage comme s'il était le sien. Elle avait cent fois tracé ses contours dans sa tête : le creux de ses joues, l'arête de son nez droit, la courbe sensuelle de sa lèvre supérieure. À quoi, cependant, tenait son charme si singulier ? Après tout, il était comme tous les hommes, il avait deux yeux, un nez, une bouche, etc. Mais quelque chose dans son expression, dans l'agencement de ses traits, le rendait irrésistible.

Cependant, contrairement aux autres femmes devant elle, son attirance pour Morgan allait au-delà de son apparence. Le cynisme mordant du jeune homme la faisait toujours rire et, sous son élégante chemise, elle savait que battait un cœur loyal. Un cœur noir et retors de Davies, certes, mais loyal.

Lorsqu'elle était avec lui, elle se sentait piquante, mutine et vivante.

Personne d'autre ne lui faisait cet effet.

C'était terriblement exaspérant.

— Qui aurait cru voir un jour une demi-douzaine de Davies et autant de Montgomery dans une même salle sans que personne dégaine son poignard ?

Harriet sourit en entendant la voix chevrotante de tante Prudence.

— Nous entrons dans une nouvelle ère, Constance, poursuivit sa tante. Avec la récente paix sur le continent, les hostilités ont cessé.

Tante Constance hocha la tête.

— C'est la *détente*[1], comme disent les Français.

1. En français dans le texte. *(N.d.T.)*

— Ce scélérat de Napoléon a bien des comptes à rendre, poursuivit Prudence. Tous ces beaux jeunes hommes obligés de prendre la mer et d'aller se battre ! Croyez-moi, capitaine Davies, Londres a été bien morne ces deux dernières années.

— Toutes ces pauvres débutantes se languissant au bord de la piste de danse faute de cavaliers ! ajouta Constance.

Harriet se retint de rire. Elle ne s'était pas languie. Enfin, pas vraiment.

Morgan sembla avoir entendu ses pensées et tourna la tête dans sa direction. Leurs regards se rencontrèrent et elle frémit.

Depuis combien de temps savait-il qu'elle se trouvait là ?

— Oh, je doute que Napoléon soit seul responsable de l'absence de tous les hommes, déclara-t-il en veillant à ce qu'elle l'entende. Certaines femmes ont le chic pour vous donner envie de partir très loin et d'y rester aussi longtemps que possible.

Ses yeux pétillant de malice laissaient entendre qu'elle était précisément l'une de ces femmes.

— Je suis sûre que certaines jeunes dames se réjouissaient de mon absence, poursuivit-il. Votre nièce Harriet, par exemple, a probablement passé tout ce temps à rédiger mon éloge funèbre.

Il lui lança un autre regard amusé par-dessus l'épaule de Prudence. Celle-ci, ignorant son petit jeu, haussa les épaules.

— Quoi qu'il en soit, il y a désormais à Londres une surabondance de jeunes femmes célibataires qui feraient n'importe quoi pour attirer dans leurs filets un fringant officier de retour au pays.

— Vous vous croyez peut-être le chasseur, jeune homme, déclara Constance. Détrompez-vous, vous êtes le gibier.

— Me voici prévenu, répondit Morgan en riant.

— Ce sera une véritable empoignade, se réjouit Prudence. J'ai hâte de voir ça !

— On croirait entendre un spectateur du Colisée observant les gladiateurs s'affrontant jusqu'à la mort.

— C'est du pareil au même, répliqua Constance. Les mères qui ont une fille à marier sont sans pitié. Il ne leur manque que le glaive, le filet ou le trident.

Prudence dévisagea Morgan d'un air calculateur.

— Vous n'êtes toujours pas marié, capitaine Davies. Maintenant que vous êtes de retour au pays, allez-vous vous chercher une épouse ?

Les femmes de l'autre côté de la fougère en pot tendirent l'oreille.

Le cœur d'Harriet s'arrêta de battre un instant lorsque le regard de Morgan revint sur elle en répondant :

— Il se trouve justement que c'est mon intention, mademoislle Prudence.

Harriet se figea. Elle n'aurait pas été plus surprise s'il avait soudain annoncé être le nouveau tsar de Russie.

Tante Constance émit un petit rire triomphal. Toutefois, Morgan n'avait pas terminé.

— Malheureusement, je suis sûr que la plupart des femmes rechigneraient à épouser un marin qu'elles ne verraient que quelques mois par an pendant les permissions.

— Détrompez-vous, certaines préfèrent un mari absent, rétorqua Prudence. Elles jouissent ainsi d'une sécurité financière sans avoir à supporter un homme à la maison. Vous êtes tous des créatures si salissantes et négligentes.

Loin de s'offusquer, Morgan rit de bon cœur.

— Certes, vous avez parfois quelque utilité, précisa Constance avec une lueur mutine dans le regard.

Je suis sûre que vous ferez un excellent mari, capitaine Davies. Celle que vous choisirez pourra s'avérer heureuse.

Morgan haussa la voix.

— Partagez-vous cet avis, mademoiselle Montgomery ?

Prudence et Constance se tournèrent en même temps et aperçurent Harriet derrière sa fougère. Leurs visages s'illuminèrent de joie et, avec un soupir résigné, Harriet sortit de sa cachette pour les rejoindre.

— De quoi s'agit-il ? demanda-t-elle innocemment.

— Toutes les femmes aimeraient-elles épouser un marin ? demanda Morgan.

— Pas moi, en tout cas, répliqua-t-elle avec hauteur. Cela ne correspond pas à mon idée d'une union heureuse.

— Quelle serait votre idée d'un bon mariage, mademoiselle Montgomery ? Dites-nous tout.

Se retrouvant le dos au mur, Harriet ne put répondre que la vérité.

— J'aimerais être nécessaire. Aussi nécessaire qu'une carte l'est pour un marin. Je voudrais qu'il soit perdu sans moi.

Tante Constance hocha la tête.

— Quelle belle notion, Harriet.

Harriet lui adressa un sourire reconnaissant.

— C'était le cas de mes parents, comme mon père l'a toujours avoué. Ma mère et lui s'adoraient et partageaient de nombreuses passions.

— Toi aussi, tu devrais penser à te marier, déclara tante Prudence avec la subtilité d'un marteau de forgeron. Tu n'as que l'embarras du choix.

Se tournant vers Morgan, elle expliqua :

— Tous les chasseurs de dot de Londres sont à ses trousses depuis que la rumeur court qu'elle aura un bel héritage.

On pouvait toujours compter sur sa propre famille pour vous faire subir l'humiliation suprême. Harriet aurait voulu que la terre s'ouvre et l'engloutisse. Hélas, ce ne fut pas le cas.

Lançant un regard vers Morgan, elle constata qu'il essayait vainement de cacher son hilarité.

Le sagouin !

— Je ne peux nier que mon carnet de bal est plus rempli que les saisons précédentes, répondit-elle sèchement. Je suis pleinement consciente des raisons de ma soudaine popularité. La plupart de ces gentlemen ne m'auraient pas accordé un second regard avant que la nouvelle du filon d'or se répande.

— Oh si, ils vous accordaient bien un second regard, mademoiselle Montgomery, et même un troisième. Sauf que c'était le genre de regard qu'on pose sur une femme qu'on aimerait mettre dans son lit, pas épouser.

Harriet resta sans voix devant l'inconvenance de sa déclaration. Ses tantes, elles, pouffèrent de rire.

Morgan lui lança un regard de la tête aux pieds qui lui fit l'effet d'une coulée de lave dans son sang.

— Aujourd'hui, vous êtes un ticket de loterie gagnant, poursuivit-il. Belle, riche *et* célibataire. Je m'étonne qu'il n'y ait pas une ruée.

Même si ce n'était qu'un numéro qu'il faisait devant ses tantes, son compliment la ravit.

— Certes, certains hommes pourraient être effrayés par votre intelligence, continua-t-il. Ou par votre langue acérée. Mais pas tous. En fait, le seul moyen de savoir vraiment si un homme n'en a pas après votre argent, c'est de vous souvenir s'il vous fréquentait avant que vous deveniez riche.

— Vous me fréquentiez, rétorqua-t-elle sur un ton acide. Serait-ce une déclaration, capitaine Davies ?

Qu'elle le prenne à son propre jeu parut l'enchanter. Ses lèvres s'incurvèrent pour former ce sourire diabolique qui hantait ses nuits.

— Aimeriez-vous que ce le soit, mademoiselle Montgomery ?

7

Harriet essayait encore de formuler une réponse à la question provocante de Morgan lorsque lord Melville et son épouse les rejoignirent. Ils échangèrent des amabilités, puis Anne se mit à discuter avec les tantes tandis que Melville se tournait vers Morgan et elle.

— Bonsoir, mademoiselle Montgomery, capitaine Davies. Puis-je vous toucher deux mots en toute discrétion ? Y a-t-il un endroit où nous pourrions parler sans être écoutés ?

Intrigué, Morgan haussa les sourcils.

— Dans les jardins ? suggéra Harriet. Maddie a placé des lanternes près de la maison mais, en nous éloignant vers les écuries, nous devrions être tranquilles.

— À moins que des amants ne se cachent dans les buissons, murmura Morgan.

Harriet lui lança un regard torve. *Naturellement, il faut qu'il fasse ce genre d'allusion.*

— Par ici, dit-elle.

Se faufilant entre les convives, elle les entraîna sur la terrasse dallée et descendit les marches vers les allées du jardin. À une certaine distance de la maison, elle leur indiqua le passage couvert envahi par la glycine. Heureusement, il n'y avait aucun couple d'amoureux dans les parages.

Morgan s'enfonça jusqu'à la moitié de la galerie et se tourna vers Melville.

— De quoi s'agit-il ?

— J'ai appris aujourd'hui que votre vieil ami De Caen a été vu à Londres.

Morgan se raidit.

— Qui l'a vu ? Où ? En est-on sûr ?

— Un de vos camarades de bord, Thomas Cowper, affirme avoir vu De Caen à Deptford, débarquant d'un clipper en provenance de la Trinité. C'est la claudication de De Caen qui a attiré son attention, puis il a reconnu son visage. Il a tenté de le suivre mais l'a perdu dans la foule.

Morgan lâcha un juron.

— Cowper était emprisonné avec moi. Il ne se tromperait pas. On n'oublie pas l'homme qui vous a torturé.

Harriet fit une grimace. Bien qu'elle ne puisse distinguer les traits de Morgan, elle entendait son ton sombre.

— Que diable fait-il à Londres ? grommela Morgan. Ce ne peut être pour se venger de moi. Cet homme est un déséquilibré, certes, mais cela semble excessif même de sa part.

— Pourquoi voudrait-il se venger ? demanda Harriet. Je croyais que vous étiez ses prisonniers.

Morgan émit un petit rire cynique.

— C'est à cause de moi qu'il boite, répondit-il. Je suis sûr qu'il aimerait me rendre la pareille.

Il s'interrompit un instant, réfléchit, puis reprit :

— Si c'était moi qu'il cherchait, il m'aurait trouvé facilement. La moitié de la haute société sait où j'habite. Ce n'est pas un secret.

Melville s'éclaircit la voix :

— En effet, c'est pourquoi nous devons présumer qu'il cherche autre chose. Quelque chose qui pourrait avoir un lien avec Mlle Montgomery. Ou plutôt, avec notre cartographe Crusoé.

— Quoi ? s'alarma Harriet.

— La nuit dernière, quelqu'un s'est introduit dans les bureaux de l'Amirauté. L'intrus a fouillé la salle des cartes de fond en comble. Lorsque nous avons fait un inventaire ce matin, nous nous sommes aperçus que seules des cartes de Crusoé avaient été emportées.

Harriet se sentait légèrement étourdie.

— Mais qui voudrait de ces cartes ? demanda-t-elle.

— Pourquoi pensez-vous qu'il s'agit de De Caen ? demanda Morgan à son tour.

— De Caen a fui la Martinique en apprenant la défaite de Napoléon à Waterloo, répondit Melville. Le gouvernement français s'attendait à ce qu'il rentre en France. Il devait être arrêté dès son arrivée.

— Pourquoi ? s'étonna Morgan.

— Selon eux, c'est un traître. Il y a environ six mois, Joseph Bonaparte, le frère de Napoléon, a envoyé une cargaison d'or et d'objets précieux en Martinique, une sorte de police d'assurance au cas où l'empereur devrait quitter la France. De Caen avait été chargé de la garder.

— Or, Napoléon est désormais prisonnier à bord du *Bellerophon,* n'est-ce pas ?

Melville acquiesça.

— Le navire mouille dans la baie de Torbay en attendant que le gouvernement décide où l'envoyer. De toute évidence, l'île d'Elbe était trop proche du continent. J'ai entendu dire qu'ils envisageaient de l'exiler sur une autre île nommée Sainte-Hélène, quelque part au milieu de l'Atlantique.

— Je sais où elle se trouve, dit distraitement Harriet.

Morgan lui lança un regard amusé.

— Naturellement, madame Mappemonde.

Elle s'efforça de ne pas tiquer en entendant l'un des surnoms dont il l'affublait lorsqu'ils étaient enfants.

— Nous avons pris le contrôle de la Martinique après le départ des Français, poursuivit Melville. Dans le cadre du traité de paix, nous avons accepté de restituer l'or. Le général Delaval et ses hommes ont fouillé toute l'île sans parvenir à le trouver. Nous pensons que De Caen l'a caché ailleurs, peut-être sur l'une des autres îles des environs.

Il se tourna vers Morgan.

— Lorsque vous y étiez, avez-vous entendu des rumeurs à ce sujet ?

— Non. La plupart du temps, nous travaillions dans les champs ou étions enfermés. De Caen avait un adjoint, le lieutenant Garonne. J'ignore si c'est son vrai nom ou juste un surnom inspiré de la région dont il est originaire. Il s'occupait de la sale besogne pour De Caen. Je parie qu'il sait où est l'or.

— Garonne est mort, répondit Melville. On a retrouvé son cadavre peu après que De Caen a quitté l'île. Apparemment, il se serait tiré une balle dans la tête.

— Ou on l'a suicidé, dit Morgan. De Caen est un fou. Je parie qu'il a tué Garonne afin d'être le seul à savoir où est caché le trésor.

Melville semblait du même avis.

— Il y a des centaines d'îles à la ronde, poursuivit Morgan. Certaines sont à peine des atolls parsemés dans l'océan. Sans une carte précise, cela revient à chercher une aiguille dans une meule de foin. À supposer même qu'on connaisse l'emplacement du butin.

Harriet lâcha un petit cri de triomphe.

— Enfin ! On reconnaît l'importance des cartographes !

— L'Amirauté a toujours été consciente de la valeur de votre travail, mademoiselle Montgomery, l'assura Melville d'une voix mielleuse.

Morgan serra les dents avant de déclarer :

— Si De Caen avait déjà récupéré l'or, il ne serait pas à Londres. Il serait quelque part sous un palmier à siroter du rhum.

— Je suppose que c'est ce que vous feriez, railla Harriet.

— Il y a pire manière de passer ses jours, rétorqua-t-il.

— Exactement, en convint Melville. C'est pourquoi nous pensons qu'il n'a pas l'or. Pas encore.

Harriet fit trois pas dans la galerie, puis fit demi-tour, ses jupes s'enroulant autour de ses jambes. Marcher l'aidait à réfléchir.

— J'ai une idée, déclara-t-elle.

— C'est toujours mauvais signe, marmonna Morgan.

Elle ne lui prêta pas attention.

— De Caen doit avoir une raison de vouloir spécifiquement une carte de Crusoé.

— Expliquez-vous.

— Il existe des centaines de cartes de la Martinique publiées partout dans le monde. De Caen aurait pu acheter n'importe laquelle. Peut-être qu'aucune d'elles ne lui est utile pour retrouver le trésor.

— Continuez, l'encouragea Melville.

— S'il s'est servi d'une carte de Crusoé pour cacher l'or ? Dans ce cas, le seul moyen de le retrouver est d'utiliser la même.

Convaincue d'être sur la bonne voie, elle hocha la tête et poursuivit :

— S'il a tenté d'utiliser une carte exacte pour retrouver le trésor, l'île qu'il cherchait n'y figurait peut-être pas. Ou il pourrait être tombé sur plus d'îles que prévu. J'en ai ajouté là où il n'y en avait pas, en ai effacé d'autres et ai déplacé des îles réelles à des miles de là où elles auraient dû être.

Morgan lui adressa un regard de félicitation et elle s'efforça d'ignorer la bouffée de fierté que provoquait son admiration.

— Vous avez sans doute raison, dit-il. Je parie qu'il est parti chercher l'or à peine a-t-il appris la reddition de Napoléon et qu'il n'a pas pu le retrouver.

Il lui vint une idée et pouffa de rire.

— Lorsque mon navire, le *Briséis*, a fait naufrage, il a confisqué tout ce qu'il y avait à bord, y compris les cartes que j'avais prises sur le *Brillant*. Il a dû les utiliser pour cacher l'or.

— Cela relève de la justice immanente, n'est-ce pas ? rit Melville. « L'artificier saute avec son propre pétard », comme dirait Hamlet. Mais, si c'est vrai, pourquoi n'a-t-il pas réutilisé la même carte pour retrouver l'or ?

— Peut-être a-t-elle été détruite ? suggéra Morgan. À moins qu'il n'ait pensé que n'importe quelle carte ferait l'affaire et n'en ait utilisé une autre.

— Il croit probablement que la version de Crusoé est la plus fiable, s'amusa Harriet.

Suivant le fil de son raisonnement, Morgan en déduisit :

— Puisqu'il ne peut retourner en Martinique ni en France sans être arrêté et qu'il pense que la Marine britannique utilise les cartes de Crusoé, il a décidé de venir à Londres pour s'en procurer une.

Il adressa un sourire à Harriet et elle eut un petit pincement au cœur. Travailler avec Morgan plutôt que contre lui était une sensation nouvelle et grisante.

— Cela expliquerait pourquoi il s'est introduit dans la salle des cartes de l'Amirauté la nuit dernière, murmura Melville.

— Parmi les cartes volées, y en a-t-il une des Caraïbes ? demanda Harriet.

— Je l'ignore, répondit Melville. J'examinerai la liste de ce qui a disparu.

Il hocha la tête, apparemment soulagé d'avoir un plan.

— Je vous tiendrai tous deux au courant, dit-il. En attendant, capitaine Davies, soyez sur vos gardes. Si De Caen est à Londres, il pourrait vous chercher des noises. Les hommes comme lui trouvent toujours du temps pour se venger.

— Merci, milord. J'ouvrirai l'œil.

Melville inclina la tête.

— Nous ferions mieux de retourner dans la salle de bal. Anne doit se demander où je suis passé.

Il tapota ses poches.

— Elle va croire que je suis sorti fumer un cigare en douce. Elle m'a fait jurer d'arrêter voilà six mois et s'inquiète que je ne tienne pas ma promesse. Ah, c'est ça, l'amour !

Harriet lui adressa un sourire affectueux.

— Bonne soirée, milord.

Melville sortit la tête du tunnel de verdure, lança des regards d'un côté et de l'autre pour s'assurer qu'il n'y avait personne, puis partit en direction de la maison. Harriet poussa un long soupir incrédule.

— Quelle aventure ! C'est la chose la plus excitante qui me soit arrivée depuis des années.

— Tu te réjouis qu'un assassin français rancunier soit lancé à mes trousses ?

— Pfff, tu es parfaitement capable de te défendre, Morgan Davies.

Quand elle avança d'un pas en direction du jardin, il la retint par le poignet.

— Encore un moment de votre temps, mademoiselle Montgomery, dit-il d'une voix railleuse. J'ai une question au sujet de… la cartographie.

8

Se rendant compte avec un temps de retard qu'elle était seule avec Morgan, Harriet sentit son pouls s'accélérer. Des grappes de glycine mauve pâle pendaient des arches au-dessus de leurs têtes, se balançant doucement dans la brise. Dans les lueurs vacillantes provenant de la grande maison, les troncs noueux semblaient se tortiller tels des serpents de mer.

— Je suis sûre que tu es la seule à pouvoir me donner une réponse satisfaisante, ajouta-t-il.

Bien que son visage soit caché dans l'ombre, Harriet pouvait aisément percevoir son hilarité. Il ne pouvait ignorer qu'il était inconvenant de la retenir ainsi dans la semi-obscurité.

Typique d'un Davies.

Elle se retourna avec ce qu'elle espérait être un soupir méprisant.

— Tu n'as pas de questions de cartographie.

— Si, peut-être.

— Non.

— Je ne sais jamais dans quel sens les tenir. Le nord est-il en haut ou en bas ?

Elle lui répondit d'un regard noir.

— Bon, d'accord, tu m'as démasqué, admit-il sans la moindre vergogne. Je voulais juste être seul avec toi.

— Nous ne devrions pas être ici, seuls dans le noir. Quelqu'un pourrait nous surprendre. Retournons au bal avant qu'on s'aperçoive de notre absence.

— Tsss... Où est passé ton goût du risque ? Je croyais les cartographes habités par l'envie d'explorer, de repousser les limites de la connaissance, de découvrir ce qui se trouve au-delà des marges de la page. Je pensais qu'ils étaient assez courageux pour s'aventurer dans les territoires inconnus ou dangereux marqués *Hic sunt dracones*, « ici sont les dragons ».

Harriet frémit en entendant le défi dans sa voix. Elle avait toujours voulu être cet être audacieux qui se moquait des conventions, qui ne craignait pas de prendre des risques. Hélas, la vie réelle lui en donnait rarement l'occasion.

Elle fronça les sourcils. Le dragon, c'était lui. Le monstre marin. Un kraken, irrésistible et impitoyable, prêt à l'entraîner vers les fonds.

Oh, comme elle avait envie de se laisser entraîner !

De la musique et des rires s'élevaient de la maison et se répandaient dans les jardins. Morgan fit un pas vers elle et tout son corps vibra. Il n'avait toujours pas lâché son poignet et son pouce caressa lentement le pouls qui martelait sous sa peau. En ravalant son souffle, elle sentit son odeur masculine et épicée. Ses orteils se recroquevillèrent dans ses souliers de danse en satin.

— Es-tu prête pour une nouvelle aventure, Harriet ?

Mon Dieu, allait-il demander son premier baiser *maintenant* ?

Elle n'était pas prête. Elle ne le serait sans doute jamais.

Paniquée, elle pointa l'index vers la maison à travers un espace entre les feuilles de glycine. Toutes les fenêtres étaient illuminées. En revanche, la demeure voisine était plongée dans le noir.

— Sais-tu à qui appartient cette maison ? Je me le suis toujours demandé. Je suis passée devant des centaines de fois sans jamais y voir personne. Il n'y a même pas de heurtoir sur la porte.

Cette lamentable tentative de diversion sembla amuser Morgan.

— Figure-toi que oui. Elle appartient au duc d'Evesham, un reclus notoire. Il ne vient jamais en ville.

— Quel gâchis ! Une demeure pareille ne devrait pas être fermée. Il devrait la vendre afin que d'autres en profitent.

— Il n'a sans doute pas besoin d'argent.

Un haut mur en briques rouges séparait le jardin du duc de celui de Maddie. Harriet étira le cou pour tenter vainement de voir par-dessus.

— N'es-tu pas curieux de savoir ce qu'il y a de l'autre côté de ce mur ? demanda-t-elle. Il y a forcément un jardin ou une cour.

— Ce ne sont probablement que les écuries et des dépendances. Je peux te faire la courte échelle, si tu veux.

Une onde de chaleur la parcourut. Elle l'imagina la soulevant par la taille et se retrouvant le nez dans son décolleté, ou par les cuisses, son visage écrasé contre son bas-ventre.

— Non merci, dit-elle d'une petite voix.

De sa main libre, il écarta une mèche qui retombait sur son visage.

— Je... euh... En fait, j'ai utilisé cette cour pour protéger une de mes cartes.

Dans sa panique, sa voix avait grimpé d'une octave.

— Tu me le raconteras une autre fois. Cesse de chercher à gagner du temps.

Le ventre noué, elle releva le menton pour soutenir son regard.

— Gagner du temps ? Je ne comprends pas ce que tu veux dire.

— Oh, je crois que si.

Il lâcha enfin son poignet et saisit son visage entre ses mains.

— Je vais prendre mon premier baiser maintenant.

Le cœur d'Harriet battait si fort qu'on devait l'entendre de l'autre côté de Grosvenor Square. Le visage de Morgan était toujours indiscernable, mais elle sentait la force de son regard sur sa peau. Poussé par un courant sous-jacent irrésistible, tout son corps oscilla vers lui.

Elle ne voulait pas vraiment lui résister. C'était précisément pourquoi elle avait inventé ce pari stupide. Elle avait attendu deux ans pour que son plan se réalise.

— J'ai repensé à ce que j'ai dit au sujet de ne pas t'embrasser sur la bouche, déclara Morgan près de sa joue. J'en ai conclu qu'il était injuste de te jeter par-dessus bord alors que tu ne sais même pas nager.

— Tu vas m'embrasser sur la bouche ?

Harriet avait du mal à croire qu'elle prononçait ces mots à voix haute.

Le pouce rugueux de Morgan caressa sa mâchoire.

— En effet.

Elle rassembla son courage.

— Bon, d'accord. Fais-le.

— On dirait que tu te prépares à ta propre exécution, rit-il.

— Oh, prends-le, ton baiser stupide, Davies.

— Soit, mais j'y mets certaines conditions. Il doit durer au moins dix secondes et tu dois m'embrasser en retour.

— D'accord.

Il se pencha vers elle. De si près, elle voyait l'ombre sombre de ses cils, le grain fin de sa peau. Une lueur de défi brillait dans ses yeux verts. Elle soutint bravement son regard. Se détourner aurait été admettre sa défaite.

— Tu te souviens quand on jouait à cache-cache dans les bois ? demanda-t-il.

Sa question inattendue la prit de court.

Bien sûr qu'elle s'en souvenait. L'indicent, ainsi que la sensation lancinante d'avoir raté une occasion en or, l'avait hantée pendant des années.

Enfants, au pays de Galles, les Montgomery et les Davies avaient souvent joué ensemble en dépit de leur inimitié ancestrale. Certes, la plupart de leurs jeux avaient eu un caractère combatif et presque tous incluaient un élément de défi. Ce jour-là, tous les sept, les quatre Davies plus Harriet, Maddie et Tristan, avaient décidé d'une partie de cache-cache dans la forêt.

Harriet avait une quinzaine d'années, Morgan un an de plus ; en vérité, ils étaient un peu trop grands pour ces jeux infantiles. Néanmoins, lorsque Gryff, désigné comme le chercheur, avait commencé à compter jusqu'à cent, ils s'étaient tous éparpillés dans la nature.

Harriet savait exactement où se cacher : dans la folie délabrée près de la rivière. Elle releva ses jupes et courut à travers la forêt, propulsée par l'excitation primitive de la proie chassée.

La folie était un dédale désordonné de murs à moitié effondrés et d'escaliers couverts de mousse. Un lointain Davies l'avait construite comme une plaisanterie architecturale, un « château » laissé délibérément inachevé pour servir de décor pittoresque à des pique-niques et surprendre les invités. Une seule tour possédait un toit. La nature y imposait ses droits, déployant d'immenses fougères entre les pierres.

Pantelante, Harriet s'était glissée sous une arche et faufilée dans un espace étroit entre deux murs. Le passage envahi de feuilles était sombre et elle avait ravalé un cri en entendant un grattement au-dessus de sa tête tandis qu'une pluie de cailloux s'abattait sur elle.

Elle avait relevé les yeux en s'attendant à voir un animal. C'était Morgan qui se laissait tomber à ses côtés avec une grâce féline. Effrayée, elle s'était plaquée contre les pierres mousseuses.

— Va-t'en, avait-elle chuchoté, furieuse. Trouve-toi une autre cachette.

Il avait posé l'index sur ses lèvres avec son sourire exaspérant.

— Chut. Gryff va nous entendre. Il approche.

Il s'était approché encore.

— Pousse-toi.

— Il n'y a pas de place pour deux, idiot.

— Mais si, il suffit de se serrer un peu.

Les yeux pétillant de malice, il s'était glissé dans l'espace derrière elle, se calant habilement entre le mur et elle.

Harriet était outrée. Son front écrasé contre les pierres froides, elle sentait les côtes de Morgan se gonfler et se contracter à chaque respiration.

Elle avait les joues en feu en dépit de la fraîcheur. Ils étaient si serrés l'un contre l'autre que ses fesses épousaient parfaitement le creux entre les cuisses de Morgan.

Des pas s'approchant dans un craquement de branches, elle avait ravalé la protestation qu'elle s'apprêtait à formuler.

La voix chantante de Gryff avait résonné dans la clairière.

— Sortez, sortez, où que vous soyez !

Une main plaquée sur sa bouche pour ne pas trahir sa présence, Harriet avait failli pousser un cri de surprise quand Morgan avait glissé un bras autour de sa taille. La serrant contre lui, il l'avait entraînée plus profondément dans l'ombre.

Elle ne s'était jamais aventurée aussi loin dans le tunnel, ayant toujours eu peur de déranger un blaireau, des chauves-souris ou quelque créature horrible. Morgan n'avait pas ces réticences. Il avait toujours été plus courageux qu'elle.

Les pas de Gryff crissaient sur les feuilles mortes à l'extérieur. Pouvait-il les voir dans l'obscurité du tunnel ? Malgré le bras de Morgan autour de sa taille qui faisait s'accélérer son pouls, elle s'était efforcée de rester parfaitement immobile quand Gryff était passé devant leur cachette.

Ils ne s'étaient jamais tenus aussi proches l'un de l'autre. La main gauche de Morgan posée sur sa hanche diffusait sa chaleur à travers l'étoffe de sa robe. Il avait dû s'adosser à un arbre et tacher ses paumes de sève car il sentait la résine de pin. L'agréable parfum sylvestre chatouillait les narines d'Harriet et lui faisait ployer ses genoux.

Lorsque le menton de Morgan avait frôlé son épaule, son cœur avait manqué de s'arrêter. Elle avait senti son souffle soulever ses cheveux à la base de sa nuque.

— Chut ! avait-il soufflé à nouveau directement dans son oreille.

Un frisson de délice coupable l'avait parcourue. Oh, que c'était mal ! Oh, que c'était interdit d'être ainsi collée à son ennemi et d'y prendre plaisir. Elle ne pouvait nier l'excitation qu'elle ressentait.

Elle avait tourné la tête sur le côté, à peine d'une fraction.

Lui avait tourné la sienne en même temps.

Son menton avait effleuré sa nuque et… *Ciel !* Était-ce le frôlement de ses lèvres sur la peau sensible derrière son oreille ?

Elle avait retenu de justesse un gémissement en se souvenant qu'elle ne devait pas faire de bruit. Elle s'était mordu la lèvre et avait incliné la tête, enhardie par le cocon formé par l'obscurité.

La joue de Morgan avait glissé contre la sienne. Seigneur, si elle tournait encore la tête d'un ou deux centimètres, il embrasserait la commissure de ses lèvres !

La provoquait-il ? La mettait-il à l'épreuve ? L'incitait-il à se couvrir de honte en l'incitant à l'embrasser pour mieux lui rire au nez ?

L'envie de capturer sa bouche était presque irrésistible mais elle n'avait pas assez de place pour se retourner. Son sang bouillonnait de désir et de frustration alors même qu'elle se disait qu'embrasser Morgan Davies serait une erreur colossale. Il lui rebattrait les oreilles ensuite, s'en vanterait devant les autres et l'humilierait sans merci jusqu'à la fin des temps.

Dans la clairière, Gryff avait lâché un juron. Dès qu'il s'était éloigné, Harriet s'était glissée sur le côté, se libérant de l'étreinte de Morgan.

Il n'avait pas protesté et elle n'aurait su dire s'il était déçu ou soulagé. Enjambant des pierres tombées par terre, elle avait lancé des regards de droite à gauche pour s'assurer que Gryff était parti, puis couru entre les arbres sans un regard en arrière.

Plus tard, une fois dans son lit, elle regretta de ne pas avoir eu le courage de l'embrasser.

9

— Tu t'en souviens ? ronronna Morgan en la ramenant brusquement au présent.

Sa bouche envoûtante était tout près de la sienne, son souffle chatouillant ses lèvres. Il faisait délibérément durer le moment pour la mettre au supplice.

— Oui, répondit-elle.

— J'aurais dû t'embrasser. J'y ai repensé mille fois depuis, imaginant la sensation de tes lèvres sur les miennes.

Comme dans un rêve, son chuchotement s'insinuait dans sa poitrine, s'enroulait autour de son cœur et le serrait.

— Avoue que tu y as pensé toi aussi.

— Pas une seule fois, répondit-elle vaillamment.

— Menteuse.

Il la dévisageait toujours, les yeux plissés. Elle pouvait presque sentir son sourire contre ses lèvres.

— Je te connais, Harry. Tu brûles de découvrir cette sensation. Ta soif de connaissance est aussi puissante que ma soif d'eau quand j'étais dans cette cellule en Martinique. Tu as besoin de savoir ce qu'il y a au-delà des marges de la carte.

L'orgueil la fit s'entêter.

— Peut-être ai-je été embrassée cent fois pendant ton absence.

L'espace d'un instant, il se figea et elle se félicita pour son coup au but. Puis la grande main de Morgan glissa sur le côté de son cou et elle ravala son souffle, son pouls erratique la trahissant.

— Ce n'est pas vrai, répondit-il. Quand bien même, ce baiser sera différent. Tu l'as attendu, Harry. Tu *m'as* attendu.

Puis ses lèvres touchèrent les siennes et elle oublia ce qu'elle s'était apprêtée à rétorquer.

Elle embrassait Morgan Davies ! Ou plutôt, c'était lui qui l'embrassait.

Ses lèvres étaient une combinaison diabolique de douceur et de fermeté (comment pouvaient-elles être les deux à la fois ?). Elle garda les siennes fermées. Oui, elle en rêvait depuis des années, mais lui répondre à présent aurait été la pire des capitulations. Il profitait de l'occasion pour la provoquer ou pour satisfaire une curiosité perverse de son enfance. Ou peut-être pour la punir d'avoir créé la carte responsable de son naufrage.

Un... deux...

Il s'écarta.

— Tu ne réagis pas, l'accusa-t-il.

— Je comptais jusqu'à dix.

Il marqua un temps d'arrêt et elle sentit son exaspération.

— Tu tricheras, je ne te fais pas confiance.

Il sortit une montre de gousset en argent de la poche de son gilet et la lui mit dans la main.

— Tiens. Tu n'as qu'à utiliser ça.

Harriet referma les doigts sur la montre. Le métal portait la chaleur de son corps et une légère pulsation mécanique vibrait contre sa paume à chaque mouvement de la grande aiguille. Elle allait protester contre l'absurdité de sa suggestion quand il glissa ses doigts dans sa nuque, lui fit incliner la tête dans un angle parfait et l'embrassa à nouveau.

Cette fois, son baiser n'eut rien de patient ni de respectueux. Sa main se resserra autour de sa nuque et il se pencha sur elle, ses lèvres se pressant contre les siennes, l'exhortant, la cajolant avec un pouvoir de persuasion auquel il était difficile de résister.

Elle se détendit légèrement, puis se souvint de compter.

Un... deux...

Sa langue glissa sur la fente entre ses lèvres.

Trois... quatre...

Il prit sa lèvre inférieure entre ses dents et la mordilla doucement, l'incitant à lui répondre.

Elle en eut la chair de poule.

Elle entrouvrit les lèvres.

Sa langue glissa en elle et rencontra la sienne. Elle manqua de défaillir. Sa saveur se répandit dans sa tête, brouillant son cerveau, emplissant ses sens. Elle en voulut plus et toucha sa langue avec la sienne. Soudain, le monde disparut et il ne resta plus qu'une danse folle dans leurs bouches.

Le désir se déversa dans son sang et une onde de chaleur se répandit entre ses cuisses. Ils n'étaient plus deux mais un seul, fusionnant, partageant le même souffle, le même battement de cœur.

Sans même s'en rendre compte, elle glissa les mains sur son torse puis sur ses épaules. Ses doigts trouvèrent la peau chaude de son cou au-dessus de sa cravate. Elle l'attira à lui, submergée par d'exquises sensations.

Morgan gémit, émettant un son de bête affamée qui la fit frémir. Elle aurait dû prendre peur. Toutefois, l'idée qu'elle puisse lui faire perdre le contrôle de lui-même était si délicieuse qu'elle pouvait à peine respirer.

Hic sunt dracones.

Elle voguait droit vers le bord de la carte, au-delà des confins du monde.

Peu lui importait. Le savoir, c'était le pouvoir. Ce qu'elle vivait *était* le pouvoir, elle le sentait. Il courait dans ses veines, l'enivrant, la rendant faible et forte à la fois. Elle savait comment embrasser cet homme. C'était comme si elle l'avait déjà embrassé mille fois, une sensation si familière qu'elle devait déjà l'avoir vécue dans une autre vie.

Morgan s'écarta avec un juron étouffé et elle rouvrit les yeux. L'air frais caressa ses lèvres humides et elle s'aperçut qu'elle le tenait toujours par la nuque. Elle le lâcha aussitôt et il laissa retomber ses mains qui avaient encadré son visage.

Son cœur tambourinait contre sa poitrine comme après une course de fond.

— On avait dit dix secondes ! pantela-t-il.

Harriet cligna des yeux. Juste ciel, elle avait oublié de compter. Quelle honte ! Il avait gardé son sang-froid alors qu'elle avait perdu toute notion du temps et de l'espace. Le feu lui monta au visage tandis que le picotement dans ses seins et son bas-ventre s'atténuait à peine.

Le regard de Morgan était sombre et ses pupilles noir d'encre. L'espace d'un instant, il parut aussi troublé qu'elle, puis son habituel masque narquois réapparut. Sa bouche s'incurva en dessinant cette expression légèrement amusée qu'elle connaissait si bien.

— Considère ton premier baiser payé.

Cela n'avait pas été un seul mais d'innombrables baisers. Une conversation sans paroles. Un long glissement fluide vers la folie. Harriet se garda bien de le lui faire remarquer. Elle prit une profonde inspiration, se redressa et s'efforça de faire comme si sa carte du monde ne venait pas d'être redessinée. Agrandie. Avec tout un nouveau continent de sensations.

— Je dois retourner au bal, annonça-t-elle avec une détermination dont elle fut fière. Bonne soirée.

Lorsque Morgan recula d'un pas, ce fut comme s'il la libérait de son envoûtement.

— Il te reste encore deux baisers, lui rappela-t-il.

Comme si elle pouvait l'oublier !

Elle tourna les talons et s'efforça de sortir de la galerie couverte d'un pas normal, en évitant de courir. Elle rejoignit la demeure sans croiser personne, et ce ne fut qu'en allant chercher un verre revigorant de ratafia qu'elle s'aperçut qu'elle serrait toujours dans sa paume la montre de gousset de Morgan. Elle ouvrit la main et la contempla hébétée un instant.

Son esprit était sens dessus dessous. Elle n'aspirait qu'à rentrer chez elle et à revivre mentalement le baiser dans toute sa splendeur. Au lieu de cela, elle afficha un sourire et se mêla aux autres invités.

Du coin de l'œil, elle guettait Morgan afin de lui rendre sa montre. Elle ne le revit pas de la soirée. Elle aurait pu la donner à l'un de ses frères ; Gryff et Rhys étaient tous deux présents. Elle aurait été obligée de leur expliquer pourquoi elle la détenait et son cerveau n'était pas en mesure d'éluder les questions embarrassantes.

Elle devrait attendre leur prochaine rencontre.

10

Morgan ressentit un frisson d'excitation lorsque le fiacre s'arrêta devant le 18, Bury Street à Bloomsbury.

Il était déjà entré dans l'imprimerie d'Harriet des années plus tôt, quand sa curiosité avait eu le dessus et qu'il avait saisi le prétexte peu convaincant d'avoir besoin d'une carte du comté de Glamorgan. Harriet n'y était pas. Avant de venir fureter, il s'était au moins assuré qu'elle soit sortie se promener avec sa cousine dans Hyde Park.

C'était plus fort que lui, il fallait qu'il sache où elle passait son temps lorsqu'elle n'était pas à Newstead Park, la résidence des Montgomery voisine de son cher château de Trellech Court, au pays de Galles.

Depuis son dernier – et unique – passage, l'échoppe n'avait pas changé. Deux larges bay-windows flanquaient la porte et la façade vert sombre était peinte des lettres dorées *H. Montgomery, Cartes et gravures*. Harriet et son père habitaient les appartements situés dans les deux étages au-dessus de la boutique. Ce n'était pas grand, mais propret et élégant.

Quand il entra, la clochette au-dessus de la porte tinta. Son cœur se serra en voyant Harriet lever vers lui des yeux surpris, depuis le grand bureau en bois derrière lequel elle se tenait.

Elle était ravissante, avec une expression presque aussi délicieuse que celle qu'elle avait eue lorsqu'il l'avait embrassée la veille. Son membre se raidit à ce souvenir. Harriet lui avait jeté un regard rempli de stupeur et de désir. Il avait fait un effort surhumain pour ne pas la garder dans ses bras, prolongeant leur baiser jusqu'à ce qu'ils en oublient leur propre nom.

Il avait craint que leur étreinte soit décevante, qu'après avoir fantasmé sur ce moment pendant des années il se soit créé un idéal impossible à atteindre.

Bien au contraire. Il avait sous-estimé l'effet qu'elle aurait sur lui.

L'embrasser avait été extraordinaire. Son goût et l'odeur de sa peau avaient transformé son cerveau en bouillie et son sexe en barre de fer. Il ne s'était pas attendu à ressentir cet élan de possessivité, ce sentiment intense d'être à sa place, la sensation d'être enfin rentré au bercail après toutes ses années d'errance.

Dans la boutique, les joues d'Harriet prirent une charmante teinte rose.

— Capitaine Davies ! Je ne m'attendais pas à ce que vous veniez si vite.

— Tu m'attendais ? demanda-t-il, surpris qu'elle le vouvoie comme s'ils étaient en public.

— Oui, je vous ai envoyé un message.

— Quel message ?

Elle fronça les sourcils.

— Je vous ai envoyé un billet il y a environ une heure en vous demandant de venir.

— Ah, je ne l'ai pas reçu. Je suis allé petit-déjeuner avec Carys et Tristan. Pourquoi voulais-tu me voir ? Tu as hâte de recevoir le baiser numéro deux ?

— Chut ! fit-elle en rosissant encore et en lançant un regard par-dessus son épaule. Père est dans l'arrière-boutique. Et non, ce n'est pas la raison pour laquelle je voulais te voir. Le Français dont nous avons discuté avec lord Melville est venu ce matin dans la boutique.

La bonne humeur de Morgan s'évapora.

— De Caen ? Tu en es sûre ? À quoi ressemblait-il ?

— Bien sûr, que j'en suis sûre, répondit Harriet, agacée. Il ne peut y avoir trente-six Français claudiquant dans Londres à la recherche d'une carte. Il s'appuyait sur une canne avec un pommeau en argent. Une cinquantaine d'années, cheveux noirs coupés court, teint rougeaud, yeux légèrement exorbités.

— C'est bien lui. Que voulait-il ?

— Il m'a demandé une carte des Caraïbes. Je lui en ai montré quelques-unes, dont celle-ci.

Elle indiqua l'une des nombreuses cartes encadrées qui recouvraient presque entièrement les murs.

— C'est une carte Montgomery exacte, réalisée par mon père. Ton Français les a toutes rejetées. Il en voulait une de Crusoé. Il a expliqué qu'il les achetait pour le compte d'un riche collectionneur qui faisait une fixation sur ce cartographe particulier et voulait rassembler toutes ses cartes.

— Que lui as-tu répondu ?

— Que Crusoé était un excellent cartographe, mais que je n'avais aucune de ses œuvres dans mes réserves. Cela a mis De Caen de méchante humeur, mais il est parti sans faire d'histoires.

L'idée qu'une ordure sadique et imprévisible comme De Caen rôde autour d'Harriet lui glaçait le sang.

— Si tu le revois, préviens-moi immédiatement. Promets-le-moi. Cet homme est déterminé et capable d'une extrême violence.

— Très bien, répondit Harriet, l'esprit ailleurs.

Il aurait voulu la pousser de force dans sa voiture et la conduire à Trellech, à l'abri du danger. Malheureusement, Harriet verrait cela comme un enlèvement et, en toute objectivité, il serait difficile de lui donner tort. Ce ne serait pas la première ni la dixième fois qu'un Davies kidnappait une Montgomery et inversement. Elle ne croirait jamais qu'il cherchait à la protéger.

Songeuse, Harriet ignorait tout de ses circonvolutions mentales.

— Cela confirme notre théorie sur le cambriolage, déclara-t-elle. De Caen n'a pas trouvé la carte qu'il cherchait à l'Amirauté. Je parie qu'il fait le tour de tous les marchands de la ville à la recherche d'un exemplaire.

— L'un d'eux pourrait-il avoir une version de Crusoé à lui vendre ?

— C'est peu probable. La plupart de celles que nous avons imprimées pour l'Amirauté ont été placées sur des navires français. À l'heure actuelle, elles doivent être éparpillées dans le monde entier.

— En avez-vous gardé une copie ?

Comparé au petit sourire espiègle d'Harriet, celui de la Joconde aurait paru candide. Morgan eut une montée de sève. Dieu qu'il aimait les femmes intelligentes ! Celle-ci en particulier.

— Bien sûr, répondit-elle. Nous avons des copies de *toutes* les cartes de Crusoé.

— Où ?

Elle sortit de derrière son bureau et poussa un escabeau de bibliothèque sous la carte qu'elle avait indiquée plus tôt. Elle portait une charmante robe bleu pâle dont le col était bordé d'un volant blanc. Morgan eut un aperçu de ses chevilles fines lorsqu'elle grimpa les marches et qu'elle décrocha le cadre du mur. L'envie de l'attraper par les hanches et de la faire tomber dans ses bras le démangea.

— Prends-le, il est lourd.

Il bondit en avant pour s'exécuter et déposa le tableau qu'elle lui tendait sur le grand bureau. Harriet le rejoignit et ils le contemplèrent.

— Je croyais que c'était la version Montgomery ? dit Morgan.

— C'est le cas, mais ceci (elle retourna le cadre pour révéler une seconde carte, presque identique à la première) est la copie de Crusoé.

En quelques gestes précis, elle décrocha la carte, tourna à nouveau le cadre et plaça les deux versions côte à côte.

— Cachée à la vue de tous, s'émerveilla Morgan en riant. Tel Janus, le dieu romain aux deux visages.

Il regarda les murs.

— Elles sont toutes à double face ?

— Beaucoup d'entre elles, admit-elle. Cela m'a semblé une méthode plus sûre pour garder les cartes de Crusoé plutôt que de les ranger dans des tiroirs comme à l'Amirauté.

Morgan observa les deux cartes. Hormis pour les noms différents imprimés à l'intérieur du cartouche dans un coin de la feuille, elles paraissaient identiques.

— Tu vois des différences ? demanda Harriet.

Il se pencha plus près.

— Pas vraiment.

Elle secoua la tête et se pencha à son tour. Leurs épaules se frôlèrent et son parfum lui remplit les narines. Il s'efforça de se concentrer.

— Elles sont subtiles, mais elles existent, déclara Harriet.

Elle pointa son index effilé vers une grappe de petits points dans une vaste étendue d'océan, puis montra la même région sur la seconde carte.

— Regarde ces îles, juste au sud de la Martinique. Sur la vraie carte, elles ne sont que deux. Sur celle de Crusoé, j'en ai ajouté trois autres et les ai déplacées vers l'est, plus au large.

— Quelle coquinerie !

Il lui donna un coup d'épaule amical et savoura la manière dont la roseur envahissait ses joues et sa gorge. Il aurait tout donné pour voir jusqu'où elle se répandait.

Il s'éclaircit la voix :

— Je vais tout de suite prévenir Melville que De Caen est venu te voir, dit-il. Il pourra poster des hommes pour surveiller les autres cartographes de la ville au cas où il s'y rendrait également. Peut-être parviendront-ils à l'arrêter avant qu'il quitte le pays.

Harriet se redressa et il en fit autant. Elle écarquilla les yeux en se rendant compte qu'ils se tenaient face à face. Il était si grand qu'elle lui arrivait à peine au menton ; elle devait renverser la tête en arrière pour le dévisager.

Il sonda ses yeux gris.

— Que tu te sois trouvée seule avec un homme aussi dangereux que De Caen m'inquiète.

— Pfff, un Davies s'inquiétant pour une Montgomery ? C'est nouveau.

— Je ne fais que veiller sur mes intérêts. Je ne voudrais pas que tu meures avant que j'aie récolté mes deux derniers baisers.

Ses lèvres dessinèrent un « oh » de surprise et il fut tenté d'en profiter pour l'embrasser.

Comme si elle avait lu dans ses pensées, elle lança un regard paniqué vers l'arrière-boutique.

— Mon père ! lui rappela-t-elle en chuchotant.

Morgan se pencha de côté pour regarder par la porte ouverte. Au bout du couloir, le vieux Montgomery était assis dans un fauteuil confortable, une couverture en laine sur les genoux. Son visage était tourné vers le rayon de soleil qui filtrait par la fenêtre comme s'il savourait sa chaleur sur sa peau.

Morgan se tourna à nouveau vers Harriet. Elle respirait rapidement, le pouls dans son cou battant frénétiquement. Pour la troubler encore un peu plus, il baissa les yeux vers ses lèvres. Elle les humecta en se préparant inconsciemment à son baiser. Il haussa les sourcils et la nargua avec un sourire lascif.

— Oh non, Harriet. Le baiser numéro deux ne sera pas sur ta bouche.

11

Avant qu'Harriet puisse répondre, Morgan se tourna à nouveau vers les cartes sur le bureau. Il indiqua une baie sur l'île de la Martinique.

— C'est ici que De Caen nous a retenus prisonniers pendant six longues semaines.

— Tu as eu de la chance que ce n'ait pas duré plus longtemps.

— En effet. Nous avons été libérés grâce à l'exil de Napoléon sur l'île d'Elbe. Sur le moment, je n'ai pas pensé que j'avais de la chance. J'étais famélique et misérable, convaincu que j'allais mourir loin de ceux qui m'aiment et que j'aime.

« Loin de toi, femme exaspérante », ajouta-t-il en pensée.

— Au moins, tu as vécu une aventure, répondit-elle. Je n'ai jamais été plus loin que le pays de Galles.

Elle lissa doucement le papier en caressant les contours des continents. Morgan aurait aimé que ce soit sa peau.

— Hier soir, tu as dit que je rêvais d'aventures, dit-elle mélancolique. C'est vrai. J'ai toujours voulu voir le monde, visiter les lieux que j'ai dessiné sur les cartes. En tant que femme, c'est pratiquement impossible. Je suis coincée ici, censée me contenter de mon sort, alors que les cartes que je réalise permettent à des hommes comme toi de vivre des expériences extraordinaires.

— Les femmes mariées ont plus de liberté, indiqua-t-il. Je connais plusieurs dames qui ont fait le Grand Tour avec leurs maris. Peut-être devrais-tu envisager de t'enchaîner à un homme riche et aventureux ?

Elle émit un petit rire de dédain.

— Comment pourrais-je me marier ? Père ne peut vivre seul avec sa mauvaise vue et je refuse de le laisser vivre avec des domestiques. Quel homme voudrait habiter avec un beau-père à moitié aveugle ?

Elle lança un regard coupable par-dessus son épaule.

— Ce n'est pas que veiller sur lui m'ennuie, loin de là. C'est juste frustrant de savoir qu'il pourrait retrouver la vue et vivre d'une manière plus indépendante alors qu'il refuse même d'en discuter.

Morgan compatit.

— Ne peut-il aller vivre avec ton oncle à Newstead Park ?

Ils sursautèrent tous deux en entendant la voix d'Henry Montgomery dans l'arrière-boutique.

— Harriet, qui est avec toi ? C'est le secrétaire de l'avocat au sujet du procès ?

— Non, Père ! lança-t-elle. C'est juste un client.

Morgan fit mine d'être offensé d'être relégué au statut de simple client.

— Tu as honte d'être associée à un infâme Davies ?

— Je veux juste épargner à mon père une agitation inutile. Il est déjà suffisamment énervé.

— À cause du procès qu'il vient de mentionner ? De quoi s'agit-il ?

— Oh, je ne vais pas t'ennuyer avec nos soucis. Tu as probablement mille choses à faire aujourd'hui. Je ne veux pas te retenir.

Cette tentative flagrante de se débarrasser de lui le fit rire.

— La seule chose d'inscrite dans mon agenda mondain aujourd'hui est « agacer Harriet ». Tu peux donc tout me raconter. Nous autres Davies avons un sens inné de l'intrigue. Surtout quand il s'agit des Montgomery. Alors… pourquoi avez-vous besoin d'un avocat ?

Harriet poussa un soupir résigné.

— Un autre cartographe de Londres copie nos cartes et les fait passer pour siennes.

— C'est du vol ! s'exclama Morgan, scandalisé.

— Exactement.

— Comment pouvez-vous être sûrs que c'est vos cartes qu'il copie ? Toutes les cartes du même endroit ne sont-elles pas identiques ?

— Pas du tout. Chaque cartographe digne de ce nom cache des indices dans son travail pour se protéger des violations de droits d'auteur.

Elle sortit une carte d'un grand tiroir et l'étala devant lui sur le bureau. Il contempla le plan de Londres, avec la Tamise serpentant en son centre. La ville paraissait presque organique, comme un cœur géant, avec des rues semblables à des vaisseaux sanguins sinuant dans toutes les directions.

— Quels indices ? demanda-t-il.

— Les plus courants sont des rues pièges ou des villages fictifs placés sur une carte pour tromper d'éventuels copieurs. Comment expliqueront-ils l'inclusion d'un lieu qui n'existe pas s'ils ne l'ont pas copié d'une œuvre originale ?

Elle déplaça son doigt vers le centre gauche de la carte et Mayfair. Morgan reconnut Hyde Park et sa propre maison sur Hanover Square.

— Parfois, nous ajoutons des rues inventées de toutes pièces, poursuivit Harriet. Toutefois, comme cela pourrait gêner la circulation, nous choisissons souvent des moyens moins extrêmes, comme ajouter une courbe à une rue ou transformer une ruelle étroite en une avenue sans changer son emplacement.

— Cela paraît logique.

Elle trouva le rectangle parfait de Grosvenor Square.

— Voici la maison de Maddie, et, ici, la preuve que mes cartes ont été copiées.

Du bout du doigt, elle pointa la propriété du duc d'Evesham. Derrière la maison et le jardin se trouvait un espace carré et muré avec, au centre, le minuscule symbole d'un arbre.

Morgan plissa les yeux pour mieux voir.

— *Paradise Court*, lut-il.

— Tout juste. Comme tu l'as dit hier, cet espace muré ne contient sans doute qu'une écurie ou une dépendance. Je l'ai transformé en une cour arborée. Cela signifie que si Paradise Court réapparaît sur la carte d'un autre, elle a été copiée sur celle-ci.

— C'est plutôt ingénieux.

— Merci.

— Inventer des choses semble être une manie chez toi, la taquina-t-il avec un sourire en coin. Des cours qui n'existent pas, des récifs de corail qui ne sont pas là où ils devraient être.

Elle leva les yeux au ciel.

— C'était différent, nous étions en guerre avec la France. Dans ces circonstances, le contre-espionnage est parfaitement acceptable.

Elle tapota la carte du doigt.

— *Ceci* permet d'éviter un vol pur et simple. Le plagiaire m'ôte mon moyen de subsistance.

— N'y a-t-il pas des lois pour te protéger ?

— Si. Le célèbre graveur William Hogarth a contribué à leur création il y a plus de soixante-dix ans.

Elle lui adressa un regard faussement innocent.

— Tu connais sans doute sa série de gravures intitulée *La Carrière d'un libertin* ? Ce sont des « pièces morales ».

— Je les ai déjà vues.

— Elles ont été tellement copiées que Hogarth a fait pression pour obtenir une protection juridique contre ce qu'il appelait « des imitations pirates ». Il a rassemblé autour de lui un groupe d'artistes et de graveurs et présenté une pétition devant la Chambre des communes. Cela a débouché sur « la loi des droits d'auteur de la gravure », qui accorde à l'artiste l'exclusivité des droits d'auteur sur toute œuvre originale pendant quatorze ans. Après la mort d'Hogarth, sa veuve Jane a obtenu que la loi soit modifiée afin qu'elle conserve les droits sur toutes les réimpressions de ses œuvres pendant vingt ans.

— Ce devait être une femme redoutable.

— Elle l'était.

Morgan plissa le front.

— Puisque la loi est de ton côté, où est le problème ? Traîne le coupable devant les tribunaux, exige qu'il détruise toutes les épreuves qu'il a déjà réalisées, qu'il brise la plaque d'impression afin de ne plus pouvoir faire de tirages supplémentaires et qu'il te verse des dommages et intérêts pour tes pertes de revenus.

— Les procès coûtent du temps et de l'argent. Père pense que nous devrions engager un avocat pour défendre notre cause, sauf qu'il faudra des mois avant que l'affaire arrive devant un juge et encore plus de temps pour régler l'affaire. Les honoraires des avocats sont très élevés et ces derniers sont les seuls à y gagner. Je considère que ce serait gaspiller notre argent.

— Tu ne peux pas laisser le plagiaire s'en tirer comme ça, répondit Morgan. Sais-tu qui c'est ?

— J'ai mes soupçons. Il n'y a que deux ou trois cartographes à Londres capables de faire d'aussi bonnes copies, dont un certain John Heron. Il a une boutique à St. James's.

— Pourquoi crois-tu que c'est lui ?

— Tous les cartographes ont leur propre style. Par exemple, nos cartes sont connues pour leurs cartouches décoratives.

Elle indiqua une plaque ronde dans l'angle de la carte qui portait son nom. Elle était entourée de volutes entrelacées et de vignettes de hauts lieux de la capitale, telle que la Tour de Londres et le vieux pont.

— Heron écrit toujours les lettres *F*, *K* et *R* avec le trait principal se terminant par une petite fioriture typique. Elle figure sur les copies que j'ai vues.

Morgan se redressa.

— Dans ce cas, justice doit être rendue. Si tu ne veux pas passer par les tribunaux, tu dois prendre toi-même les choses en main.

— Que veux-tu dire ?

— Tu devrais aller trouver ce Heron et exiger toi-même la plaque d'impression ainsi que les épreuves.

— Quelle brillante idée ! dit-elle avec une grimace narquoise. Heron tremblera dans ses bottes en voyant débarquer une petite femme et son père à moitié aveugle dans son échoppe. Je suis sûre qu'il avouera tout et nous donnera même cent livres supplémentaires en compensation.

Morgan eut du mal à ne pas rire devant son délicieux sarcasme.

— Je n'ai pas dit que tu devais y aller seule.

— Ah bon ? Devrais-je recruter deux voyous patibulaires pour m'accompagner ? Je me vois déjà me rendre à Seven Dials ou à Limehouse pour les chercher et me faire détrousser ou assassiner par la même occasion.

Morgan rit malgré lui. Dieu, qu'il aimait sa fougue ! Ses yeux brillaient d'irritation.

— Je t'aiderai.

Elle n'essaya même pas de cacher sa stupeur.

— Toi ? Pourquoi ?

Il haussa les épaules.

— Parce que je m'ennuie, sans doute. Ça pourrait être amusant.

— Ou *dangereux*.

— Ce qui revient au même.

Elle plissa des yeux suspicieux.

— Les Davies n'aident pas les Montgomery. Ils les rançonnent ou les poussent dans des fossés.

— Les temps ont changé. Nous sommes apparentés par mariage désormais. Tu fais pratiquement partie de ma famille.

— Jamais !

Il se mit à rire.

— Allez, insista-t-il. Laisse-moi t'aider. Que crains-tu ?

— D'être redevable à un Davies.

— Tu m'es déjà redevable. Tu me dois encore deux baisers.

Elle lui lança un regard noir.

— Je promets de ne pas recourir à la violence, dit-il. Pas à moins que ce ne soit absolument nécessaire. Généralement, la menace de passer un sale moment suffit à persuader un homme.

Partagée, Harriet se mordit la lèvre. Morgan tenait à l'aider coûte que coûte. Elle était généralement si compétente, si indépendante. Pour une fois, le destin lui offrait une occasion de voler à son secours par l'intermédiaire d'une sorte de chevalier servant.

— Je suis un homme, déclara-t-il plus énergiquement qu'il ne l'avait voulu.

— J'en suis consciente, répliqua-t-elle, surprise.

— Je veux dire par là qu'il y a certains avantages à être un homme, notamment la force brute. En outre, j'ai quelque chose que tu n'as pas.

Le regard d'Harriet descendit automatiquement vers son pantalon tandis que ses joues rougissaient à vue d'œil.

— À savoir ? demanda-t-elle d'une voix éraillée.

Il s'efforça de ne pas rire. Qu'elle pense machinalement à ce qu'il y avait sous sa braguette était un excellent progrès. Cependant, plutôt que de célébrer ce moment, il prit un air innocent.

— Un frère avec un titre, bien sûr. Gryff, le comte de Powys. Un aristocrate est toujours extrêmement intimidant. Ajoute à cela le don naturel de Rhys pour se battre avec tous ceux qu'il rencontre, nous avons une combinaison gagnante.

Elle fit non de la tête.

— Tu ne peux pas demander à tes frères de traverser tout Londres rien que pour affronter un cartographe véreux pour moi.

— Pourquoi pas ? Rhys ne sait plus quoi faire de son temps. Une distraction sera bienvenue, surtout si je lui dis qu'il risque d'y avoir de la bagarre.

— Mais Gryff est bien trop occupé. En outre, Maddie ne te le pardonnera jamais si tu l'entraînes dans une aventure dangereuse.

— Tu plaisantes ? Gryff adore le danger. Le seul risque serait que Maddie décide de nous accompagner. Cette femme est aussi attirée par les embrouilles que lui.

Harriet semblait ne plus savoir quoi penser. La voyant sur le point de le contredire, il fit ce qu'il avait envie de faire depuis le début de la matinée. Il posa une main sur sa joue.

Elle se figea.

— Laisse-moi t'aider, Harriet.

— Mais…

— Où se trouve la boutique de ce Heron ?

— Dans Hart Street, à Covent Garden.

— Nous lui rendrons visite demain matin. Je m'occupe de mes frères. Retrouve-nous devant l'échoppe à onze heures et apporte cette carte au cas où nous aurions besoin d'une preuve.

Il laissa retomber sa main et recula d'un pas en regrettant déjà de ne plus la toucher. Il lui adressa un sourire rassurant.

— Qui sait, peut-être seras-tu tellement satisfaite du résultat que cela me vaudra un baiser supplémentaire ?

Cela la sortit de sa torpeur. Elle prit un air renfrogné.

— Quand il neigera en enfer.

— Au revoir, mademoiselle Montgomery. Et à demain.

12

Le lendemain matin, Harriet s'interrogeait encore sur les motivations de Morgan lorsqu'elle héla un fiacre pour la conduire à Hart Street. Elle avait passé une grande partie de la nuit à lui trouver des raisons malveillantes et retorses de vouloir s'impliquer dans ses affaires.

Qu'il ait bondi sur une occasion de l'aider parce qu'il voulait passer plus de temps avec elle était inenvisageable. Des centaines de femmes le réclamaient à cor et à cri, des créatures charmantes et spirituelles, douces et dociles, aux manières exquises, qui ne hasarderaient jamais à le contredire ou à se moquer de lui.

Certes, ce pouvait simplement être par besoin d'un peu d'action. Londres devait lui paraître bien morne après deux années passées à faire la guerre. Peut-être devrait-elle proposer de lui tirer dessus avec son pistolet de temps à autre, histoire de le maintenir sur le qui-vive. Elle était suffisamment bonne tireuse pour le rater délibérément.

Si elle le souhaitait.

À moins que ce ne soit par sens de la justice. Tout Davies qu'il était, il avait toujours été franc-jeu. Même lorsqu'il la persécutait, il y avait des limites qu'il ne franchissait pas. Certes, ce voyou avait jeté son tire-ligne en argent favori dans un torrent à Trellech, mais il avait également envoyé son poing dans la figure d'Ian Williams lorsqu'il l'avait surpris essayant de noyer un chaton dans le puits.

Était-ce pour la contrarier en faisant d'elle son obligée ? C'était l'option la plus probable. Il y avait fait une allusion en la quittant la veille.

Elle émit un petit rire. S'il croyait qu'elle lui montrerait sa gratitude en accordant des baisers supplémentaires, il se leurrait ! Rien que de penser aux deux qu'elle lui devait encore lui faisait ployer les genoux et lui mettait les tripes en vrac.

Le fiacre la déposa à l'entrée de Hart Street et elle marcha vers la boutique d'Heron d'un pas nerveux. Même si elle ne doutait pas qu'il soit son plagiaire, accuser ouvertement un homme était une affaire grave.

L'énorme calèche des Davies s'arrêta juste devant elle. D'un noir brillant, elle était ornée de leur blason peint sur la portière : une vouivre, une chimère avec les ailes et la tête d'un dragon et la queue d'un serpent.

Lorsque les trois frères Davies bondirent sur le trottoir, tous les passants s'arrêtèrent pour les regarder. Chacun d'eux était impressionnant à sa manière ; collectivement, ils offraient un spectacle qui aurait fait se pâmer n'importe quelle fille. Gryff avait le teint plus clair que ses frères et une chevelure châtain alors que Rhys et Morgan avaient des boucles brunes désordonnées. On les comparait régulièrement avec lord Byron, bien qu'Harriet ne leur trouvât aucune ressemblance avec le chantre du romantisme morbide. Aucun des Davies n'était pâle ni languissant. Gryff était grand et imposant. Rhys était charmant et rieur. Quant à Morgan... (elle poussa un soupir silencieux), il avait dû être pirate dans une autre vie. Il ne lui manquait plus qu'une boucle d'oreille en or et un bandeau sur l'œil pour avoir l'air du parfait ruffian.

Tous trois avaient de larges carrures, des jambes interminables et des visages qui faisaient sérieusement douter de la répartition équitable de la beauté dans le monde. Mère Nature ne manquait pas d'humour pour avoir rendu ces trois voyous aussi séduisants.

À moins que ce ne soit l'œuvre du diable. Ce qui était beaucoup plus crédible.

Ils portaient des tenues en apparence modestes, mais un œil avisé ne se laisserait pas tromper quant à la qualité de leurs vêtements. La veste de Morgan épousait son torse sans une once de tissu superflu, tandis que ses pantalons en daim et ses hautes bottes luisantes trahissaient la perfection du sur-mesure.

Harriet s'efforça de reprendre sa marche et fut récompensée par le sourire éclatant de Morgan lorsqu'il l'aperçut.

— Bien le bonjour, mademoiselle Montgomery.

Gryff et Rhys s'inclinèrent en effleurant le bord de leur chapeau tandis que Morgan lui prenait le bras et l'entraînait à l'écart. Il contempla la coiffe alambiquée qu'elle avait choisie pour l'aventure, un chapeau de paille à larges bords, agrémenté de plusieurs rubans et d'une fine voilette qui pouvait être rabattue sur le visage.

— Ce chapeau est ridicule, observa-t-il. On dirait une apicultrice.

— Je sais, répondit-elle avec un sourire. J'ai pensé qu'un déguisement s'imposait, du moins en un premier temps. Le monde de la cartographie est étonnamment petit et Heron pourrait me reconnaître.

Morgan grogna, ce qu'elle considéra comme sa manière de reconnaître malgré lui sa brillante idée.

— J'espère que tu es prête pour la bagarre, dit-il.

— Toujours. Bien qu'il me paraisse étrange de charger ma poudre pour un autre qu'un Davies.

— La variété donne du piment à l'existence, répliqua-t-il avec un sourire. As-tu apporté ta carte ?

Elle tapota la sacoche en cuir qu'elle portait en bandoulière par-dessus sa pelisse.

— Oui, capitaine !

Ne se laissant pas désarçonner par son ton railleur, il poursuivit :

— Lorsque nous serons dans la boutique, j'aimerais que tu réfrènes ta manie de toujours me couper la parole et que tu me laisses parler.

— Entendu.

Il ouvrit grand la bouche en feignant la stupeur.

— Juste ciel ! T'es-tu cogné la tête en descendant du fiacre ? Tu es d'accord avec moi ?

Il posa sa paume sur son front pour vérifier si elle n'avait pas la fièvre.

— Pour le moment, rétorqua-t-elle en chassant sa main.

Elle se tourna vers Rhys et Gryff.

— Je suis navrée de vous avoir dérangés, s'excusa-t-elle. Je tiens à ce que vous sachiez que ce n'était pas mon idée.

— Oh, tu ne nous déranges pas du tout, répondit Rhys, l'air ravi. La dernière fois que nous nous sommes amusés, c'était quand nous avons capturé cet ours qui s'était échappé de sa cage à Trellech. Cela remonte déjà à plusieurs semaines.

Il adressa un clin d'œil en roulant les épaules comme s'il s'échauffait avant un match de boxe.

— J'ai mis une vieille veste ample, au cas où il y aurait un peu de sport, précisa-t-il.

— Oh, nous n'en viendrons pas là, la rassura Gryff. Maddie s'excuse de n'avoir pu venir. Elle m'a dit de « donner une bonne leçon à ce chien de voleur ».

Morgan tira sur le bras d'Harriet.

— Allons-y.

La boutique d'Heron avait la même odeur d'encre et de papier que la sienne. Lorsque les yeux d'Harriet se furent accoutumés à la pénombre, elle vit un homme mince comme un fil vêtu d'un gilet jaune criard jaillir de derrière une bibliothèque.

Reconnaissant des hommes de qualité, il s'inclina obséquieusement.

— Bonjour, madame, messieurs. Que puis-je faire pour vous aujourd'hui ?

Gryff et Rhys feignirent de s'intéresser au contenu d'une vitrine sur leur droite, tandis que Morgan entraînait Harriet en avant.

— Êtes-vous monsieur Heron ?

— Oui, monsieur.

— Dans ce cas, peut-être pourrez-vous m'aider. Je cherche une carte réalisée par un graveur nommé Crusoé. En auriez-vous ?

Harriet fut surprise. Que mijotait-il ?

— Hélas non, monsieur, répondit Heron. Voulez-vous savoir le plus étrange ? Vous êtes la seconde personne à me réclamer une carte de Crusoé cette semaine. On ne me demande rien pendant des années et, soudain, voilà deux gentlemen qui en cherchent une en l'espace de quelques jours.

— L'autre homme ne serait-il pas français, par hasard ? demanda Morgan avec un sourire affable.

— Maintenant que vous le dites, oui, en effet. Pourquoi ? Le connaissez-vous ?

— C'est un de mes employés, répondit Morgan. Je lui ai demandé de m'aider à rassembler la totalité des cartes de Crusoé. Étant marin moi-même, je suis très impressionné par la précision de son travail. Cela me rappelle la belle époque où je sillonnais les océans, vous savez ce que c'est.

Harriet ne pouvait qu'admirer la facilité avec laquelle il rebondissait de mensonge en mensonge.

Heron hocha la tête, bien que le petit escroc n'ait probablement jamais vu le début d'un océan si ce n'est en crachant depuis un quai dans la Tamise.

— Je ne peux que vous répéter ce que je lui ai dit, déclara-t-il. Les cartes de Crusoé sont rares. Éditées par la Marine royale, elles ne sont donc pas très recherchées par le commun des mortels. Vous devriez vous adresser directement à l'Amirauté pour voir s'ils en gardent des exemplaires.

— Ah quel dommage. Tant pis, merci monsieur.

En voyant Morgan s'apprêter à partir sans rien acheter, Heron se précipita :

— J'ai plein d'autres cartes qui pourraient vous intéresser. Peut-être la dame aimerait-elle quelque chose ? Une carte de Brighton ? Ou de Bath, si vous allez bientôt prendre les eaux ?

Morgan se tourna à nouveau. Harriet, toujours accrochée à son bras, fit de même. Il se pencha vers elle avec une expression si tendre qu'elle mit quelques secondes à comprendre son jeu.

— Aimeriez-vous une carte, mon ange ? demanda-t-il avec la voix suave d'un homme éperdu d'amour. Vous savez que je vous achèterai tout ce que votre cœur désire.

Harriet battit des cils sous son voile et répondit d'une voix mielleuse :

— Oh, mon chéri, vous êtes trop gentil ! À dire vrai, oui, quelque chose me ferait plaisir.

Elle se tourna vers Heron en usant de tout son charme.

— Auriez-vous une carte récente de Londres ? Ma cousine arrive bientôt du Derbyshire et j'aimerais lui en offrir une.

Les épaules d'Heron se détendirent.

— Mais bien sûr, madame.

Il se précipita vers une série d'étagères et descendit un rouleau de papier qu'il étala sur le plateau de verre du comptoir.

— Je peux vous faire un prix très raisonnable, annonça-t-il.

Morgan se plaça derrière Harriet et regarda pardessus son épaule. Elle sentit la chaleur de son corps dans son dos et dut faire un effort pour se concentrer sur la carte plutôt que sur la délicieuse sensation d'être si proche de lui.

— Est-ce ce que vous désiriez ? chuchota-t-il dans son oreille.

Dans un moment d'égarement, elle crut qu'il parlait du fait qu'il se tenait si près. *Pas tout à fait. Je te veux plus près encore…*

La réalité reprit le dessus. Elle aperçut Paradise Court, puis vérifia le nom du graveur en bas de la carte : J. Heron, Covent Garden. Son sang commença à bouillir.

— Oui, exactement.

Elle sentit Morgan hocher la tête et se redresser.

— Monsieur Heron, je crains que votre version ne fasse pas l'affaire.

Les traits du cartographe s'affaissèrent.

— Mais… pourquoi ?

— Parce que cette carte est une imitation pirate !

13

Harriet se retint de rire en entendant le ton mélodramatique de Morgan lorsqu'il prononça l'expression « imitation pirate ». Il aurait été parfaitement à sa place sur la scène d'un théâtre de Drury Lane.

Il fit un grand geste circulaire au-dessus de la carte, tel un procureur confrontant l'accusé avec un couteau ensanglanté portant ses initiales.

— Harriet, pourriez-vous expliquer à M. Heron pourquoi cette carte n'est pas à notre goût ?

Harriet souleva son voile, se redressa de toute sa hauteur et fixa Heron d'un regard de gorgone.

— Parce que vous n'êtes pas le graveur original, monsieur. Cette carte est une copie de la version réalisée par l'imprimerie Montgomery l'année dernière.

Heron écarquilla les yeux en la reconnaissant enfin. Ses traits virèrent au rouge vif.

— Comment osez-vous ? C'est de la pure calomnie ! Vous n'avez aucune preuve de ce que vous avancez.

Morgan afficha un sourire de crocodile s'apprêtant à happer sa proie.

— Pourriez-vous lui montrer la preuve, mon ange ? demanda-t-il à Harriet.

— Mais bien sûr, mon chéri.

Elle pointa le doigt vers Grosvenor Square et battit des cils.

— Je suppose que vous connaissez le concept des rues pièges, monsieur Heron ? Cette cour, Paradise Court, n'existe pas dans la réalité. Vous le sauriez si vous aviez réalisé cette carte vous-même. Vous avez simplement recopié ma mystification. Comment l'expliquez-vous ?

Heron glissa un doigt sous le col de sa chemise et tira dessus comme s'il était soudain devenu trop petit. Ou peut-être imaginait-il la sensation d'une corde se resserrant autour de son cou.

— Mon fils ! balbutia-t-il. Il n'a que quinze ans. J'essaie d'en faire mon apprenti, mais il est très paresseux. Je l'ai chargé de cartographier cette partie de la ville en prenant des mesures précises de chaque rue afin de s'assurer que la carte soit exacte.

Morgan émit un petit rire sceptique.

— Je parie qu'il a passé plus de temps bien au chaud dans un estaminet qu'en arpentant les rues. Il a sans doute voulu s'épargner des efforts en copiant le travail de quelqu'un d'autre. Où est ce garçon ?

Heron parut acculé.

— Il est sorti. J'ignore où.

Il lança des regards d'un côté et de l'autre à la recherche d'une issue. Harriet se demanda si son paresseux de rejeton n'était pas aussi imaginaire que Paradise Court.

Morgan toisa Heron avec un regard qu'il avait dû mettre au point pour pétrifier ses subordonnés sur le pont des navires.

— Le plagiat est un délit grave. Mlle Montgomery pourrait vous traîner en justice en invoquant la loi adoptée à l'instigation de...

Il se tourna vers Harriet d'un air interrogateur.

Trouvant amusant qu'il sache qu'elle aurait les détails sur le bout de la langue, elle répondit rapidement :

— William Hogarth. La « loi des droits d'auteur de la gravure de 1735 » accorde aux créateurs de gravures et d'autres œuvres similaires les droits exclusifs sur leur travail pendant une période de vingt ans. Et elle interdit de tirer des estampes sans l'accord contractuel de leur auteur.

Morgan hocha la tête.

— Si l'affaire est présentée devant un juge, vous perdrez, monsieur Heron.

Il marqua une pause théâtrale avant de poursuivre :

— Heureusement pour vous, Mlle Montgomery étant aussi généreuse que belle, elle ne traînera pas votre nom et votre réputation professionnelle dans la boue si vous promettez de cesser et de vous abstenir. Vous lui donnerez la plaque d'impression que vous avez créée et jurerez de ne plus jamais copier ses cartes.

— Mais…, balbutia Heron.

— Connaissez-vous mon frère, le duc de Powys ? l'interrompit Morgan d'une voix charmante. Gryff, peux-tu venir ici un moment ?

Gryff s'approcha d'un pas nonchalant et salua Heron.

— J'ai appris que vos cartes en puzzle pour enfants rencontraient un franc succès dans la haute société, monsieur Heron, déclara-t-il aimablement. Mon ami le prince régent serait très fâché d'apprendre que vous copiez le travail des autres. Si le bruit court que vous êtes un voleur, il pourrait vous retirer son patronage royal. Imaginez l'effet que cela aurait sur vos ventes.

Une goutte de sueur coula sur la tempe d'Heron.

— Attendez un instant. Je vous apporte la plaque.

Il se précipita dans l'arrière-boutique et réapparut quelques instants plus tard avec la carte gravée dans le métal et clouée sur une planche en bois. Rhys la lui prit avec un sourire.

— À présent, les tirages en papier.

L'air renfrogné, Heron ouvrit un tiroir et en sortit une bonne dizaine de feuilles. Il les laissa tomber sur le comptoir.

Harriet les ramassa en le fusillant du regard.

— Ce fut un plaisir de faire affaire avec vous, monsieur Heron, déclara Morgan. Surtout n'oubliez pas : si j'apprends que vous avez à nouveau copié les cartes de vos collègues, pas seulement celles de Mlle Montgomery, je ne me contenterai pas de détruire votre réputation. Je laisserai Rhys vous donner la bonne raclée que vous méritez.

Rhys adressa à Heron un sourire d'une menaçante courtoisie.

— J'ai été le champion invaincu de boxe à mains nues dans six régiments, dit-il joyeusement. Souvenez-vous-en, monsieur Heron.

Heron déglutit péniblement.

— Oui, monsieur. Merci, monsieur.

Morgan le salua en effleurant le bord de son chapeau et tendit à nouveau son bras à Harriet.

— Êtes-vous prête, mon ange ?

Ils sortirent de la boutique, Gryff et Rhys derrière eux. Dès qu'ils se furent éloignés dans Hart Street, Harriet donna libre cours à son euphorie.

— Cela a marché ! Je n'arrive pas à le croire ! Oh, merci ! Vous avez tous été magnifiques.

Morgan se tourna vers ses frères.

— C'était comme dans le bon vieux temps, hein ?

— J'ai beaucoup aimé ton « imitation pirate », rit Gryff. Ça faisait très vieux loup de mer.

— Nous avons toujours formé une bonne équipe, observa Rhys. Tu aurais quand même pu me laisser le secouer un peu, histoire d'enfoncer le clou. Il s'en sort trop facilement à mon goût. Tu te souviens du pickpocket que nous avons surpris essayant de voler ta montre à la sortie d'un théâtre ?

Morgan expliqua à Harriet :

— Nous l'avons attaché à un réverbère avec sa cravate jusqu'à l'arrivée du constable.

— Et l'avons bombardé d'oranges, ajouta Rhys. Les vendeurs d'oranges de Drury Lane sont très coopératifs.

Gryff soupesa la plaque dans ses bras.

— Assez avec les souvenirs. Cette plaque est aussi lourde qu'un boulet de canon. Où est la voiture ?

La calèche des Davies attendait au coin de la rue. Gryff déposa la plaque à l'intérieur avec un grognement de soulagement. Il monta à bord, suivi de Rhys.

Morgan se tourna vers Harriet et lui prit la liasse de cartes.

— Monte. Nous allons te raccompagner à Bury Street.

Avant qu'elle puisse protester, Rhys tendit le bras par la portière, lui prit la main et la hissa à bord.

— Viens, ne fais pas ta froussarde. Je t'assure que toutes les histoires horribles que tu as entendues sur les frères Davies ne sont qu'à moitié vraies.

Ne pouvant s'échapper, Harriet s'installa sur la banquette avec un petit rire désabusé.

— Je n'en doute pas. Quand j'étais petite, avant de dormir, on me racontait des histoires terrifiantes de vilains monstres Davies qui dévoraient des jeunes filles imprudentes pour le petit-déjeuner.

La calèche oscilla brusquement lorsque Morgan grimpa à bord à son tour et s'installa sur la banquette vide à ses côtés.

— Uniquement si elles le demandent très, très gentiment, déclara-t-il.

Harriet ne comprit pas tout à fait sa plaisanterie, mais, à la manière dont il l'avait dite, elle sentit qu'elle devait rougir.

14

Harriet n'aurait jamais imaginé partager un jour une voiture avec les trois frères Davies, à moins d'un kidnapping véreux. Pourtant, ils étaient tous les quatre tranquillement assis dans la calèche Davies, Gryff et Rhys tanguant en face d'elle sur la banquette capitonnée tandis que l'épaule et la cuisse de Morgan cognaient les siennes à chaque cahot du véhicule.

Les trois frères emplissaient tout l'espace. Toutefois, c'était surtout la proximité de Morgan qui vidait ses poumons de tout air.

— Iras-tu au bal costumé de Carys vendredi prochain, Harriet ? lui demanda Gryff. J'ai entendu dire qu'elle avait dépensé une petite fortune en décoration et divertissements.

Rhys lui donna un coup de coude.

— Estime-toi heureux qu'elle soit en train de ruiner un Montgomery plutôt que nous autres.

Il rit et agita les sourcils en direction d'Harriet.

— Votre pauvre Tristan doit être prêt à lui tordre le cou.

Harriet se mit à rire. Le mariage surprise de son cousin, réputé calme et mesuré, à leur extravagante sœur avait à la fois choqué et émoustillé l'élite londonienne.

Ayant connu Tristan toute sa vie, elle était ravie qu'il ait trouvé l'épouse idéale en la personne de la flamboyante et créative Carys. Elle avait vu le petit sourire secret flotter sur ses lèvres lorsqu'il observait sa femme depuis l'autre bout de la pièce. C'était l'expression d'un homme profondément amoureux.

Si seulement un homme pouvait la regarder avec la même adoration silencieuse.

— J'ai hâte d'y être, répondit-elle. Connaissant Carys, toute la ville ne parlera plus que de ça.

Lorsqu'ils s'arrêtèrent dans Bury Street, Morgan sauta à terre et lui donna la main pour l'aider à descendre sur le trottoir. Bien qu'elle portât des gants, Harriet sentit un frisson lui parcourir tout le corps. Rhys lui tendit le rouleau de cartes d'Heron et Morgan prit la plaque d'impression posée sur le plancher de la calèche.

— Merci encore, dit Harriet.

— Vous deux, ne m'attendez pas, dit Morgan à ses frères. Je vais aider Harriet à mettre ceci de côté, ou brûler le tout si elle le souhaite. Je prendrai un fiacre pour rentrer à Hanover Square quand nous aurons terminé.

— Comme tu voudras, répondit Gryff. Je dois rentrer faire un rapport détaillé à Maddie.

— Quant à moi, j'ai une leçon d'escrime avec le *signore* Falcone dans une demi-heure, déclara Rhys. À plus tard.

La calèche repartit. Harriet et Morgan entrèrent dans la boutique et Morgan déposa la plaque sur le bureau avec un grognement de soulagement.

La voix de son père résonna dans l'arrière-boutique.

— Harriet, c'est toi ? Tu es de retour ?

Harriet lança un regard inquiet à Morgan, l'implorant en silence de ne rien dire. Naturellement, l'insupportable individu contourna le bureau et se dirigea droit vers l'endroit où son père était assis, à sa place habituelle, devant la cheminée.

— Monsieur Montgomery ? C'est un plaisir de vous rencontrer.

Son père plissa les yeux vers lui.

— À qui ai-je l'honneur, monsieur ? Pardonnez-moi, ma vue n'est plus ce qu'elle était.

— C'est le capitaine Morgan Davies, Père, intervint Harriet. De la Marine royale.

Elle grimaça intérieurement en attendant l'inévitable explosion.

Les sourcils broussailleux de son père se froncèrent.

— Davies ? Ne me dites pas que vous êtes l'un de ces affreux Davies gallois, hein ?

Harriet ferma les yeux et pria pour que Morgan réponde qu'il n'avait jamais mis les pieds au pays de Galles. Naturellement, il n'en fit rien. Il s'avança et prit la main de son père.

— Je crains que si, monsieur, dit-il joyeusement. Je suis un Davies de Trellech Court. Cela dit, je suis la brebis galeuse de la famille. Contrairement à d'innombrables générations de Davies avant moi, j'ai rejoint la marine plutôt que l'infanterie.

Son père manqua de s'étrangler.

— Ça ne fait pas moins de vous une fripouille et un voyou, grogna-t-il. Néanmoins, mon frère William travaille avec le vôtre pour extraire ce filon d'or, n'est-ce pas ? Peut-être est-il temps de tirer un trait sur le passé.

Harriet en resta la bouche ouverte. De sa vie, elle n'avait jamais entendu son père montrer la moindre bienveillance à l'égard d'un Davies.

— Vous avez parfaitement raison, monsieur, déclara Morgan avec un regard rieur vers Harriet. S'ils travaillent ensemble sans s'entretuer, c'est la preuve qu'un rapprochement entre nos deux familles est possible.

Harriet lui lança un regard noir. À sa manière de prononcer ces mots, elle savait parfaitement quel genre de rapprochement il avait en tête. Un rapprochement entre ses lèvres et la peau d'une Montgomery.

Cette pensée déclencha une onde de chaleur dans tout son corps.

— En outre, la guerre nous a ouvert l'esprit, poursuivit-il. Les rivalités mesquines telles les nôtres perdent tout leur sens comparé à des menaces bien plus graves comme celles que représentent des tyrans à l'instar de Napoléon.

— Absolument, en convint son père.

— Je ne qualifierai pas la querelle entre les Davies et les Montgomery de « mesquine », maugréa Harriet. Les catastrophes naturelles ont fait moins de ravages. Et cela dure depuis plus de cinq siècles.

— Personne ne nous accusera de manquer de ténacité, ricana son père. D'autre part, cela fait des décennies qu'on ne s'entretue plus.

Il tourna à nouveau la tête vers Morgan.

— J'ai appris votre capture du *Brillant*. C'était dans les dépêches. Bravo, monsieur. Un homme suffisamment courageux pour risquer sa vie en défendant son pays n'est peut-être pas totalement irrécupérable.

Morgan se mit à rire.

— Peut-être ne suis-je qu'à moitié mauvais, comme la plupart des hommes ?

— Je dirais plutôt que vous relevez du principe de Parento, c'est-à-dire de la loi des 80-20, la balance penchant plutôt du côté mauvais, déclara Harriet.

Il lui adressa un regard moqueur.

— Notre aventure de ce matin n'a-t-elle pas relevé un peu ma cote ?

— Quelle aventure ? demanda son père.

Harriet secoua la tête avec un regard de reproche à Morgan. Elle avait espéré raconter à son père ce qui s'était passé quand ils seraient seuls.

— Le capitaine Davies s'est à nouveau comporté assez dignement, dit-elle avec une pointe de sarcasme. Ses frères et lui ont confronté John Heron, l'homme qui copie nos cartes. Ils l'ont obligé à me donner toutes les épreuves qu'il avait tirées ainsi que la plaque d'impression et lui ont fait promettre de ne plus jamais plagier les cartes des autres.

Les sourcils de son père grimpèrent jusqu'à la naissance de ses cheveux puis son visage se fendit d'un large sourire.

— Vraiment ? Bon sang, j'aurais aimé voir ça ! Croyez-moi, si j'avais eu dix ans de moins et été capable de discerner autre chose que des taches floues, je lui aurais rendu visite moi-même et lui aurais fait avaler toutes ses dents, à ce petit truand.

— Mon frère Rhys lui a promis d'en faire autant s'il recommençait.

Exultant, son père tapa des deux mains sur les accoudoirs de son fauteuil.

— Merci, Davies. Je n'aurais jamais cru dire ça au cours de ma vie à un Davies, mais je vous suis redevable.

Morgan s'inclina, bien que son père ne distinguât probablement qu'un vague mouvement.

— Ce fut un plaisir, monsieur.

Il se tourna vers Harriet. La lueur malicieuse qui scintillait dans ses yeux la mit aussitôt sur ses gardes.

— Oh, j'allais oublier ! J'ai apporté quelque chose pour votre plaisir aussi, mademoiselle Montgomery.

Cela n'augurait rien de bon.

Il glissa une main dans la poche intérieure de sa veste et en sortit un petit livre à reliure cartonnée.

— Qu'est-ce, Harriet ? demanda son père.

— Un livre. D'images, apparemment.

— C'est un ensemble de gravures de Thomas Rowlandson, expliqua Morgan avec un sourire. Je suis sûr que vous connaissez ses œuvres satiriques.

Son père hocha la tête avec enthousiasme.

— En effet. Quel artiste énergique et amusant ! Ses scènes sont pleines de vitalité et d'humour. Il sait capturer des moments fugaces avec quelques lignes. Que montrent ses dessins ?

Harriet examina la couverture.

— Il s'intitule *Charmants petits jeux pour jeunes dames et messieurs. Avec des illustrations de sports et de passe-temps anglais bien de chez nous*.

Cela paraissait innocent. Cependant, le petit sourire en coin de Morgan ne lui disait rien qui vaille. Il manigançait quelque chose.

— C'est une série assez rare de gravures réalisées il a quelques années par Rowlandson pour un mécène anonyme appartenant à la famille royale, déclara Morgan. Il en a tiré quelques exemplaires supplémentaires pour ses amis artistes, dont celui-ci que j'ai pu me procurer. J'ai pensé que cela vous amuserait, mademoiselle Montgomery.

Harriet ouvrit le livre au hasard et manqua de s'étrangler. Le dessin coloré à la main montrait une femme totalement nue entourée des outils d'un tailleur de pierre : un maillet de sculpteur et un grand bloc de marbre brut. Il s'intitulait *Pygmalion*. L'artiste n'avait pas lésiné sur la couleur ; les joues et les mamelons de la dame étaient rose vif.

Harriet tourna la page. Son regard tomba sur un méli-mélo d'hommes et de femmes tombant dans un escalier en colimaçon. Comme aucune des femmes ne portait de culotte, on ne voyait qu'un empilement de membres, de seins et de fesses nus.

Ses joues s'empourprèrent.

— Les scènes sont amusantes ? demanda son père. Comme j'aimerais pouvoir les revoir !

— Oui, elles sont à se plier de rire, déclara Harriet d'une voix éraillée.

Morgan était hilare.

— Le livre contient aussi d'autres gravures réalisées par des artistes du continent, précisa-t-il.

Il lui reprit le livre, tourna une page et le lui tendit à nouveau.

La rougeur d'Harriet se répandit jusqu'à ses orteils. L'image montrait une femme et un prêtre dans un lit s'adonnant à des activités impies. Le prêtre enfonçait ses doigts entre les cuisses de la dame qui, elle, avait la main enroulée autour du bâton de chair qui pointait hors de sa chasuble.

« Une verge, se rappela-t-elle fermement. Cela s'appelle une verge. Cesse d'être aussi pudibonde. »

Elle pouvait à peine respirer.

Morgan tourna encore une page. La gravure s'intitulait en français *Train de plaisir*. Deux dames et un homme étaient enchevêtrés dans une calèche. La première embrassait l'homme tandis que la seconde prenait son membre dans sa bouche.

Le corset d'Harriet semblait rétrécir de seconde en seconde. Mortifiée, elle foudroya Morgan du regard. Comment osait-il lui montrer des images aussi choquantes devant son père !

Sans la moindre vergogne, il replaça le livre entre ses mains.

— Je vous laisse admirer la facture artistique, mademoiselle Montgomery.

Oh, le scélérat ! Ses joues brûlaient plus que les feux de l'enfer… là où il finirait assurément pour lui avoir joué un aussi mauvais tour.

Morgan s'approcha à nouveau de son père

— Avant de partir, puis-je vous poser une question, monsieur ?

— Je vous en prie.

— L'un des anciens camarades d'école de mon père, John Saunders, a été l'un des plus grands chirurgiens de la marine. Il a passé des années en Afrique du Nord à étudier les effets et les traitements de la cécité provoquée par le sable au sein de nos troupes durant la campagne d'Égypte. Après avoir quitté l'armée, il a ouvert son propre cabinet dans Harley Street, à Marylebone. Au cours de ces dernières années, il s'est spécialisé dans la chirurgie oculaire et plus particulièrement dans le traitement de cataractes comme la vôtre. Aimeriez-vous le rencontrer ?

Encore sous l'effet des gravures érotiques, Harriet retint son souffle, convaincue que son père allait refuser. Elle ne savait plus quoi penser de Morgan ; l'horrible individu l'humiliait et, l'instant suivant, faisait fondre son cœur avec une démarche généreuse et totalement inattendue.

Son père plissa le front et, les coudes posés sur les accoudoirs de son fauteuil, mit ses mains en clocher.

— Oui, pourquoi pas ?

Elle crut que le sol se dérobait sous ses pieds. Venait-il de répondre par l'affirmative ? Cela faisait deux ans qu'elle le harcelait et l'implorait en vain pour qu'il consulte un médecin qualifié. Morgan se présentait – l'un des Davies les plus diaboliques de surcroît – et il acceptait sa suggestion aussi docilement qu'un agneau ?

Elle ne savait plus si elle devait en rire ou pleurer.

Peut-être n'acceptait-il que pour ne pas avoir l'air d'un lâche devant un Davies. Cela, elle pouvait le comprendre. Elle en avait fait autant à d'innombrables occasions.

Quoi qu'il en soit, elle ne pouvait qu'être reconnaissante à Morgan pour ce miracle.

— Excellent ! s'exclama-t-il. J'arrangerai un rendez-vous le plus tôt possible.

Il esquissa une petite parodie de salut militaire devant Harriet et se dirigea vers la porte. En passant, il fit un signe vers le livre.

— J'espère que ces gravures vont plairont, mademoiselle Montgomery, et que vous penserez à moi chaque fois que vous les regarderez.

Le feu lui remonta aussitôt aux joues. Le maudissant pour son flirt éhonté, elle le raccompagna dans la boutique.

— Merci pour votre aide aujourd'hui, capitaine Davies, dit-elle d'une voix assez forte pour que son père puisse l'entendre. J'apprécie sincèrement tout ce que vous avez fait.

Morgan fit une élégante courbette.

— Je vous verrai au bal costumé de Carys, dit-il.

Il ajouta à voix basse :

— Mets une robe avec un décolleté plongeant. Ces gravures m'ont donné toutes sortes d'idées pour le baiser numéro deux.

Harriet poussa un soupir exaspéré. Il lui passa un doigt sous le menton en riant puis sortit de la boutique d'un pas nonchalant.

Elle le regarda s'éloigner avec un mélange de soulagement et de regret.

15

Une fois seule dans son lit, Harriet ne put s'empêcher de jeter un autre coup d'œil à ce livre infernal.

Chaque image était pire que la précédente, déclenchant chaque fois en elle une onde de chaleur qui se répandait dans son ventre. Elle était fascinée malgré elle par l'incroyable variété des situations dépeintes.

Habitant près de quartiers populaires, elle n'était pas totalement ignorante. Elle avait vu des prostituées solliciter des hommes dans des ruelles obscures ; des couples s'embrassant et se pelotant sous des portes cochères ; des animaux s'accouplant dans les champs. Elle avait de vagues notions de la mécanique de la copulation. Néanmoins, ce petit livre élargissait son univers d'une manière exponentielle.

Presque sans s'en rendre compte, elle caressa du doigt la poitrine nue d'une femme et sentit un picotement dans ses propres seins. Que ressentirait-elle si Morgan la touchait à cet endroit ? Une autre image montrait un homme avec le visage entre les cuisses d'une femme… que fabriquait-il donc ?

Elle referma brusquement le livre.

Morgan Davies était redoutable.

Elle ne pouvait nier son attirance pour lui ; elle en était entichée depuis qu'elle avait quatorze ans.

Toutefois, son désir avait récemment pris une tournure beaucoup moins abstraite.

S'il semblait faire son possible pour éveiller en elle des pulsions lubriques, son but restait d'un flou exaspérant. Il avait déclaré aux tantes qu'il allait commencer à se chercher une épouse. Ne devrait-il pas se concentrer sur cet objectif plutôt que d'essayer de la rendre folle en faisant s'éterniser la collecte de ses baisers pendant des semaines ?

Pour ne rien arranger, il s'avérait être bien plus qu'une séduisante nuisance. Il avait résolu son problème avec Heron et était presque parvenu à convaincre son père de consulter un docteur.

Elle se laissa retomber sur ses oreillers avec un long soupir.

Oh, cet homme est un danger.

*

* *

Le bal costumé de vendredi arriva bien trop vite.

Carys étant connue dans la haute société pour sa garde-robe spectaculaire, Harriet savait que les toilettes seraient encore plus extravagantes que lors des soirées mondaines habituelles. C'était la raison pour laquelle elle avait trouvé le courage de porter une tenue plus osée qu'à l'accoutumée.

« Mets une robe avec un décolleté plongeant. »

L'injonction de Morgan résonnait encore dans ses oreilles. Peuh ! Elle n'était pas l'un de ses marins obligés d'obéir à ses ordres.

Elle avait emprunté une petite veste d'uniforme à son voisin, Jem Cooper. Adolescent, celui-ci avait été aide-artificier dans la marine, transportant la poudre et les cartouches de la réserve située dans la cale aux ponts supérieurs, où se trouvaient les pièces d'artillerie. Elle l'avait assortie d'un pantalon large à rayures, d'un joyeux petit bonnet en tricot rouge et d'une chemise en lin boutonnée jusqu'au cou.

À sa surprise, son père avait tenu à l'accompagner. Il avait astucieusement décidé de se déguiser en « vieux cartographe grincheux », éliminant ainsi le besoin de se trouver un costume. Harriet l'aida à nouer sa cravate et à enfiler sa veste, puis elle lui prit le bras et le guida jusqu'à la calèche qui les conduirait à l'hôtel particulier de Carys et de Tristan.

Lorsqu'ils arrivèrent, la queue des véhicules s'étirait tout le long de la rue, et il leur fallut quinze bonnes minutes pour atteindre le jeune couple qui accueillait les invités au sommet des marches du perron.

Fidèle à sa réputation, Carys était habillée en walkyrie, avec une ample robe blanche et un pectoral en argent étincelant. Sa magnifique chevelure blond vénitien était coiffée dans un savant désordre de torsades. Une corne à boire de Viking était suspendue à sa ceinture.

Faisant pendant à son épouse, Tristan était en Odin, avec un bandeau en travers du visage comme il seyait au dieu qui avait sacrifié un œil en échange de la connaissance de l'univers.

— Harriet ! s'exclama Carys.

Elle passa sa lance dans la main gauche afin qu'elles puissent s'étreindre.

— Tu es venue en marin ? C'est merveilleusement osé !

Elle lança un regard malicieux à son époux.

— Moi aussi, il m'est arrivé de m'habiller en garçon, n'est-ce pas, Tristan ?

Ce devait être une plaisanterie entre eux car Tristan esquissa un sourire en répondant :

— En quelques occasions mémorables, mon amour.

Carys se tourna à nouveau vers Harriet en riant.

— Prends garde. Morgan pourrait te prendre pour un de ses garçons de cabine et se mettre à te lancer des ordres.

— Je ferais mon possible pour l'éviter, répondit Harriet.

Tristan s'avança vers son père.

— Bienvenue, oncle Henry. Je crois que Constance et Prudence sont dans la salle de bal. Voulez-vous que je vous y conduise ?

— Grands dieux, surtout pas ! s'affola son père. Il faudrait que je sois aussi sourd qu'aveugle pour supporter les commérages de ces deux harpies. Sois gentil, conduis-moi plutôt dans la salle de jeu, Tris. Si je ne peux pas jouer aux cartes, j'aurai au moins une chance d'y entendre autre chose que des commérages.

Tristan l'emmena en riant tandis qu'Harriet se dirigeait vers la salle de bal.

Pour sa réception, Carys avait choisi un thème nautique. La salle avait été transformée en paradis sous-marin. D'immenses guirlandes vertes et blanches ornaient les murs et les tables, parsemées ici et là de coraux et de coquillages. Des bandes de tissus vaporeux argentés, dorés et bleus, flottaient doucement dans la brise qui pénétrait par les portes-fenêtres ouvertes, donnant l'impression d'algues oscillant au gré des courants marins.

Perché sur une estrade au fond de la salle, l'orchestre était entouré par une épave de navire drapée dans des algues sèches et incrustée de bernaches. Le violoniste était assis dans un coquillage géant. Harriet supposa que Carys avait emprunté le décor à un théâtre de Drury Lane. Celui de *La Tempête*, peut-être ?

Ayant repéré ses tantes Prudence et Constance, elle se dirigea vers elles.

— Harriet, ma chérie ! s'exclama Prudence en reposant son tricot sur ses genoux. (Elle semblait tricoter une écharpe interminable). Voilà un déguisement bien curieux. Qui es-tu censée être ?

— La première femme à avoir fait le tour du monde, une Française nommée Jeanne Barret.

— Juste ciel, comment a-t-elle fait ? demanda tante Constance.

— Son amant, un naturaliste du nom de Commerson, fut recruté pour participer à une expédition lointaine. Jeanne était son assistante depuis des années, mais la Marine française interdisait les femmes à bord de ses navires. Déguisée en homme, elle s'est enrôlée comme valet et secrétaire de Commerson. L'équipage n'a découvert que « Jean » était une femme que trois ans plus tard.

— C'est extraordinaire ! approuva Constance.

— Faire le tour du monde me semble épuisant, opina Prudence. Rien que l'idée de faire le tour du Serpentine dans Hyde Park me fatigue.

Harriet se mit à rire.

— Personnellement, j'envie ses aventures. Mais vous avez sans doute raison ; la moitié d'un tour me suffirait sans doute.

— Ne trouves-tu pas le costume de Carys épatant ? demanda Constance. Tristan nous a dit qu'elle avait voulu faire venir ses corbeaux Hugin et Munin depuis le pays de Galles pour les poser sur ses épaules. Il est parvenu à la dissuader. Il dit qu'ils sont trop perturbateurs et volent des objets aux invités.

— Il a probablement raison, en convint Harriet. Néanmoins, il est indéniable que la vie de Tristan est plus excitante depuis qu'il a épousé Carys. Dans le bon sens du terme.

— C'est dans l'ordre des choses, déclara Constance en pouffant de rire. Les Davies mettent du piment dans l'existence des Montgomery depuis des siècles. Dans le bon sens du terme.

— En parlant de piment, n'est-ce pas Morgan Davies, là-bas, déguisé en pirate ?

Harriet se retint de se retourner. Elle attrapa une coupe de champagne sur le plateau d'un valet qui passait par là et but une gorgée pour se donner du courage.

— Étant dans la marine, il fallait s'attendre à ce qu'il choisisse un thème nautique, maugréa-t-elle.

— Dommage qu'il ne soit pas venu en Neptune ou en Triton, soupira Prudence. Cet homme a un torse qui mérite d'être vu. C'est un crime de le cacher sous des couches de vêtements.

Harriet s'étrangla sur sa gorgée de champagne.

— Tante Prudence !

— Oh pfff..., fit Constance en agitant son éventail. À nos âges, on a le droit de dire ce qu'on veut.

— Je ne suis pas sûre que ce soit une règle.

— Bien sûr que si. Si ce n'est pas le cas, ce devrait l'être.

Harriet ne pouvait contrer cette logique. Se résignant à l'inévitable, elle se retourna et vit Morgan dans la foule. Naturellement, il était déjà entouré par un troupeau de femmes. Contrairement à Tristan, il ne portait pas de bandeau sur l'œil. Il avait un foulard rouge noué autour du cou et une chemise dont la décence aurait commandé qu'il reboutonne le col.

Elle s'efforça de ne pas fixer ce torse nu et hâlé qu'elle apercevait à chacun de ses mouvements. Son pantalon en daim noir moulait ses jambes et une écharpe noire à franges lui servait de ceinture.

Le pouls d'Harriet s'accéléra légèrement.

Il releva la tête et croisa son regard par-dessus les têtes de ses admiratrices. Avec un sourire charmant, il s'extirpa de leurs griffes et fendit la foule pour venir se planter devant elle. Il s'inclina avec un grand moulinet du bras.

— Mademoiselle Montgomery.

Puisqu'elle portait, elle aussi, un pantalon, elle s'inclina à son tour.

— Capitaine Davies.

— Je viens de voir votre père dans la salle de jeu. Je lui ai présenté mon ami chirurgien, John Saunders.

— Oh, merci.

— Et puisque les Montgomery sont si méfiants, je lui ai également présenté M. Edward Brontë, que John a opéré avec succès de la cataracte l'année dernière. Parler d'une intervention avec un médecin est une chose, rencontrer un homme qui l'a déjà subie en est une autre. Edward pourra répondre à toutes les questions de votre père et apaiser ses craintes.

— Merci, répéta Harriet, sincèrement reconnaissante.

Tante Prudence se racla la gorge pour attirer l'attention de Morgan.

— Doux Jésus, si vous parvenez à faire changer d'avis Henry Montgomery sur quelque sujet que ce soit, vous méritez une autre médaille de l'Amirauté, capitaine Davies. Cet homme est plus têtu qu'une mule.

— Un trait de famille, sans doute.

Il avait parlé si courtoisement qu'Harriet mit un temps avant de comprendre qu'il s'agissait d'une pique à son intention.

— Je ne suis pas têtue, j'ai des principes, protesta-t-elle. Ce n'est pas la même chose.

— Alors que, pour ma part, je suis totalement dépourvu de principes, répondit Morgan en adressant aux tantes un sourire qui les fit s'éventer vigoureusement. J'avoue avoir détourné l'attention de

M. Montgomery afin de mieux pouvoir lui voler sa fille.

Tante Prudence se mit à rire.

— Vous êtes une séduisante fripouille, je vous l'accorde. Filez, jeunes gens. Allez danser.

Elle agita ses aiguilles à tricoter vers le centre de la salle où plusieurs couples prenaient place pour la prochaine danse.

Morgan tendit la main à Harriet.

— Puis-je me permettre ?

Elle ne pouvait pas refuser. Elle déposa sa coupe vide et prit sa main.

16

Ni l'un ni l'autre ne portaient de gants. Dès qu'Harriet glissa ses doigts entre ceux de Morgan, un courant d'énergie circula entre eux. Il lui adressa un sourire complice qui lui retourna l'estomac comme une déferlante s'écrasant sur la plage.

Plutôt que de rejoindre les danseurs, il la conduisit à la lisière de la piste de danse puis dans le hall principal où Carys et Tristan continuaient à accueillir leurs invités. Morgan ne leur prêta pas attention en contournant la foule.

— Que fais-tu ? s'inquiéta Harriet.

— N'est-ce pas évident ? Comme tout pirate qui se respecte, je te kidnappe.

Tenue fermement, elle ne pouvait se libérer. Morgan s'enfonça dans un long couloir de l'hôtel particulier. Ils suivirent un valet chargé de manteaux, de chapeaux et de cannes. Lorsque celui-ci tourna dans une pièce sur sa gauche, ils continuèrent tout droit jusqu'à la dernière porte sur leur droite, qu'ils empruntèrent. La porte se referma derrière eux avec un déclic sinistre. Les bruits de la fête leur parvenaient étouffés, comme s'ils se trouvaient soudain sous l'eau.

La pièce, aux murs tapissés de livres, devait être le bureau-bibliothèque de Tristan. L'espace était rempli de fauteuils et de petites tables au centre desquels trônait un bureau recouvert de cuir.

Pressée de mettre un peu de distance entre eux, Harriet libéra sa main, s'approcha d'un grand globe terrestre posé près de la cheminée et fit mine de s'intéresser aux continents et océans pris dans un élégant filet de latitudes et de longitudes.

Son cœur battait à tout rompre. Ils étaient seuls et elle ignorait quelle turpitude Morgan préparait encore. Une part d'elle-même avait hâte de le découvrir. Elle voguait vers le triomphe ou le désastre ; dans un cas comme dans l'autre, être avec lui était la meilleure des aventures.

Il s'adossa à la porte.

— L'heure du baiser numéro deux est arrivée, Harriet, annonça-t-il. Tu dois te demander où il sera.

— Détrompe-toi. C'est à peine si j'y ai pensé.

— Vraiment ? demanda-t-il sur un ton plus que sceptique.

— Ça t'étonne ? J'ai été très occupée.

— À étudier les images grivoises que je t'ai apportées, j'espère.

Il rit en la voyant rougir. Il s'écarta de la porte et se dirigea vers elle.

— Avant d'en venir au fait, j'aimerais te parler d'une tradition maritime. Compte tenu du décor de Carys dans la salle de bal et de ton choix de costume, elle est particulièrement pertinente.

— Je suis la première femme à avoir fait le tour du monde.

— Je n'en doute pas. Par conséquent, tu as forcément traversé l'équateur. Ce qui signifie que tu as participé à la cérémonie appelée « le baptême de la ligne ».

Harriet fronça le nez.

— De quoi s'agit-il ?

— Un rite auquel les « griffons », comme on appelle les matelots qui n'ont encore jamais franchi l'équateur, doivent se soumettre afin d'être initiés aux mystères solennels des profondeurs et de gagner le respect de leurs pairs.

— Je ne...

— Allons, tu dis toujours que tu as soif d'aventure.

Harriet déglutit pour faire passer le nœud dans sa gorge.

— En quoi consiste cette cérémonie, au juste ?

Il s'approcha d'elle et dénoua l'écharpe noire qu'il portait autour des hanches. La manière suggestive et légèrement inquiétante avec laquelle il fit glisser la soie entre ses doigts était à la fois une promesse et une menace.

— D'abord tous les griffons doivent s'entasser sur le pont inférieur, les écoutilles fermées. L'un après l'autre, on les déshabille, on leur bande les yeux et on les conduit sur le pont supérieur pour affronter le roi des profondeurs, Neptune en personne.

Alarmée, elle recula d'un pas.

— Ne t'imagine pas que tu vas me déshabiller !

— Bien sûr que non. Mais je dois te bander les yeux si tu veux te montrer digne de naviguer dans le royaume de Neptune.

À force de reculer, elle heurta le grand globe terrestre derrière elle. Cette histoire était totalement ridicule. Elle ne voulait ni n'avait besoin de son respect. Néanmoins, une fièvre étrange s'emparait d'elle. Elle ne voulait pas non plus qu'il arrête.

Morgan lui ôta son bonnet rouge, libérant sa chevelure. Il s'approcha encore et tout son corps se raidit, comme pour se préparer à fuir. Ou à se battre.

Elle ne fit ni l'un ni l'autre.

Délicieusement proche, il la surplombait.

— Vas-tu te défiler ?

Elle plissa les yeux. Elle aurait dû répondre oui. Lui ordonner de sortir. Interrompre cette folie.

Les mots se figèrent dans sa gorge. Elle n'avait jamais pu dire non à cet homme.

— Tu ne peux pas me reprocher de ressentir une certaine… appréhension, dit-elle le souffle court.

Il secoua la tête comme s'il était déçu par sa lâcheté.

— Un navire au port ne court aucun danger. Cependant, les vaisseaux ne sont pas faits pour rester à quai. Ils sont construits pour explorer ; ils sont assez robustes pour affronter les pires tempêtes. Sois courageuse, Montgomery. Hisse tes voiles.

Il était la dernière personne à Londres à qui elle aurait dû faire confiance. Pourtant, elle se fia à lui.

— Bon d'accord. Fais de ton pire.

— Oh, j'ai bien l'intention de faire mieux que ça, rit-il.

Il posa l'écharpe sur ses yeux, la plongeant brusquement dans les ténèbres. Il effleura ses oreilles lorsqu'il noua le tissu derrière sa tête.

Ce doit être ce que voit Père.

Tous ses autres sens prirent vie. Elle entendait les battements de son propre cœur, le doux crépitement des flammes, et sentait la chaleur du feu sur ses jambes. Un frôlement lui indiqua qu'il se tenait juste devant elle. Il l'observait. Même sans le voir, elle sentait son regard brûlant sur sa peau.

Elle franchissait vraiment la ligne de l'équateur. Ils sortaient des limites personnelles qu'elle avait toujours instaurées avec lui. Ils se dirigeaient vers un territoire inconnu.

Elle s'éclaircit la voix et s'efforça de prendre un ton neutre et assuré :

— Qu'arrive-t-il aux griffons ensuite ?

— Oh, toutes sortes d'idioties. Parfois, on les soumet au supplice de la planche et ils tombent dans un bac rempli d'eau ; ou ils sont baptisés en étant jetés par-dessus bord avant d'être repêchés.

Sa voix grave et rauque était hypnotique.

— ... la plupart du temps, on se contente de leur barbouiller le visage de goudron puis de les « raser » avec un morceau de fer rouillé.

Harriet sursauta en sentant le pouce de Morgan effleurer sa joue, puis sa bouche. Il glissa les doigts sous son menton et caressa sa lèvre inférieure.

Elle se figea.

Son ongle cliqueta contre ses dents et elle fut prise d'une furieuse envie d'ouvrir la bouche et de sucer son doigt. Avant qu'elle puisse comprendre ce qui lui arrivait, son souffle chaud balaya sa joue.

Puis la pointe de sa langue suivit le même chemin que son pouce le long de sa bouche.

Harriet tressaillit et il s'écarta, laissant ses lèvres humides.

— Était-ce... le baiser numéro deux ? demanda-t-elle.

Il émit un petit rire qui vibra jusqu'au plus profond des entrailles d'Harriet. Elle serra les cuisses pour tenter d'apaiser la tension douloureuse qui s'accumulait entre elles.

— Tu rêves ! Je t'ai à peine effleurée. Tu as un goût de champagne.

La main de Morgan était toujours posée sur sa joue. Lentement, si lentement qu'elle faillit crier, il la fit descendre le long de son cou et jusqu'à son col. Il fit claquer sa langue.

— Je croyais t'avoir demandé de porter un décolleté.

Cette voix suave avait hanté ses fantasmes nocturnes les plus torrides. Elle caressait à présent ses terminaisons nerveuses comme de la soie grège.

— Cette chemise entrave sérieusement mes plans, dit-il en jouant avec le premier bouton. Puis-je ?

Harriet lutta pour retrouver sa voix.

— Oui.

Il ouvrit le premier bouton. Puis le second. Dans la pièce silencieuse, le froissement du tissu paraissait presque assourdissant.

Elle portait un corset sous sa chemise. Elle se tint immobile tandis qu'il continuait de la déboutonner, ses doigts frôlant sa chair chaude à mesure qu'il la dévoilait. Elle sentit un courant d'air frais sur sa gorge et son buste quand il tira les pans de sa chemise hors de son pantalon pour accéder aux derniers boutons. Puis il ouvrit grand le vêtement.

Le souffle court, elle attendit. Son corset tout neuf était superbe. Bordé de dentelle, il avait la couleur rose pâle d'un coquillage. Elle l'avait acheté en imaginant sa réaction, sans penser un instant qu'il le verrait un jour.

Maintenant, il pressait légèrement ses seins l'un contre l'autre, formant deux jolis monticules qui, soudain, paraissaient beaucoup trop vulnérables.

À chaque inspiration, elle sentait son parfum sombre et masculin. Elle entrouvrit les lèvres pour mieux se remplir de cette odeur capiteuse et grisante.

Il suivit du bout d'un doigt la crête de sa clavicule puis descendit plus bas, longeant l'échancrure de son corset. La boucle qu'il décrivit sur son sein lui donna la chair de poule.

— Tu es belle, Harry.

Sa voix s'était faite plus profonde. Plus rugueuse. Plus sombre. Elle frissonna lorsqu'il reprit son exploration, effleurant sa peau avec la douceur d'un pétale de rose.

Il cartographiait son corps, découvrant ses courbes et son relief. Lorsque son pouce glissa dans le creux à la base de sa gorge, elle maudit son pouls frénétique qui la trahissait. Ses doigts contournèrent les collines de ses seins puis plongèrent dans la vallée entre elles.

Le souffle de Morgan chatouilla le pavillon de son oreille tandis que sa main glissait sur son sein par-dessus le corset.

— Pour le baiser numéro deux, je choisis cet emplacement.

Harriet manqua de gémir de délice.

— D'accord ? demanda-t-il. Dis oui ou j'arrête.

Elle rassembla tout son courage.

— Oui.

Il abaissa le tissu, exposant tout son sein à sa vue. Elle ravala son souffle lorsqu'il le prit dans sa paume. Il remplissait parfaitement sa main. Son mamelon durci s'enfonçait dans sa peau chaude.

Il laissa échapper un grognement de plaisir.

Mon Dieu, quelle sensation !

Elle perçut un mouvement dans l'air et ses lèvres effleurèrent sa peau quelques centimètres au-dessus de son mamelon. Avec un hoquet de surprise, elle leva les mains et saisit sa tête, ses doigts s'enfonçant dans sa chevelure soyeuse.

Il l'embrassait. Ce n'était pas un mais une multitude de baisers, ses lèvres voletant au-dessus de sa peau tel un papillon ne parvenant pas à décider où atterrir. La légère friction de sa barbe du soir lui fit ployer les genoux et son ventre se noua lorsqu'elle sentit sa langue râpeuse sur son mamelon turgescent.

Avec un son oscillant entre l'extase et la douleur, il le prit dans sa bouche et le suça, déclenchant en elle un frisson qui se propagea jusqu'à son bas-ventre. Sa main gauche couvrait l'autre sein, le malaxant doucement. Harriet referma ses doigts sur ses boucles brunes, ne sachant pas si elle voulait l'attirer plus près d'elle ou le repousser.

C'était un supplice indicible. Ne voyant rien, elle n'était plus consciente que du délicieux frottement de sa peau, de la chaleur de sa bouche, de la puissance de son corps.

— Morgan !

— Ou-ou-oui ? grogna-t-il contre sa poitrine.

C'était plus une vibration qu'un son. Toutefois, le mot sembla le rappeler à l'ordre. Il se pencha en arrière, mettant de la distance entre eux et libérant ainsi sa chevelure des mains d'Harriet.

L'air froid sur sa peau extirpa Harriet de l'ivresse sensuelle qu'il avait créée. Juste ciel, de quoi avait-elle l'air les yeux bandés et les seins nus dans la lueur du feu, telle une bacchante de l'Antiquité ?

Les joues en feu, elle tira sur son corset pour le remonter sur ses seins, puis dénoua l'écharpe qui lui bandait les yeux. Elle cligna des paupières pour s'accoutumer à la clarté relative de la bibliothèque.

Morgan se tenait devant elle avec une expression indéfinissable. Sa respiration paraissait aussi laborieuse que la sienne ; ses yeux formaient deux taches sombres.

Le corps d'Harriet tout entier semblait en vie, vibrant de désir. Lorsqu'elle voulut reboutonner sa chemise, ses mains tremblaient trop.

Il les écarta d'un geste.

— Laisse-moi faire.

Elle releva les yeux vers son visage avec un serrement de cœur. Fichtre, elle était dans un sale pétrin. Non pas parce qu'elle l'avait laissé faire ; parce qu'elle voulait qu'il continue.

— C'est un jeu dangereux.

Elle avait parlé à voix haute malgré elle.

— Très dangereux, en convint-il.

Il referma le dernier bouton sous son menton et recula d'un pas, ses traits reprenant leur expression amusée habituelle.

— Mais tu es la seule personne avec qui je voudrais y jouer.

17

Harriet le dévisagea en ne sachant plus quoi penser. Devait-elle le réprimander pour avoir pris de telles libertés ? Avoir honte de les avoir encouragées ?

Lorsqu'elle avait conçu ce pari, c'était précisément avec ce type d'éducation en tête. Si elle ne s'était attendue qu'à trois baisers merveilleusement fougueux, c'était parce qu'elle n'avait pas une imagination aussi débordante que celle de Morgan. Il avait hissé le jeu à un tout autre niveau.

Déterminée à reprendre le contrôle de la situation, elle déclara :

— Il ne te reste plus qu'un baiser.

Sa voix était éraillée comme si elle avait la gorge desséchée.

Il soutint son regard.

— Devine où il sera ?

Son ventre se noua lorsqu'il baissa les yeux le long de son corps et fixa la jointure de ses jambes.

— Là, dit-il. Entre tes cuisses.

Son cœur s'emballa à nouveau. Ciel, il ne la touchait même pas et elle sentait déjà des pulsations, là, en bas. Comme un élancement profond.

— As-tu vu la gravure de l'homme le visage enfoui entre les cuisses d'une femme ? demanda-t-il.

Incapable de former des mots, Harriet acquiesça.

— C'est ce que je te ferais. Tu adoreras ça.

Dans son imagination, elle sentait presque ses lèvres. Elle voulait se frotter contre lui, fébrile et impudique…

Heureusement, son bon sens reprit le dessus. Que lui prenait-il ? Trois baisers sur la bouche auraient été acceptables ; une façon bienvenue de la débarrasser de son inexpérience. De nombreuses filles célibataires échangeaient des baisers clandestins avant leur mariage. Certaines allaient jusqu'aux mêmes caresses qu'ils venaient d'échanger. Ce n'étaient que de petits jeux inoffensifs qui ne mettaient pas en danger leur virginité ni leurs chances de se marier ; ou qui les émoustillaient le temps de trouver chaussure à leur pied.

Ce que suggérait Morgan allait bien au-delà de la décence. Même si, techniquement, son baiser ne la déflorerait pas, il lui prendrait son innocence.

Elle se mordit la lèvre.

À quoi rimait cette surenchère ? Pourquoi poussait-il le bouchon aussi loin ?

Était-ce une revanche ? Parce qu'elle le provoquait depuis si longtemps, il voulait la satisfaction de la tenir enfin à sa merci ?

N'était-ce toujours qu'un jeu ? Ou une forme d'humiliation, ou de subjugation ? La version adulte de la faire s'agenouiller pour prêter allégeance, comme il l'avait fait dans la forêt tant d'années plus tôt ?

Peut-être projetait-il de la conduire au bord de l'extase pour s'arrêter soudain.

Le pouvoir qu'il exerçait sur son corps était indéniable. Lorsqu'il était près d'elle, elle n'arrivait plus à penser. Ce soir, elle avait été sur le point de le supplier de continuer. Comment réagirait-elle si l'embrassait *là, en bas* ?

Une petite voix transgressive en elle lui chuchotait de le laisser lui faire ce qu'il promettait. De le laisser lui donner du plaisir. Que se passerait-il ensuite ? Dès que leur pari serait passé, il la quitterait sans un regard en arrière.

Ces petits jeux lubriques lui procuraient peut-être du plaisir à lui aussi. Néanmoins, il devait ressentir la même chose avec toutes les femmes. Contrairement aux siennes, ses émotions n'avaient rien de personnel. Il épouserait une débutante écervelée et continuerait à sillonner les mers, alors qu'elle resterait célibataire malgré elle, hantée par le souvenir de ces moments volés.

Elle posa ses mains sur ses hanches.

— Pourquoi me fais-tu ça ?

Il plissa le front.

— Pardon ?

— Pourquoi me tourmentes-tu ? Est-ce une vengeance ? Cherches-tu à me faire perdre la face ?

Il prit la même pose.

— Bien sûr que non. *J'essaie* de te donner du plaisir. Et j'y parviens. Ne me dis pas le contraire parce que j'ai entendu ces petits sons que tu faisais et ils ne signifiaient pas « Morgan, arrête ! ».

Il prononça ces derniers mots avec une voix de fausset, la mimant.

Elle était mortifiée. C'était bien là le problème : elle n'avait pas dit non. Si elle le laissait prendre son baiser numéro trois, elle risquait de s'oublier totalement et de le supplier de continuer, de l'implorer de lui faire l'amour. Son profond désir serait dévoilé et elle ne pouvait pas, *ne voulait pas*, lui donner la satisfaction de savoir à quel point elle avait envie de lui alors que ses sentiments n'étaient pas réciproques. Elle avait sa fierté.

Lui aussi. Cette pensée soudaine l'inspira. Son orgueil serait sa planche de salut.

Elle voulait plus que tout que Morgan prenne son baiser numéro trois, mais selon ses propres termes, pas les siens. Elle n'était pas l'une de ces débutantes qui se soumettaient la bouche en cœur. Elle était son égale, en intelligence et en ruse.

Elle lui adressa un regard rempli de pitié en sachant que cela le rendrait fou.

— Mon pauvre Morgan, les femmes n'acceptent-elles de faire ce genre de choses avec toi que parce qu'elles ont perdu un pari ? C'est dégradant.

Il plissa des yeux. Oh, comme elle aimait jouter ainsi avec lui !

— Non, grogna-t-il. Elles font « ces choses » parce que, sinon, elles auraient l'impression de passer à côté de la vie.

— N'exagères-tu pas un peu ?

— On verra ce que tu diras quand je t'aurai donné le baiser numéro trois. Je te garantis que tu m'imploreras de t'en donner plus.

Seigneur, quelle arrogance !

Harriet allait rire quand il se passa nerveusement une main dans les cheveux et baissa le menton.

— Bon sang, tout ce petit discours n'est pas uniquement à cause du pari, n'est-ce pas ?

Il avait parlé d'une voix basse et peu assurée. Elle fut prise de remords. Lui faire croire qu'il l'avait contrainte à faire quelque chose contre son gré était un coup bas. Elle aimait leur petit jeu autant que lui. Probablement plus. Cependant, comment l'admettre sans s'humilier en révélant à quel point elle le désirait ?

— J'apprécie le jeu, dit-elle prudemment. Néanmoins, tu dois reconnaître que tu as déformé les règles. Tu savais que je m'attendais à te donner trois baisers sur la bouche, pas à te laisser faire ce que tu voulais avec mon corps. J'ignorais ce à quoi je m'exposais.

Un muscle sursauta sous sa mâchoire. Il ne nia pas.

— Maintenant que je sais exactement ce qui est en jeu, je te propose un autre pari, poursuivit-elle.

Il haussa les sourcils, l'encourageant à développer.

— Si tu gagnes, je t'accorderai le baiser numéro trois, dit-elle précipitamment. Où tu voudras.

— Et si tu gagnes ?

— Je te lancerai un défi.

Elle retint son souffle en priant pour qu'il accepte.

— D'accord, grommela-t-il.

Ouf !

— Que proposes-tu ? demanda-t-il. Jouer à pile ou face ? Ou une partie de cartes ?

Elle fit non de la tête. Ces options dépendaient trop de la chance. Il lui fallait une épreuve qu'elle était sûre de gagner.

— Une course à pied.

Il éclata de rire.

— Une course à pied ? Tu plaisantes ?

— Pas du tout. Une course sur cent mètres.

Morgan retrouva son sourire narquois habituel.

— Tu ne fais que retarder l'inévitable. Regarde-nous. Même si tu portes des pantalons comme ce soir, je gagnerai ; Je suis plus rapide que toi. C'est de la simple biologie.

Harriet l'arrêta d'un geste.

— J'ai deux conditions : primo, je choisis le parcours ; secundo, tu me laisseras une avance de vingt pas pour compenser cette injustice biologique.

— Accepté. Même ainsi, tu n'auras aucune chance de gagner.

Elle s'efforça, en vain, de ne pas afficher un sourire ravi. Morgan croyait avoir le dessus ; il ignorait qu'elle avait un atout en réserve.

— Marché conclu ? proposa-t-elle en tendant sa main ouverte.

— Marché conclu, répondit-il en tapant dans sa paume. Que le meilleur gagne.

— Ou *la* meilleure, rétorqua-t-elle avec un sourire. J'ai bien l'intention de l'emporter.

18

Morgan était légèrement hébété lorsqu'Harriet et lui retournèrent dans la salle de bal, chacun de son côté afin de ne pas être vus ensemble. Harriet prit la direction du vestiaire des femmes tandis qu'il se glissait discrètement parmi la foule des nouveaux arrivants dans le vestibule.

Son second pari l'avait pris de court. Il avait espéré qu'elle appréciait leur jeu autant que lui. Peut-être l'avait-il poussée trop loin. Après tout, elle était vierge et pensait sans doute qu'elle devait se préserver pour son futur époux.

De toute évidence, l'idée qu'il pourrait être ce futur époux ne lui était pas venue à l'esprit.

Il avait encore du pain sur la planche.

Lorsqu'elle avait laissé entendre qu'elle ne se laissait embrasser qu'à cause de leur pari, il avait été blessé, même s'il n'y croyait pas un instant. Harriet n'était pas une oie blanche. Si elle n'avait pas voulu être embrassée la première fois sous la glycine, elle le lui aurait fait comprendre. Elle n'était pas du genre à cacher son désagrément. Si elle avait eu une branche sous la main, elle s'en serait servi pour le frapper. Il caressa tendrement la cicatrice sous son menton.

Si elle n'avait pas voulu poursuivre leur jeu, elle aurait refusé qu'il lui bande les yeux. Il lui aurait suffi de dire un mot pour qu'il arrête.

Ne le savait-elle pas ?

Il fronça les sourcils. Oui, elle le savait. Bien qu'il soit un Davies, elle lui avait toujours fait confiance pour les choses importantes.

Il contourna un groupe de danseurs et sourit vaguement à une connaissance tout en continuant de réfléchir.

Elle avait aimé qu'il lui embrasse les seins. Ses doigts s'étaient resserrés sur sa chevelure et elle avait cambré les reins, s'offrant silencieusement à sa bouche. Il avait entendu ses petits halètements de plaisir.

Peut-être n'avait-elle pas confiance en elle-même ? Avait-elle été dépassée par l'intensité de sa propre réaction ? Lui-même l'avait été alors qu'il était loin d'être un novice.

Une nouvelle explication lui vint à l'esprit et il esquissa un sourire. Peut-être essayait-elle d'éviter le baiser numéro trois parce qu'elle le voulait *trop*.

Si tel était le cas, il était impératif qu'il gagne la course. Si Harriet l'emportait, il n'y aurait plus de baisers. Il ne pourrait plus lui démontrer à quel point faire l'amour ensemble serait extraordinaire.

Il voulait lui donner du plaisir avec sa bouche, lui montrer tout ce qu'ils pourraient faire ensemble sans pour autant prendre sa virginité. Il ne voulait pas qu'elle se sente obligée de l'épouser parce qu'ils étaient allés trop loin. Elle devait l'épouser parce qu'elle l'aimait. Autant qu'il l'aimait.

Lui démontrer leur compatibilité physique n'était qu'une étape dans sa campagne de persuasion. Tout bon stratège militaire savait qu'il fallait presser son adversaire sur plus d'un front à la fois. Surtout, il devait agir avec la complicité d'Harriet.

Parce qu'elle aimait les aventures, il avait cherché des manières de lui en faire vivre. Des manières où, naturellement, ils agissaient ensemble. S'attaquer au pauvre cartographe Heron avait été idéal : une façon peu dangereuse de lui montrer qu'ils pouvaient travailler ensemble même lorsqu'ils n'étaient pas dans un lit. Qu'ils pouvaient former une équipe. Se soutenir et se compléter l'un l'autre.

Comme s'ils étaient mariés.

19

Le lendemain matin, Morgan reçut un billet d'Harriet, accompagné d'une carte de Londres soigneusement pliée. Un cercle avait été tracé au crayon dans le quartier d'Holborn. Il plissa des yeux pour lire le nom du lieu qu'elle avait choisi pour la course.

Le message disait simplement : *Onze heures. Bleeding Heart Square.*

Il se mit à rire. Le « Square du cœur sanglant ». Londres avait des noms de lieu intéressants. Harriet avait-elle choisi celui-ci délibérément comme ligne de départ ? Était-ce une menace ? Une promesse ? Si une femme pouvait faire saigner son cœur, c'était bien elle.

Il avait vu son petit sourire satisfait lorsqu'ils avaient topé la veille. Pour une raison obscure, elle croyait sincèrement pouvoir gagner cette course. Le fait qu'elle ait manifestement conçu un plan retors l'enchantait autant que cela l'inquiétait.

En toute autre occasion, il aurait envisagé de la laisser gagner. Il serait resté en arrière rien que pour le plaisir de voir son ravissant derrière se trémousser devant lui.

Sauf qu'il ne pouvait se permettre de perdre cette course. Au diable l'honneur et la galanterie.

Il se demanda si elle porterait à nouveau un pantalon. Elle avait été ravissante en matelot.

Son membre se raidit. Fichtre, il n'était pas étonnant qu'on interdise les femmes à bord. Plus personne ne travaillerait.

Lorsque sa voiture s'arrêta sur le square, Harriet l'attendait déjà. À sa surprise, elle n'était pas seule. Gryff et Maddie se tenaient à ses côtés.

— Que font-ils là ? demanda-t-il à peine un pied posé sur les pavés.

— Bonjour quand même ! lança Gryff en riant.

— Nous sommes venus soutenir Harriet, répondit Maddie. Et faire office d'arbitres.

— Parle pour toi, dit Gryff. Personnellement, je suis venu voir une femme flanquer une déculottée à Morgan. Une fois de plus. Cela m'amuse toujours de vous regarder tenter de vous surpasser l'un l'autre.

Morgan lui lança un regard noir.

Malheureusement, Harriet n'était pas en pantalon. Sa seule concession à une tenue sportive était une jupe et des jupons plus courts que la moyenne, qui offraient d'ailleurs une excellente vue de ses chevilles. Sa chevelure luxuriante avait été sagement tressée en une natte passée par-dessus son épaule et dont la pointe s'arrêtait là où il imaginait son mamelon sous son corset.

Relevant le regard, il vit l'expression moqueuse d'Harriet.

— Puis-je avoir votre entière attention, capitaine Davies ?

Son ton était plus sec que le désert d'Égypte.

Oh, la petite effrontée ! Elle méritait une bonne fessée.

— Oui ?

— Nous devons discuter de la course.

— Fort bien. Nous avions convenu d'un cent mètres. Quel est le parcours ?

— Nous partons d'ici. Nous tournons à droite au coin de la rue, parcourons Knight Street sur cinquante mètres puis tournons à gauche dans Squeeze Gut Alley. La course se termine au bout de cette allée.

— Squeeze Gut Alley ? répéta Morgan, surpris. « L'allée presse-ventre » ?

— Oui, tu verras qu'elle porte bien son nom.

Gryff tapa dans ses mains.

— Maddie, tu restes ici et lances le départ. J'attendrai au bout du parcours pour voir qui arrive le premier.

Il s'éloigna d'un pas rapide vers le coin de la rue.

Morgan fit signe à Harriet de s'éloigner.

— Va prendre ta place. Tu as vingt pas d'avance.

— Je n'en aurai sans doute pas besoin, mais merci quand même.

Elle s'avança vers l'entrée de la place pavée, comptant les pas à voix haute.

— Ici ? demanda-t-elle.

— Ça ira ! lança-t-il en retour.

L'excitation de la chasse fit s'accélérer son pouls. En dépit de son avance, Harriet serait gênée par ses jupes. Il avait une plus longue foulée. La rue devant eux étant relativement calme, il ne serait pas ralenti par des charrettes ou des chiens errants.

— Prêts ? demanda Maddie.

Harriet et lui acquiescèrent.

— Dans ce cas... *partez !*

Morgan s'élança. Harriet tourna à l'angle dans un mouvement de jupes. Lorsqu'il parvint lui aussi à l'intersection quelques secondes plus tard, il constata avec satisfaction qu'il gagnait déjà du terrain sur elle.

La voie devant eux était libre. Ses bottes glissaient un peu sur les pavés humides mais, grâce aux années passées à patiner sur des ponts de navire, il réussit à ne pas perdre l'équilibre.

Lançant un regard par-dessus son épaule, Harriet poussa un petit cri de consternation.

Il rit, sentant la victoire à portée de main.

Un pigeon s'envola dans un nuage de plumes lorsqu'il passa devant la vitrine d'une boutique. Il n'était plus qu'à dix mètres d'elle. L'entrée de l'allée apparut sur sa gauche. Elle était assez grande pour laisser passer un cheval et une carriole. Il n'aurait aucune difficulté à la rattraper avant qu'elle arrive au bout.

Elle tourna brusquement dans l'allée, sa tresse volant derrière elle tel un cordage lâche dans une bourrasque. Il tourna à son tour et vit ce qui l'attendait.

L'infâme petite fourbe !

Devant Harriet, tout au bout de l'allée, un mince filet de jour indiquait l'issue. Une forme sombre, sans doute Gryff, attendait de l'autre côté.

Fichtre !

L'allée se rétrécissait rapidement, les bâtiments de chaque côté se rapprochant de plus en plus jusqu'à ce qu'il ne reste plus qu'un espace de quelques dizaines de centimètres de large.

Non !

Harriet, la diablesse, éclata de rire. Le son joyeux se répercuta contre les murs.

Il accéléra, bondissant par-dessus des caisses de détritus et se rapprochant encore d'elle. Il était presque assez proche pour attraper sa tresse. Elle ne cessait de bondir d'un côté et de l'autre tel un lapin pour l'empêcher de la dépasser.

Une de ses épaules frotta contre le mur, puis l'autre. Il se rendit compte avec un mélange d'indignation et d'incrédulité qu'il ne pourrait pas passer devant elle à moins de la plaquer au sol et de bondir par-dessus elle.

Au moment même où cette pensée lui venait, ses deux épaules entrèrent en contact avec les briques friables de chaque côté. Plus menue, Harriet poursuivit sa route vers la victoire. Il s'apprêtait à se mettre de biais dans une tentative désespérée pour l'attraper lorsqu'elle s'arrêta soudain et fit volte-face.

Surpris, Morgan s'arrêta à son tour.

Les épaules et les jupes d'Harriet touchaient à présent les murs, elles aussi, emplissant l'espace et bloquant la lumière. L'allée ne faisait plus qu'une soixantaine de centimètres de large. Il tenta d'avancer, mais il était bel et bien coincé.

Elle recula d'un pas et se tint face à lui.

Il s'efforça de cacher son dépit en affectant un air nonchalant.

— Je comprends maintenant pourquoi on l'appelle « l'allée presse-ventre », maugréa-t-il. Bien joué, Montgomery.

Les joues d'Harriet étaient rouges et une lueur de triomphe faisait briller ses yeux.

— Admets-tu ta défaite, Davies ?

Il tenta de libérer ses épaules et entendit un bruit de déchirure. Sa veste était fichue.

— Je crois bien.

Elle poussa un petit cri de victoire.

— Ah ! Et ne t'avise pas de prétendre que j'ai triché. En amour comme à la guerre, tous les coups sont permis. Comme tout bon général, je me suis simplement servi de ma meilleure connaissance du terrain pour l'emporter.

— Wellington serait fier de toi, grommela-t-il.

Il était coincé, retenu par les murs en brique aussi efficacement que si deux hommes le maîtrisaient. Il aurait pu se mettre de profil. Au lieu de cela, il se poussa en avant jusqu'à ce qu'ils soient nez à nez. Dans la pénombre, ils semblaient être seuls au monde en dépit du fait qu'une rue passante se trouvait à quelques mètres.

Harriet le dévisageait, pantelante, ses pupilles dilatées, sa poitrine se soulevant et s'affaissant. Elle semblait sortir de son lit après une nuit d'ébats merveilleux. Le corps de Morgan se raidit d'instinct.

— Tu as gagné, grogna-t-il. Je n'aurais pas mon troisième baiser et tu peux choisir mon gage. Qu'est-ce que ce sera ?

Elle plaqua ses mains sur les briques rugueuses du mur, de chaque côté de la tête de Morgan et se pencha en avant. Sa bouche succulente s'approcha de la sienne.

— Je veux...

— Quoi ? s'impatienta-t-il. Que je cours autour de St. James's Square entièrement nu ? Cent livres ? Dis-le une fois pour toutes.

Elle s'humecta les lèvres et le regarda dans le fond des yeux.

— Je veux le baiser numéro trois.

20

Le cœur d'Harriet battait si fort qu'elle crut qu'il allait exploser. Venait-elle vraiment d'admettre qu'elle voulait le troisième baiser ? L'exaltation et l'angoisse rivalisaient en elle.

— Pardon ? demanda Morgan.

Elle lança un regard par-dessus son épaule pour s'assurer que Gryff ne pouvait les entendre.

— Tu as bien compris. Je veux le baiser numéro trois.

Les yeux de Morgan se plissèrent en deux fentes suspicieuses. Elle se retint de rire : on aurait dit un pirate qui venait de perdre un navire rempli de lingots d'or.

— Où le veux-tu ?

Prenant un malin plaisir à le torturer, elle fit mine de ne pas comprendre.

— Tu veux dire géographiquement ?

Il ne répondit pas.

— Ah, tu veux dire physiquement, corrigea-t-elle.

Elle laissa son regard s'attarder sur ses lèvres d'une manière éloquente avant de le relever vers ses yeux. Son amusement s'envola quand elle se rendit compte de l'énormité de ce qu'elle s'apprêtait à faire. Elle aurait dû répondre « sur la joue » et en finir.

Toutefois, elle venait de prendre conscience d'un fait indiscutable : elle voulait que Morgan l'embrasse partout. Même si ce n'était que pour une nuit, elle voulait toute son attention. Elle voulait son savoir-faire.

Elle devait faire preuve de courage et prendre ce qu'elle désirait. Elle était lasse de ne pas connaître les plaisirs de la chair. Regarder des images en deux dimensions, comme dans ce livre érotique qu'il lui avait donné, était une chose ; les vivre en était une autre. Une carte plate ne pouvait remplacer une randonnée sur une vraie montagne.

Elle voulait cette exploration, le grand frisson de l'aventure.

De nombreux navigateurs ne revenaient jamais. Ils voguaient au-delà des confins du monde et disparaissaient. Peut-être ne s'étaient-ils pas perdus. Peut-être qu'ils avaient découvert en ces lieux des mystérieux pays si extraordinaires, si fascinants, qu'ils n'avaient pas envie de revenir à la « civilisation ».

Il était temps de découvrir à quoi ressemblaient réellement les dragons. Ou tout simplement s'ils existaient.

— Où le veux-tu, Harriet ? répéta Morgan.

Elle s'arracha à sa rêverie et prit une profonde inspiration. Elle se sentait comme un plongeur sur le point de s'élancer d'une falaise.

— Là où tu as dit.

Elle lâcha le mur et agita une main devant ses jupes, à la jonction de ses cuisses.

— Là.

— Pourquoi, Harry ?

Il avait parlé dans un murmure grave.

— Parce que je veux l'aventure.

Il secoua la tête.

— Ce n'est pas une raison suffisante.

Elle resta interdite. Elle avait cru qu'il saisirait sa chance. Paniquée à l'idée que l'occasion lui glisse entre les doigts, elle dit la vérité :

— Parce que je te veux.

Le regard de Morgan s'assombrit. Son grand corps la surplombait, remplissant l'espace minuscule. Il ressemblait à un animal sauvage tirant sur sa laisse.

— Oui, souffla-t-il. C'est la bonne réponse.

Juste ciel, que devait-elle faire à présent ?

Elle s'efforça d'avoir l'air de prendre ce genre de décision tous les jours.

— Bien. Bon… Excellent. Euh… où penses-tu que nous devrions… ? Quand… ?

Sa gêne le fit sourire. Avant qu'il ait pu lui répondre, la voix impatiente de Gryff résonna dans l'allée.

— Vous êtes coincés ?

Harriet crut entendre Morgan marmonner : « Uniquement l'un avec l'autre. »

Elle tourna la tête et lança :

— Oh non. Enfin, pas moi. Il est possible que le capitaine le soit.

— Veux-tu que je te pousse ? demanda Madeline sur un ton amusé derrière Morgan.

Elle les avait suivis dans l'allée.

— Je ne demande pas mieux que de te donner un bon coup de pied dans les…

— Ce ne sera pas nécessaire, merci, l'interrompit Morgan.

Avec un affreux bruit de tissu éraflé, il se tourna de côté et, à la suite d'Harriet, avança de profil vers la sortie de l'étroit passage.

Harriet émergea dans la rue et rejoignit Gryff, suivie de Morgan et de Madeline.

— Je crois que nous pouvons déclarer Harriet Montgomery vainqueur de la course, déclara Gryff tandis qu'ils se dirigeaient tous les quatre vers leurs voitures.

Harriet osait à peine regarder Morgan. Elle l'entendit néanmoins murmurer :

— Oh, je crois que nous avons tous les deux gagné.

Fronçant les sourcils, Maddie ouvrit la bouche pour lui demander ce qu'il voulait dire quand son époux la prit de vitesse :

— Alors, quel était l'enjeu de cette course ? Que remporte le vainqueur ?

— L'immense satisfaction d'avoir battu un Davies, répondit précipitamment Harriet. Cela vaut plus que de l'or.

Madeline adressa un sourire ironique à son mari.

— Oh, je suis d'accord. Cela vaut plus que tout l'or du monde.

Ils rejoignirent Bleading Heart Square. Gryff aida son épouse à monter dans la calèche puis tendit la main à Harriet.

— Je peux la déposer si tu veux, intervint Morgan. Je dois passer par Bloomsbury.

Gryff interrogea Harriet du regard.

— Es-tu sûre de vouloir partager une voiture avec ce dépravé ?

Elle se tourna vers Morgan.

— Oui, cela m'ira très bien.

Maddie sortit la tête par la fenêtre de sa calèche.

— Morgan, je te connais. Promets-moi d'être gentil avec Harriet une fois que vous serez seuls. Quand nous étions plus jeunes, tu étais insupportable avec elle.

— Elle lui rendait coup pour coup, rit Gryff. As-tu oublié la fois où elle l'a frappé avec une épée ?

— C'était une branche, corrigea Morgan. C'est moi qui tenais l'épée.

— Elle t'a quand même battu.

— C'est vrai.

Morgan lança un regard à Harriet en se touchant le menton.

— Bien sûr que je serai gentil, répondit-il à Maddie. Mlle Montgomery n'a récemment pas eu à se plaindre de moi, elle peut en témoigner.

Le double sens de sa phrase n'échappa pas à Harriet.

Voyant que Maddie semblait sur le point d'en discuter encore, Harriet grimpa dans la calèche de Morgan et agita la main en guise de salut par la portière ouverte. Morgan s'installa sur la banquette d'en face.

— On se voit chez lady Scarborough dimanche prochain ? lança Maddie.

— Oui, répondit Harriet d'une voix étranglée.

Gryff adressa un regard sévère à Morgan.

— Sois prudent, mon frère.

Morgan hocha la tête.

L'autre voiture se mit en route. Harriet saisit la poignée en cuir au-dessus de la fenêtre, anticipant l'ébranlement de leur calèche. Pourtant, Morgan ne donnait toujours pas d'ordre à son cocher. Déconcertée, elle releva les yeux vers lui. Il l'observait avec son air amusé et légèrement moqueur habituel.

— Où allons-nous, Harriet ? À Bloomsbury ou chez moi ?

Elle écarquilla les yeux.

— Doux Jésus, tu ne comptes tout de même pas le faire aujourd'hui ? Maintenant ? En plein jour ?

Son air choqué le fit rire.

— Si, c'est exactement ce que je compte faire, répondit-il en époussetant sa manche pour faire tomber de la poussière de brique. Au risque de heurter ta sensibilité de vierge, Montgomery, sache que plein de gens s'adonnent à toutes sortes d'activités scandaleuses avant le coucher du soleil.

Harriet était sans voix. Chaque fois qu'elle avait eu le courage d'imaginer un rapport charnel – *leur* rapport charnel –, cela avait toujours été dans une lumière tamisée et flatteuse, avec beaucoup d'ombre pour préserver sa pudeur.

— Mais... Rhys ne sera-t-il pas chez vous ? balbutia-t-elle.

— Pas avant vendredi. Il rend visite à un ami de l'armée, dans le Kent.

— Nous ne pouvons pas... Enfin, je veux dire que, techniquement, nous pouvons... mais... je ne m'attendais pas à ce que ce soit si...

— Imminent ? Urgent ?

— J'ai besoin de temps pour me préparer.

— Il ne s'agit pas d'une bataille rangée. Tu n'as rien à préparer.

— La course m'a fait transpirer.

Dans son affolement, elle en oubliait qu'une dame ne parlait *jamais* de sa sueur.

— Tu transpireras encore plus avec moi, répliqua-t-il en riant. Viens chez moi, suis-moi dans ma chambre à l'étage et laisse-moi te faire des choses innommables.

Elle lui lança un regard de reproche.

— À t'entendre, cela paraît si simple.

— Parce que ça l'est. Sincèrement, plus tu repousseras l'échéance, plus tu seras nerveuse.

— Je ne suis pas nerveuse.

— Alors pourquoi tes genoux s'entrechoquent-ils ?

Harriet posa les mains sur ses cuisses pour empêcher ses jambes de trembler.

— Parce que je n'ai pas l'habitude de courir.

— Si tu as changé d'avis, je le comprendrais, dit-il d'une voix suave. La vie d'aventurière n'est pas pour tout le monde.

Oh, ce scélérat savait comment la provoquer !

Elle releva le menton.

— Je n'ai pas changé d'avis. Allons chez toi.

Il l'étudia quelques instants.

— Tu es sûre ? Ton père ne t'attend-il pas à la boutique ?

— Il est parti rendre visite à ce M. Brontë à qui tu l'as présenté. Il ne sera pas de retour avant l'heure du thé.

Morgan parut un peu trop content de lui.

— Cela nous laisse amplement le temps de nous amuser, dit-il.

Il donna un coup contre le plafond de la calèche pour attirer l'attention du cocher et cria :

— Hanover Square.

21

Harriet ne parvenait pas à savoir si elle venait de prendre la meilleure ou la pire décision de sa vie. Elle s'était crue maligne en inversant les rôles avec Morgan. Elle pensait pouvoir contrôler le jeu de séduction entre eux. En réalité, elle ne maîtrisait rien.

Ballottée par les cahots de la voiture, elle contemplait le paysage qui défilait de l'autre côté de la fenêtre afin de ne pas regarder Morgan.

Elle pouvait le faire. *Voulait* le faire. Depuis des années.

Morgan avait raison. En ce moment même, partout dans la ville, des femmes faisaient probablement l'amour.

Dans quelques minutes, elle serait l'une d'elles.

Ce serait sa première grande aventure. Sans même avoir eu besoin de quitter Londres.

La calèche s'arrêta à Hanover Square bien trop tôt à son goût. Elle envisagea brièvement d'annoncer à Morgan qu'elle avait changé d'avis puis, en voyant la manière dont il l'observait, elle comprit qu'il s'attendait à ce qu'elle se défile au dernier moment.

Jamais !

— Nous ne pouvons pas passer par la grande porte, chuchota-t-elle. Si quelqu'un me voit, je serai déshonorée !

— Tu as raison.

Morgan demanda au cocher de faire le tour du bâtiment et de les déposer derrière. Ils s'arrêtèrent dans la cour pavée d'une écurie et il l'aida à descendre de la calèche. Un haut portail en fer forgé s'ouvrait sur un jardin rectangulaire bien entretenu. Ils le traversèrent, grimpèrent quelques marches avant d'entrer par une porte noire.

Harriet regarda autour d'elle sans cacher sa curiosité. Le hall au sol carrelé était vaste avec, d'un côté, une belle console surmontée d'un miroir et, de l'autre, un grand pot en porcelaine chinoise que les frères utilisaient comme porte-parapluies. Une volée de marches descendait vers les cuisines tandis qu'un escalier dessinait une élégante courbe vers l'étage. Un plateau en argent posé sur une table était rempli de lettres et d'invitations.

— Alors ? demanda Morgan. Que penses-tu de mon repaire de brigands ?

— Je n'étais encore jamais entrée dans une garçonnière. C'est... ordonné.

Sa surprise le fit sourire.

— À quoi t'attendais-tu ? À des filles de joie à demi dévêtues se balançant aux lustres et des restes de repas jonchant toutes les surfaces ? À des bottes crottées abandonnées au sol ?

— Un peu, admit-elle avec une moue ironique.

Il regarda autour de lui le hall immaculé.

— Désolé de te décevoir. Mon lieu de débauche est Trellech. Quand nous sommes à Londres, Rhys et moi avons un valet et une cuisinière. Je leur ai donné leur journée.

— N'était-ce pas un peu présomptueux ? railla-t-elle. Étais-tu si sûr de gagner ?

— J'ai toujours eu de la chance, répondit-il avec un haussement d'épaules. La preuve : tu es là.

En effet.

Elle serra les pans de sa jupe.

— Alors, que faisons-nous à présent ? demanda-t-elle.

Il prit sa main et entrelaça leurs doigts. Les siens étaient chauds et légèrement calleux.

— À présent, nous larguons les amarres et prenons le vent.

Il lui adressa son sourire irrésistible et l'entraîna vers l'escalier.

Harriet se laissa guider jusqu'en haut des marches. Elle ne pouvait croire ce qui lui arrivait, qu'elle se trouvait réellement chez Morgan. Lorsqu'ils entrèrent dans sa chambre, une pièce étonnamment grande décorée dans des tons bleu marine et or, son pas vacilla.

Un grand lit à baldaquin était adossé au mur, sa tête sculptée d'un grand coquillage et d'un fouillis de volutes rococo. Un assortiment d'oreillers était empilé sur le couvre-lit d'un beau bleu royal.

Elle remarqua à peine le reste de la chambre. Elle avait vaguement conscience de la présence d'une armoire, d'une commode et de quelques fauteuils. Le lit accaparait toute son attention.

Sans qu'elle ait eu besoin de le lui demander, Morgan lâcha sa main, s'approcha des fenêtres et ferma les rideaux, les enveloppant dans un cocon de pénombre.

Toujours sans un mot, il se dirigea vers la cheminée, saisit une boîte d'amadou posée sur son manteau et s'occupa d'allumer le feu, qui était déjà préparé. Quand les flammes se mirent à danser gaiement dans l'âtre, il se tourna enfin vers elle.

Harriet tremblait nerveusement. Sa respiration s'accéléra lorsqu'il s'arrêta un mètre devant elle. Soutenant son regard, il ôta sa veste déchirée et la lança sur le dossier d'un fauteuil placé près du feu.

Harriet le dévisagea avec un intense pincement au cœur. Dans la lueur des flammes, il ressemblait à un prince pirate en bras de chemise. À un brigand qui n'avait rien d'autre à offrir que de l'aventure et un profond chagrin.

Irrésistible.

Si son cœur devait se briser, autant que ce soit à cause du seul homme qu'elle désirait. Le seul homme auquel elle pouvait envisager de se donner.

Rassemblant son courage, elle déboutonna sa propre veste et la déposa sur l'autre fauteuil. Sentant s'esquisser un nouveau jeu, une lueur enjouée s'alluma dans le regard de Morgan. Comme pour la mettre à l'épreuve, il dénoua sa cravate et la posa sur sa veste.

Elle tira sur le mince fichu en dentelle qu'elle portait autour du cou et le déposa à son tour.

Un défi silencieux.

Il esquissa un sourire appréciatif. Il ouvrit le premier bouton de sa chemise et arqua un sourcil.

Elle en fit autant, soulagée que son corsage se boutonne sur le devant et non dans le dos. Elle se mordit la lèvre pour ne pas rire. Il en avait toujours été ainsi entre eux. Pourquoi leurs ébats amoureux seraient-ils différents ?

La chemise de Morgan ne se déboutonnait pas jusqu'en bas. Il ouvrit les trois derniers boutons, dévoilant un pan de peau lisse et hâlée. Lorsqu'Harriet s'apprêta à faire de même, il se rapprocha d'elle et lui prit les mains.

— Laisse-moi faire.

Elle retint son souffle tandis qu'il déboutonnait son corsage jusqu'à la taille et qu'il le faisait glisser le long de ses bras, dévoilant son corset et sa fine sous-chemise. Elle frissonna en dépit de la chaleur du feu. Il promena un regard brûlant sur la rondeur de ses seins et la courbe douce de ses épaules. Il caressa son cou puis la saillie de ses clavicules.

— Fort de ma relative expérience en la matière, puis-je me permettre une suggestion ? demanda-t-il dans un murmure.

— Je t'en prie.

Cette courtoisie exagérée ne faisait qu'accentuer la tension électrique entre eux.

— Il serait regrettable que je n'aie droit qu'à un seul baiser. Je te garantis que tu passeras un moment bien plus agréable en m'en accordant davantage.

Harriet s'efforça d'ignorer la manière dont ses doigts effleuraient doucement sa peau.

— Fort bien. Je m'incline devant ta grande expérience. Continue.

Il esquissa un sourire.

— Vos désirs sont des ordres.

Elle resta parfaitement immobile tandis qu'il saisissait sa tresse, dénouait le ruban qui la retenait et qu'il la défaisait avec une patience infinie. Lorsqu'il eut terminé, il souleva sa chevelure et la laissa doucement retomber en boucles libres sur ses épaules.

— Quand tu étais au pays de Galles, tu n'attachais jamais tes cheveux, dit-il doucement.

Incapable de parler, elle hocha la tête.

Il glissa les doigts le long de son bras, prit sa main et la fit lentement tourner. Elle sentit son souffle sur sa nuque et la chaleur de son corps dans son dos, même s'ils ne se touchaient pas.

Il glissa les bras autour de sa taille et déposa un baiser sur son épaule. Il écarta ses doigts sur son ventre. Même à travers les tissus de son corset et de sa chemise, ils étaient brûlants.

À sa surprise, il s'agenouilla derrière elle. Ses mains descendirent sur ses hanches, et elle ravala son souffle lorsqu'il posa son front dans le creux de ses reins.

— Retourne-toi.

Son ordre rauque lui fit trembler les genoux. Elle obéit et baissa les yeux vers lui toujours à genoux devant elle, les mains sur ses hanches tel un pèlerin venu la vénérer.

Sans réfléchir, elle posa une main sur sa joue, aimant la texture rêche de sa barbe. Elle avait réclamé de l'aventure et avait hâte de découvrir ce qui l'attendait.

22

Morgan la fit reculer jusqu'à ce qu'elle s'assoie sur le bord du lit. Toujours à genoux, il ôta ses souliers avec des gestes efficaces, puis glissa les mains sous ses jupes et saisit doucement ses chevilles.

En dépit de son cœur qui battait la chamade, elle était résolue à rester maîtresse d'elle-même.

Les mains de Morgan remontèrent, ses paumes glissant sur ses mollets par-dessus ses bas, puis elles atteignirent la peau sensible derrière ses genoux. Ses doigts habiles trouvèrent les rubans de ses jarretières et jouèrent un instant avec eux.

Oh, le sournois ! Il devait bien se rendre compte qu'elle pouvait à peine respirer.

Pour essayer de se détendre, elle se pencha en arrière, appuyée sur ses coudes. Le matelas s'enfonça sous son poids.

Il trouva la peau nue au-dessus de ses jarretières. N'ayant pas voulu s'embarrasser de vêtements supplémentaires qui auraient pu gêner sa course, elle ne portait pas de culotte. Le courant d'air frais sur ses parties intimes la fit frissonner. Elle se sentait salace, dévergondée, comme ces femmes scandaleuses qui dégringolaient un escalier dans la gravure de Rowlandson.

Gênée, elle tenta de serrer les genoux. Le corps massif de Morgan l'en empêcha.

— Détends-toi, murmura-t-il.

— Facile à dire. Je n'ai jamais fait ça.

Il releva les yeux et son sourire espiègle la fit fondre.

— Ça te plaira, je te le jure.

Retroussant ses jupes jusqu'aux genoux, il glissa ses paumes sur les cuisses d'Harriet. Puis il se pencha et déposa un baiser à l'intérieur de sa jambe, juste au-dessus de la jarretière.

Tiraillée entre la crainte et l'euphorie, elle se cambra sur le lit.

Il exerça une pression sur ses cuisses pour lui intimer de ne pas bouger et déposa un baiser plus haut, puis un autre, puis toute une série, comme il l'avait promis.

Il se rapprochait. Son doigt caressa le pli de son aine et elle gémit lorsqu'il embrassa l'intérieur de sa cuisse.

Une tension lancinante s'accumulait dans son bas-ventre. Lorsqu'elle baissa les yeux, elle s'aperçut qu'il la dévisageait. Son cœur fit un autre bond.

Seigneur, qu'il était beau ! Intense, ténébreux, avec cette mèche noire lui retombant sur le front et cette adorable cicatrice à peine visible sous son menton. Même dans ses rêves les plus torrides, elle n'avait pas osé imaginer cette situation.

L'index de Morgan dessina lentement un huit au sommet de sa jambe tandis qu'il la défiait du regard. Elle soutint le sien, refusant d'être la première à détourner les yeux.

Elle s'imagina en reine, en impératrice toute-puissante. En femme pour qui les hommes donneraient volontiers leur vie afin de combler tous ses désirs.

Il esquissa un sourire comme s'il avait lu dans ses pensées. Très lentement, ses doigts descendirent vers son sexe, effleurant ses plis humides, puis les écartant, glissant dans la mouillure que son corps avait produite. Les joues en feu, elle ne pouvait détourner le regard. Elle poussa son bassin vers lui, voulant désespérément qu'il apaise la tension insoutenable qu'il avait provoquée.

Il retira sa main.

— Pas comme ça, la gronda-t-il doucement. Je t'ai promis un baiser.

Il regarda entre ses cuisses en se mordillant la lèvre. Elle vit sa pomme d'Adam tressaillir.

— Je rêve de te goûter depuis des années.

Stupéfaite, elle n'eut pas le temps d'analyser cet aveu inattendu. Il posa une main sur sa hanche tandis que l'autre glissait sous ses fesses. Elle retomba en arrière sur les coudes et, l'instant suivant, sentit la bouche chaude de Morgan entre ses cuisses.

Il l'embrassait avec ses lèvres et sa langue, la dévorant et la léchant. Il se repaissait, savourait, comme s'il ne parvenait pas à décider s'il voulait prendre son temps ou n'en faire qu'une bouchée.

Mon Dieu, quelle sensation ! Ses lèvres trouvèrent le petit bourgeon sensible. Il le titilla avec sa langue puis le tapota doucement avec ses doigts. Harriet fit un bond sur le lit.

— Morgan…

Il grogna contre elle, émettant un son de plaisir et d'agonie comme s'il était plongé dans un rêve. La vibration la rendit encore plus fébrile. Incapable de rester immobile, elle attrapa ses cheveux, le maintenant en place, l'implorant en silence de continuer cette torture exquise. Dans ce moment, elle ne savait plus si elle l'aimait ou le haïssait. Peut-être les deux.

— N'arrête pas !

Des baisers. Encore des baisers, insoutenables et merveilleux. Tout son corps semblait s'être concentré entre ses cuisses. Les muscles de son ventre se contractaient, les caresses de Morgan l'emportaient toujours plus haut. En même temps, elle avait la sensation de sombrer, de tomber. *De mourir*.

Elle allait crier grâce lorsque sa langue la pénétra, s'enfonçant profondément en elle. Tout son corps se referma autour de lui comme un poing.

Elle avait dépassé le stade de la gêne et de la honte. Il semblait savoir exactement ce dont elle avait besoin. Il accéléra la cadence, sa langue et ses doigts travaillant dans une parfaite harmonie. Elle haleta son nom en s'accrochant à sa chevelure.

Elle se désagrégea. Des vagues de plaisirs déferlèrent sur elle, aussi puissantes que des murs d'eau dans une tempête, la propulsant dans les profondeurs d'une extase sans fin.

Lorsqu'elle recouvra ses esprits, elle fixait le plafond, pantelante, les membres encore agités de tremblements. Tout son corps semblait rayonner de contentement. Elle releva la tête pour regarder par-dessus la masse volumineuse de ses jupes retroussées sur son ventre. Morgan était encore accroupi entre ses cuisses. L'espace d'un instant infini, ils se dévisagèrent comme si ni l'un ni l'autre ne pouvaient croire ce qu'ils venaient de faire.

Puis il lui adressa un sourire satisfait et le charme fut rompu.

— Tu es de retour.

Il se releva et essuya sa bouche luisante sur sa manche avant de rabattre les jupes d'Harriet sur ses jambes. L'espace d'un instant, il s'immobilisa, la contemplant. Elle se demanda ce qui se passerait si elle ouvrait les bras en l'invitant en silence à la rejoindre.

S'étendrait-il sur elle ? L'embrasserait-il ? La toucherait-il ? Les débarrasserait-il de leurs derniers vêtements pour lui faire l'amour comme elle en mourait d'envie ?

Elle ne put s'empêcher de baisser les yeux vers le devant de son pantalon pour vérifier si ce qu'ils venaient de faire l'avait affecté. Ses yeux s'écarquillèrent en voyant la bosse évidente au niveau de sa braguette.

Il suivit son regard et haussa les sourcils.

— Tu vois quelque chose qui te plaît, Montgomery ?

Sans la moindre honte, il posa une main sur sa braguette et replaça son membre dans une position plus confortable.

— Parce que si tu veux ajouter les baisers numéro quatre, cinq et six, je regorge de suggestions, ajouta-t-il.

Elle n'aurait pas cru possible d'avoir plus chaud. Se sentant à son désavantage étendue sur le dos, elle tenta péniblement de se redresser. Mais la mollesse du matelas la fit s'enfoncer encore plus. Avec un petit rire, il lui prit la main et la hissa debout.

La facilité avec laquelle il le fit lui rappela à quel point il était fort ; et combien il avait été délicat avec elle. Son cœur se serra encore un peu plus.

Seigneur, elle était dans de sales draps.

23

Morgan s'efforçait de reprendre ses esprits. Il se sentait totalement ivre. L'odeur et la saveur d'Harriet, boisées et sucrées à la fois, perduraient dans sa bouche, dans ses narines. Il n'avait pensé qu'à lui donner du plaisir. Chaque battement de son cœur avait crié le même refrain : *Aime ça, aie besoin de ça, aie besoin de moi.*

Il avait essayé toutes les techniques qu'il avait apprises, à l'affût des indices que lui donnait le corps d'Harriet : la manière dont elle le serrait plus fort, se raidissait, respirait, gémissait. Les sons qu'elle avait émis en jouissant avaient rempli son cœur de joie.

C'était ainsi qu'il l'avait imaginée dans ses moments les plus passionnés : les jupes retroussées jusqu'à la taille, ses longs cheveux étalés autour de son visage en vaguelettes soyeuses. Cette image était désormais marquée au fer rouge dans son cerveau.

Seigneur, il était à un fil de perdre le contrôle de lui-même. En la voyant étendue devant lui, il se sentait aussi affamé d'elle que dans sa cellule de prison, lorsqu'il avait cru mourir de faim.

Ses cuisses étaient aussi douces que la mousseline de soie. Il voulait la voir nue. Son membre raide l'élançait et, quand son regard intrigué s'était posé sur sa braguette, il avait cru exploser.

Dieu merci, elle ignorait l'effet qu'elle lui faisait. Autrement, elle aurait continué à le torturer jusqu'à le rendre fou.

Il l'était probablement déjà.

Il était sur le fil du rasoir. Chaque parcelle de son corps lui criait d'assouvir son désir. Il serait tellement facile de la faire retomber en arrière sur le lit, d'embrasser cette bouche divine, de dénuder chaque centimètre de sa peau et de s'enfoncer en elle. Il le voulait tellement qu'il en tremblait.

Fais-le !

Il chassa de son esprit ce murmure insistant. *Assez.* Il devrait se contenter de ce qu'il avait eu. Il avait épuisé ses baisers.

Il fronça les sourcils. Avait-il vraiment enfoncé un doigt en elle ou uniquement sa langue ? Son souvenir des dernières minutes était flou. De toute manière, cela ne changeait pas grand-chose. Même s'il ne l'avait pas déflorée à proprement parler, elle l'avait ruiné. Pour toutes les autres femmes.

Elle avait gagné et ne le savait pas.

Assise sur le bord du lit, elle l'observait. Ses yeux gris étaient sombres et songeurs, sa chevelure délicieusement désordonnée. Ses lèvres roses n'avaient toujours pas été embrassées. Cela l'indigna. *Quel gâchis !* Cette bouche était faite pour être embrassée. Tous les jours. Toutes les heures.

Il se pencha vers elle pour y remédier puis se rappela qu'il n'avait plus de baisers. Il se redressa et s'efforça d'afficher un sourire léger et railleur.

— Alors, ce baiser numéro trois... A-t-il été à la hauteur de tes attentes ?

Bigre, sa voix était éraillée comme s'il avait hurlé des ordres par-dessus un vent de force neuf. Il se racla la gorge.

Harriet émit un petit rire chevrotant.

— Il les a surpassées. Mais tu t'en doutais probablement déjà. Tu es très doué. On voit que tu as eu beaucoup d'entraînement.

Son humeur s'assombrit. Oui, il lui était arrivé d'en faire autant à d'autres femmes, mais toutes paraissaient insignifiantes comparées à elle. Harriet n'était pas une partenaire parmi tant d'autres ; elle était la dernière. La seule femme à qui il voulait faire l'amour jusqu'à la fin des temps.

— Non, grogna-t-il. Ce n'est pas une question d'entraînement mais de désir.

L'ardeur dans sa voix la surprit et il s'en voulut de ne pas avoir conservé un ton léger. Il ne voulait pas l'effrayer avec la force de ses sentiments. Elle était probablement encore embarrassée par ce qu'ils venaient de faire.

Elle se leva, soudain gauche, puis se baissa pour boucler ses souliers.

— Nous sommes donc quittes, déclara-t-elle en fixant le tapis. Merci, c'était très...

— Extraordinaire ? suggéra-t-il. Inoubliable ?

— Instructif.

Il resta interdit. *Instructif ? La garce !* Il lui en donnerait de l'instruction...

Non. Il se mordit la lèvre pour se retenir de répondre. Elle avait besoin de temps.

Et lui avait besoin de plonger dans un lac glacé.

Elle reprit ses vêtements sur le dossier du fauteuil, renfila son corsage par-dessus son corset et se reboutonna avec des doigts maladroits.

— Je dois rentrer chez moi, annonça-t-elle.

Il croisa les mains dans son dos pour se retenir de la prendre dans ses bras et de l'embrasser. Elle était encore légèrement essoufflée et fuyait désormais son regard. Elle était clairement mortifiée.

— Bien sûr, répondit-il en reprenant ses vêtements à son tour. Je vais demander à Mason qu'il prépare la calèche.

En descendant l'escalier, il se rendit compte que sa réaction pouvait paraître méprisante ou insensible, comme s'il avait hâte de se débarrasser d'elle. Ce n'était pas une traînée qu'on mettait à la porte une fois sa mission accomplie. *Crétin !* Il aurait pu tout autant lui préciser de ne pas emporter l'argenterie en sortant.

Il enfila sa veste et noua sa cravate devant le miroir du vestibule. Lorsqu'il revint de l'écurie (ignorant le commentaire insolent de son cocher sur la brièveté de la visite de la dame et le fait qu'il commençait à perdre la main), Harriet attendait dans l'entrée.

Elle le suivit jusqu'à la calèche sans un mot. Lorsqu'il grimpa à bord derrière elle, elle le regarda enfin en face.

— Oh, je croyais que tu me renvoyais chez moi seule.

Il feignit d'être scandalisé.

— Sans chaperon ? Chère mademoiselle Montgomery, vous n'y pensez pas !

— Je n'ose imaginer ce à quoi *tu* penses, rétorqua-t-elle.

Elle se mordit la lèvre, comme choquée par ses propres paroles imprudentes.

Le retour de son sarcasme le rassura.

— Oh, à toutes sortes de vilenies, assurément, plaisanta-t-il.

Elle rougit en fronçant les sourcils, ce qui le fit rire, ravi qu'ils aient retrouvé leurs joutes habituelles.

— Tu serais surprise de savoir combien de mes pensées te concernent, Harry, la taquina-t-il.

— Ne m'appelle pas Harry, on croirait que je suis un homme.

Il laissa son regard s'attarder un long moment sur son visage avant de répondre :

— Crois-moi, je ne risque pas de te confondre avec un homme.

Moins de dix minutes plus tard, ils arrivèrent dans Bury Street. Au lieu de la laisser s'échapper, il la suivit dans la boutique.

Le panneau sur la vitre de la porte indiquait *Fermé*. Elle le retourna du côté *Ouvert*, fila droit dans l'arrière-boutique puis disparut derrière une porte, sans doute pour monter à l'étage.

Elle revint quelques minutes plus tard.

— Père n'est pas encore rentré, annonça-t-elle. Tu n'as pas besoin de rester, je me débrouillerai fort bien toute seule.

Elle avait hâte de le voir partir, mais Morgan avait une autre idée en tête. Pour rester en sa compagnie, il était prêt à utiliser tous les prétextes. Maintenant que leur jeu de baisers était terminé, il devait inventer d'autres raisons de la voir.

— Je n'aime pas l'idée que tu restes seule dans cette boutique. Si quelqu'un te vole ?

— Je garde un pistolet chargé sous le comptoir, répliqua-t-elle. Et je sais m'en servir.

Elle lui adressa un regard indiquant qu'elle pourrait l'utiliser contre lui.

— Tant mieux, répondit-il en réprimant un sourire.

Elle croisa les bras. Il ne partait toujours pas. Il alla examiner les papiers et les boîtes de couleurs éparpillés sur un bureau placé contre un mur. Harriet fit claquer la langue sur un ton irrité.

— Si ça ne t'ennuie pas, c'est mon poste de travail.

Il observa plus attentivement une page.

— Non, ça ne m'ennuie pas du tout. De quoi s'agit-il ?

— D'une commande pour lady Melville.

Elle tenta de la lui reprendre et échoua.

— *La Carte du cœur*, lut-il.

Poussant un soupir de capitulation, elle le laissa l'examiner.

— C'est une carte humoristique montrant toutes les facettes de l'amour, expliqua-t-elle. Lady Melville en possède déjà plusieurs exemples, dont une intitulée *L'Empire de l'amour* éditée par un imprimeur allemand nommé Breitkopf et une version française, *La Carte de Tendre*, réalisée par Madeleine de Scudéry. Elle m'a demandé d'en créer une en anglais pour divertir ses amis. J'avoue que j'y ai pris goût.

Morgan regarda de plus près. La carte semblait ordinaire, avec des lacs et des rivières, des montagnes et des vallées. Les régions étaient peintes de couleurs différentes pour délimiter leurs frontières, comme c'était souvent le cas avec les comtés d'Angleterre. Puis il lut les noms de lieux et esquissa un sourire.

Il y avait la « Terre de la Jeunesse », au sein de laquelle se trouvaient des lieux comme la « Forêt du Premier Amour », le « Champ du Baiser », le « Château de Charme ». Était-ce son imagination ou certains lieux ressemblaient à ceux où Harriet et lui avaient joué enfants au pays de Galles ? Le Château de Charme, par exemple, rappelait la folie en ruine près de Trellech où il avait tenté de lui faire jurer fidélité. Là où il avait failli l'embrasser.

Près de la « Terre de la Jeunesse » se dressaient les moins joyeux « Monts de la Haine ».

— La « Vallée des Larmes » ? lut-il, amusé. Le « Marais des Obscénités » ? Le « Désert de la Mélancolie » ? Tu devais être de méchante humeur, ce jour-là.

— Mon objectif est de représenter toutes les émotions, pas uniquement les positives, répondit-elle dans un haussement d'épaules. Les hauts et les bas du sentiment amoureux, si tu veux.

Il poursuivit sa lecture.

— Ah ! Le « Pays de la Luxure ». Qu'as-tu mis dedans ? Le « Comté de l'Ivresse », le « Lac de la Lubricité », le « Pré du Badinage ». C'est un peu cynique, non ?

— J'ai également tracé le « Pays de l'Amour heureux », protesta-t-elle en glissant le doigt vers une autre région. Regarde : la « Taverne de la Tendresse », le « Vallon de la Satisfaction ». J'ai même créé un « Puits à Souhaits » en l'honneur de Maddie et de Gryff, ainsi qu'une « Fontaine de la Joie ».

— Et que vois-je ici ? Le « Comté des Célibataires ».

Il inclina la tête sur le côté pour mieux lire.

— Naturellement, la « Ville de la Stupidité », la « Place du Rejet », la « Grotte du Mépris ».

Il avait du mal à contenir son hilarité.

— Mes tantes m'ont beaucoup aidée à nommer certains endroits, dit-elle.

— Qu'est-ce que la « Lande de l'Exaspération » ? Et qui vit dans le « Hameau de la Mort » ?

— Il y a aussi de bons côtés. Regarde, voilà la « Cité des Rêves » et le « Pont de l'Espoir ».

— Tous situés près de « l'Océan du Doute ».

— J'ai dessiné un « Port du Mariage ».

— À côté de la « Ville des Vieilles Filles ». Je remarque en outre que la « Rivière de la Séduction » débouche dans le « Lac de l'Indifférence ». Est-ce une mise en garde ?

— Oh, une pure coïncidence.

Il adorait son humour. Toutefois, en dépit de son côté divertissant, la carte reflétait également leur propre situation. Cet après-midi, il l'avait conduite au « Pic du Désir ». Pourrait-il la convaincre de l'accompagner dans la « Vallée de l'Affection Permanente » ?

Ou s'étaient-ils aventurés sur des territoires inexplorés, au-delà des limites de la carte ? Pour sa part, il avait l'impression de se trouver dans un étrange arrière-pays où il n'était encore jamais allé ; sur ce curieux territoire, ils n'étaient pas tout à fait des ennemis, pas vraiment non plus des amants ni même des amis. Ils étaient égarés quelque part dans le « Marécage de Dieu-sait-où ».

Elle aurait dû le placer sur sa carte.

Un éclat argenté sur le coin du bureau attira son attention. Il écarquilla les yeux en reconnaissant l'objet.

— N'est-ce pas... ?

— Le tire-ligne que tu as lancé dans le torrent quand nous étions enfants ? acheva-t-elle en suivant son regard. Celui que ma mère m'avait offert ? Si.

Elle le saisit, caressant du pouce ses propres initiales.

Morgan feignit la surprise.

— Comment l'as-tu récupéré ?

Il s'attendait à ce qu'elle lui réponde qu'il avait été repêché miraculeusement dans le filet de Tom Evans. Au lieu de cela, elle esquissa un étrange sourire. Ses lèvres frémirent comme chaque fois qu'elle s'apprêtait à le provoquer et il s'y prépara.

— Tu sais très bien comment je l'ai récupéré, dit-elle doucement.

24

Le cœur de Morgan sauta un battement.

— Quoi ?

— Après l'avoir jeté, tu es retourné au torrent le lendemain matin pour le repêcher, dit Harriet.

— Je ne vois pas ce que tu veux dire.

— Menteur. Je le sais parce que j'y suis allée moi aussi avec la même idée en tête. Tu étais déjà dans l'eau. Je me suis cachée dans des buissons et t'ai vu plonger pour le récupérer.

Morgan sentit une désagréable chaleur envahir ses pommettes. Fichtre, lui qui ne rougissait *jamais*. Elle l'avait surpris en flagrant délit de mensonge. Pire, elle avait dû comprendre que sa prétendue indifférence à son égard n'était qu'un masque.

Mince. Il avait cru ses sentiments si bien cachés.

Troublé, peut-être pour la première fois de sa vie, il chercha à détourner la conversation.

— Tu m'as vu dans le torrent ? J'allais sûrement nager de bon matin. Tu devrais avoir honte d'épier d'innocents baigneurs.

Il lui adressa un sourire sournois.

— J'étais nu ?

— Tu avais ôté ta chemise.

— Ce que tu as vu t'a plu ?

À seize ans, il avait été un adolescent maigrichon. À présent, c'était un homme au corps musclé par des années d'activité physique intense. Il aurait nettement préféré qu'elle le voie nu aujourd'hui.

— Je t'ai à peine aperçu avant que tu plonges sous l'eau, répondit-elle en rosissant légèrement.

Elle mentait sûrement, ce qui le ravit.

— Tu aurais dû me rejoindre.

— Tu aurais essayé de me noyer.

— Je ne me serais pas donné cette peine. Tous les Davies savent que les femmes Montgomery ne coulent pas. Beaucoup ont essayé au fil des ans, mais ces sorcières remontent toujours à la surface. Apparemment, l'eau, étant un élément sacré, les rejette.

— Tu me traites de sorcière ?

Comme tant de fois auparavant, il cacha la vérité en la déguisant en plaisanterie.

— Bien sûr. Tu m'ensorcelles depuis des années. Je suis complètement sous ton charme…

Elle émit un son de dédain.

Il imagina soudain à quoi elle aurait ressemblé dans ce torrent, une chemise trempée adhérant à son corps. Naturellement, le tissu aurait été transparent, lui offrant une vue parfaite de ses mamelons et de toutes ses courbes merveilleuses.

Il l'aurait attirée à lui dans l'eau et aurait pressé ses lèvres glacées sur les siennes ; puis il l'aurait portée sur la berge, lui aurait ôté son vêtement mouillé et le sien, l'aurait réchauffée en…

Son imagination débordante faisait durcir son membre. Il était vraiment temps de transformer ses fantasmes en réalité.

— Nous devrions faire un autre pari, déclara-t-il. Le perdant devra nager dans le torrent à Trellech.

Elle secoua la tête.

— Non. Plus de paris. J'ai entendu ce que tu disais aux tantes, l'autre soir.

— À savoir ?

— Tu as déclaré publiquement que tu comptais te marier. Il est donc grand temps que tu cesses de faire des paris stupides avec moi et réfléchisses à celle qui pourrait te convenir comme épouse.

Toi.

Il ravala ce mot impulsif. Elle n'était pas prête à l'entendre, pas encore. Si son corps était à demi convaincu, elle était profondément têtue et son intellect avait encore du chemin à faire.

— J'aime faire des paris stupides avec toi, contra-t-il. Surtout quand tu gagnes.

Comme prévu, elle rougit en se rappelant que c'était elle qui avait insisté pour recevoir le troisième baiser. Hélas, il ne pouvait qu'espérer qu'elle en voudrait davantage. De lui et uniquement de lui.

— Plus de paris, répéta-t-elle fermement.

Il allait rétorquer lorsqu'un fiacre s'arrêta devant la boutique. Le père d'Harriet en descendit, aidé par un valet. Elle se précipita pour lui ouvrir la porte et Morgan se retrancha dans un coin de la boutique pour ne pas gêner leurs retrouvailles.

L'affection sincère entre Harriet et son père l'avait toujours fasciné. Son propre géniteur, feu le comte de Powys, avait été un homme froid qui se souciait peu de ses enfants sauf quand estimait qu'ils méritaient d'être réprimandés. Il les avait envoyés en pension tous les quatre, y compris Carys et leur parlait à peine lorsqu'ils rentraient pour les vacances. Peut-être était-ce ingrat de la part de Morgan, mais le vieux bougre ne lui manquait pas.

Harriet s'empressa de débarrasser son père de son écharpe et de son chapeau, puis, le prenant par le bras, le guida délicatement entre les différents obstacles sur son chemin. Elle le fit asseoir sur son fauteuil habituel dans l'arrière-boutique.

En dépit de ses protestations, Henry Montgomery appréciait clairement ses attentions.

— Oui, oui, je suis rentré. Inutile d'en faire toute une histoire, grogna-t-il.

— Comment s'est passée ta visite chez M. Brontë ?

Son père étala son plaid sur ses genoux.

— J'ai pris une décision. Le Dr Saunders va opérer mes yeux.

Même depuis là où il se tenait, Morgan entendit le petit soupir soulagé d'Harriet.

— Vraiment ? C'est merveilleux ! Qu'est-ce qui t'a fait changer d'avis ?

— Je me suis montré égoïste, admit Henry sur un ton bourru. J'ai laissé mes peurs me transformer en fardeau. Inutilement, semblerait-il.

— Tu ne seras jamais un fardeau ! protesta Harriet.

— Pfff... Tu es une jeune femme avec toute la vie devant toi. Tu devrais pouvoir faire des choix sans penser à moi. Tu as toujours voulu connaître Paris, Rome. Maintenant que Napoléon est vaincu et que nous avons les revenus de la mine d'or, tu peux le faire. Mais pas si tu t'occupes de moi.

Harriet l'étreignit chaleureusement.

— Tes réticences à subir l'opération sont très compréhensibles. Tout le monde aurait peur.

— M. Brontë m'a bien expliqué la procédure et décrit sa guérison. Sans pour autant prétendre qu'il s'agissait d'un remède miracle, il a apaisé mes craintes. Il y a un facteur de risque dans toute intervention chirurgicale. Il m'a fait comprendre que les bienfaits potentiels l'emportaient largement sur les dangers. Qui ne risque rien n'a rien, comme on dit.

— Avez-vous choisi une date ? Où dois-tu te rendre ?

Harriet paraissait légèrement étourdie.

— Une fois que j'ai compris qu'il ne servait à rien de repousser l'échéance, j'ai demandé au Dr Saunders de me recevoir. Je dois me rendre à son cabinet dans Harley Street demain matin.

— Demain ?

La stupeur d'Harriet fit rire son père.

— Autant en finir tout de suite. Autrement, je passerai mon temps à m'imaginer le pire.

Morgan traversa la boutique sur la pointe des pieds afin de sortir sans les interrompre. Harriet l'aperçut par la porte ouverte.

— Nous devons sans doute remercier cet horrible capitaine Davies pour ce changement d'avis, déclara-t-elle d'une voix forte pour qu'il l'entende. C'est lui qui t'a présenté au Dr Saunders.

Henry Montgomery se mit à rire.

— C'est vrai. Au moins tu sauras à qui t'en prendre si l'opération échoue.

— L'opération réussira, assura-t-elle fermement. J'ai pleine confiance en le Dr Saunders.

Elle lança un regard menaçant à Morgan.

— S'il y a le moindre problème, je tordrai moi-même le cou du capitaine Davies.

— Tu aurais du mal, Harriet. Il fait deux fois ta taille. Autant essayer d'étrangler un arbre. Tu aurais plus de chance en lui tirant dessus avec ton pistolet.

— Hmm, fit-elle. Excellente idée, j'y réfléchirai.

Morgan jugea le moment opportun pour prendre congé. Après un signe de la main discret à Harriet, il ouvrit la porte de la boutique et sortit dans la rue.

En marchant vers sa calèche, il fut pris d'angoisse. Même si Harriet avait plaisanté, il était effectivement responsable d'avoir convaincu son père de se soumettre à l'opération. Si elle se passait mal, il serait rongé par les remords. Non seulement pour la gêne et la déception d'Henry Montgomery, mais également pour avoir fait subir à Harriet un tel stress.

Si l'opération réussissait ? Si son père retrouvait la vue et, par conséquent, une grande part de son indépendance, Harriet serait alors libre de se lancer dans toutes les aventures qu'elle reportait depuis des années.

Si elle les vivait sans lui ? Avec un autre ?

Il ne pouvait y penser.

Il aurait dû vouloir son bonheur, même sans lui. Il n'était pas noble à ce point. Il la désirait depuis trop longtemps et n'avait pas traversé la moitié du globe pour la voir en épouser un autre.

Bien sûr, il ne la méritait pas. Là n'était pas la question. Aucun autre homme ne la méritait non plus. Ils avaient eu leur chance pendant son absence et aucun n'avait réussi. Il avait l'outrecuidance de penser que c'était parce que Harriet avait pour lui des sentiments qu'elle n'avait pour personne d'autre.

Il était encore ému qu'elle l'ait laissé lui donner du plaisir, même s'il soupçonnait qu'elle s'était servie de lui comme d'une sorte d'expérience sexuelle. Il ne s'en plaignait pas ; il était prêt à participer à toutes les débauches qu'elle voudrait. Néanmoins, il aurait aimé qu'elle le considère moins comme une aventure éphémère que comme une solution permanente.

Il devrait attendre le lendemain soir pour la revoir. Ils étaient tous deux invités chez lady Scarborough, où il comptait faire précisément ce qu'Harriet lui avait conseillé de faire, à savoir choisir sa fiancée idéale.

Combien de temps faudrait-il à Harriet pour comprendre que c'était elle ?

25

Harriet avait hésité à se rendre à la réception de lady Scarborough. Elle avait à peine dormi, son esprit tiraillé entre l'inquiétude pour l'opération imminente de son père et son ébahissement devant le troisième baiser de Morgan.

Je rêve de te goûter depuis des années.

L'avait-il vraiment dit ou l'avait-elle imaginé dans son délire extatique ?

Non, elle l'avait bien entendu.

Peut-être était-ce le genre de chose que les hommes disaient aux femmes dans le feu de la passion ? Pourtant, ses paroles dénuées d'artifice semblaient avoir jailli du plus profond de lui.

Oserait-elle les croire ? Elle avait toujours pensé que son attirance pour Morgan n'était pas réciproque, qu'il la considérait comme un amusement et l'oubliait dès qu'elle était hors de sa vue. Certes, il flirtait avec elle, mais il avait flirté avec nombre de femmes au fil des ans et il n'était certainement pas puceau. Elle avait été jalouse chaque fois que la rumeur lui prêtait une amante.

Et si toutes ces années de taquineries superficielles cachaient une attirance aussi forte que la sienne ? S'il avait gardé des distances parce qu'il ne la croyait pas intéressée ?

Sa peau picotait. Désormais, elle ne pouvait plus douter de sa propre attirance envers lui. Ce qu'ils avaient fait la veille avait tout changé. Comment pourrait-elle regarder ses lèvres sans se souvenir qu'elles avaient goûté ses parties les plus intimes ? Comment pourrait-elle voir ses belles mains sans avoir envie de leurs caresses ?

Elle ignorait comment elle réagirait en le revoyant. La veille, chez lui, elle avait à peine pu le regarder dans les yeux. Heureusement, il avait su détendre l'atmosphère en reprenant leurs chamailleries habituelles.

Une calèche équipée de laquais en livrée l'attendait devant la boutique et elle inspira profondément pour se donner du courage.

Ce matin, juste après que la voiture du Dr Saunders était venue chercher son père, elle avait envoyé un message à Maddie pour lui raconter que son père avait changé d'avis. Maddie avait tenu à l'escorter elle-même chez lady Scarborough afin qu'elle ne reste pas seule chez elle à s'inquiéter toute la nuit.

Gryff accompagnait son épouse.

— Bonsoir, Harriet. Tu es ravissante.

Harriet rosit tandis qu'il l'aidait à monter à bord. Elle lança un regard à sa cousine.

— Merci. Maddie m'a convaincue d'acheter cette robe la dernière fois que nous sommes allées chez Madame Cerise.

— Maddie est très douée pour convaincre les gens de faire ce qu'elle veut, répondit Gryff en riant. Qu'ils en aient envie ou pas.

Son épouse lui donna une tape sur l'épaule.

— Et j'ai généralement raison, comme dans le cas présent. Cette couleur te va à merveille, Harriet.

La soie turquoise était plus éclatante que les tons qu'elle choisissait habituellement. Toutefois, elle se fiait au goût de Maddie et, lorsqu'elle s'était regardée dans le miroir, elle avait été saisie par le changement de son allure. Elle paraissait sophistiquée. La coupe ingénieuse créait des courbes qu'elle avait ignoré avoir et sa peau semblait rayonner.

Était-ce le rayonnement satisfait d'une femme qui avait enfin découvert les plaisirs de la chair ? Les gens s'en rendraient-ils compte en la voyant ?

Il fallait espérer que non. Elle ne tenait pas à attirer une horde de messieurs lubriques ayant flairé le changement en elle.

— Des nouvelles d'oncle Henry ? demanda Maddie.

Harriet s'extirpa de ses pensées.

— Oui. Je viens justement de recevoir un message du Dr Saunders m'informant que l'opération s'était très bien déroulée.

Maddie se renfonça dans la banquette avec un soupir de soulagement.

— Oh, quelle bonne nouvelle ! As-tu pu le voir ? Quand rentrera-t-il à la maison ?

— Le Dr Saunders n'autorise pas les visites. De toute manière, Père est sous sédation pour calmer sa douleur et ne serait même pas conscient de ma présence. Il sera gardé sous observation pendant les douze prochaines heures. S'il fait une bonne nuit de sommeil, il pourra rentrer demain afin de poursuivre sa convalescence à la maison.

— Combien de temps avant qu'on ôte ses bandages ? demanda Gryff.

— Quelques jours, le temps que les yeux cicatrisent.

Gryff fit une moue impressionnée.

— La médecine moderne ne cesse de m'émerveiller. Y a-t-il quelque chose de plus incroyable que de rendre la vue à un aveugle ?

— Une Montgomery épousant un Davies ? suggéra Maddie.

Son époux lui adressa un regard de reproche empreint de tendresse. Harriet les observait avec envie. L'amour entre ces deux anciens ennemis réchauffait le cœur.

Maintenant qu'elle avait laissé Morgan prendre des libertés avec son corps, qu'étaient-ils ? Des amants ? Ils n'étaient pas vraiment amis. Ils n'avaient jamais vraiment été ennemis non plus, pas dans le sens premier du terme. Elle ne lui voulait aucun mal. Bien au contraire. Elle voulait poursuivre éternellement leur antagonisme teinté de séduction.

Ce qui était impossible. Morgan choisirait très prochainement son épouse, sans doute avant la fin de la saison, peut-être même dès ce soir. Une fois mariés, ils ne pourraient plus poursuivre leurs joutes.

Sa poitrine se serra comme si elle sentait déjà en elle le vide que produirait son absence. Ce serait encore pire que s'il reprenait la mer. Lorsqu'il était physiquement loin, elle pouvait se leurrer en pensant qu'il reviendrait vers elle. De le voir avec une autre femme au bras, riant et la regardant avec le même sourire coquin et complice qu'il lui avait toujours adressé, serait une forme inédite de torture.

En proie à un sentiment d'impuissance, elle se mordit l'intérieur de la joue. Son monde changeait et elle n'était pas sûre d'être prête. Si l'opération de son père était une réussite, peut-être ferait-elle mieux de s'éloigner de la tentation et d'entreprendre ses propres aventures.

— J'ai hâte de voir Morgan ce soir, déclara Maddie en riant.

— Ah oui ? Pourquoi ? demanda Harriet.

— Parce que je dirai à qui veut m'entendre que tu as remporté cette incroyable course. On ne devrait jamais rater une occasion de se vanter d'avoir battu un Davies.

— Traîtresse, maugréa Gryff. Tu es une Davies désormais.

— Légalement, peut-être, mais, dans mon cœur, je suis toujours à moitié Montgomery. Harriet nous a rendus fiers. Elle l'a vaincu avec son cerveau et ses muscles. C'était grandiose.

Harriet accepta gracieusement le compliment.

— Je dois dire que Morgan et toi vous nous avez bien divertis au fil des ans, reconnut Gryff.

— C'est vrai, renchérit Maddie. Vous observer tous les deux inventer de nouvelles manières ingénieuses de vous agacer l'un l'autre est l'un de mes passe-temps favoris.

— Nous ne sommes pas obsédés à ce point ! protesta Harriet.

Maddie et Gryff échangèrent un regard hilare.

— Oh si !

— J'ai un aveu à te faire, déclara Gryff. Te souviens-tu de cette partie de cache-cache dans la forêt à Trellech quand nous étions jeunes ? Nous étions tous rentrés de pension pour les vacances et tu devais avoir quinze ou seize ans.

— Moi, je m'en souviens, dit Maddie. Je m'étais cachée dans un buisson de houx et j'ai déchiré mes gants préférés.

— Oui, répondit Harriet, légèrement appréhensive.

— Je vous ai aperçus, Morgan et toi, cachés dans la folie, dit Gryff. Comme il était clair aux yeux de tous que vous vous plaisiez, j'ai fait semblant de ne pas vous voir.

— Non ! s'exclama Harriet. Pourquoi as-tu fait ça ?

— Parce que je pensais que Morgan saisirait enfin sa chance et t'embrasserait. En outre, je savais qu'il me tuerait si je vous dérangeais.

Maddie roula des yeux fascinés.

— Gryffud Davies, tu es un vrai agitateur. Tu aimes jeter de l'huile sur le feu et créer des embrouilles.

Il haussa les épaules.

— En amour comme à la guerre, tous les coups sont permis. Constance et Prudence auraient été fières de moi. C'est exactement le genre de réaction qu'elles auraient eu.

Maddie se tourna vers Harriet.

— Alors ? T'a-t-il embrassée ?

Harriet était mortifiée.

— Dans la folie ? Non.

Les épaules de Maddie s'affaissèrent. Même Gryff paraissait légèrement déçu.

— Quel balourd, déclara Maddie. J'aurais cru qu'il aurait plus d'initiative.

— C'est que vous autres, les femmes Montgomery, vous pouvez être intimidantes, maugréa Gryff.

Maddie lui donna une tape sur le bras.

— Je crois qu'il m'aurait embrassée, admit Harriet. Sauf que je suis partie avant qu'il en ait eu la possibilité. De toute manière, s'il l'avait fait, ce n'aurait été que pour m'embarrasser ou pour me faire chanter plus tard.

— Tu es aussi aveugle que ton père, rit Gryff. Morgan a toujours été attiré par toi.

— Peuh ! Alors pourquoi s'intéresse-t-il tant aux autres femmes ? Ce n'est pas comme s'il était resté chaste toutes ces années en rêvant de moi.

— Peut-être que, jusqu'à présent, il n'était pas encore prêt à se ranger et à s'engager avec une seule femme, suggéra Gryff. Les hommes apprennent lentement. Il nous faut du temps pour reconnaître celle qui fera notre bonheur.

Peu convaincue par son raisonnement, Maddie leva les yeux au ciel.

— Ou peut-être pensait-il qu'il ne t'intéressait pas ? suggéra-t-elle. Après tout, c'est toi qui t'es enfuie. Malgré leurs innombrables défauts (elle lança un regard à son époux), les hommes Davies ont le sens de l'honneur et traitent les femmes avec le plus grand respect. Morgan ne t'aurait jamais embrassée contre ton gré. Tu as probablement blessé son orgueil.

Harriet haussa les épaules en souhaitant désespérément qu'ils changent de sujet. Si elle avait été seule avec Maddie, peut-être lui aurait-elle demandé conseil, après lui avoir avoué ses sentiments pour Morgan. Mais il lui était impossible d'en discuter devant son frère, même si Gryff, contre toute attente, ne semblait pas désapprouver l'idée qu'ils forment un couple.

— Qui sait ce qui se passe dans le cerveau d'un homme ? dit-elle. C'est un mystère.

— Nous ne sommes pas si compliqués, protesta Gryff. Nous aimons prétendre le contraire alors qu'en vérité nous ne pensons qu'à la nourriture, aux femmes, aux sports ou aux affaires. Neuf fois sur dix, nous pensons surtout aux femmes, sache-le.

— Et moi qui croyais que vous étiez des créatures insaisissables, soupira Maddie, incapable de dissimuler son sourire.

— Désolé de te décevoir.

Le regard que Maddie lui adressa fit rougir encore plus Harriet.

— Oh, tu ne me déçois jamais, mon cher époux, ronronna-t-elle.

Harriet se mit à rire. En vérité, elle enviait leur joyeux badinage. Il était la preuve que, en dépit d'une querelle séculaire, une union heureuse entre un Davies et une Montgomery était possible. Tristan et Carys le prouvaient également.

Une union permanente entre Morgan et elle ? Impossible. Même si, par miracle, il la considérait comme une épouse potentielle, il repartirait sur les mers et vivrait ses aventures sans elle. Elle ne pouvait l'accepter.

La lueur des torches de l'hôtel particulier de lady Scarborough à Mayfair illumina l'intérieur de la calèche qui s'arrêta dans un soubresaut.

— Ah, nous sommes arrivés.

26

Harriet suivit Maddie et Gryff dans le hall d'entrée. Elle tendit son châle à un valet puis ils s'enfoncèrent tous les trois dans les nombreux salons déjà remplis de convives. Son cœur fit un bond quand elle aperçut la tête brune et les larges épaules de Morgan dans la foule.

Comme d'habitude, il était entouré par un groupe d'admiratrices, principalement des mères accompagnées de leurs filles à marier. Elle ressentit une pointe de jalousie en le voyant rire après que l'une d'elles eut fait une plaisanterie. Il se libéra avec aisance de la dame qui lui tenait le bras et en conduisit une autre sur la piste de danse.

Chacune de ces filles constituait un beau parti. La dot de Millicent Connors représentait une véritable fortune. Emily Goodford ressemblait à une princesse de conte de fées avec ses longs cheveux blonds soyeux et ses yeux d'un bleu limpide. La famille d'Elizabeth De Vere remontait à la conquête normande.

Certes, Morgan n'avait que faire d'un nom illustre. Il était le frère d'un comte. Il n'avait pas besoin d'une épouse titrée pour élever son statut.

En revanche, peut-être avait-il besoin d'une épouse riche. Harriet ignorait à combien s'élevait la solde d'un capitaine de la Marine royale, mais elle ne devait pas être très conséquente. Morgan n'était que le troisième fils. Son père lui avait sans doute laissé une rente. Néanmoins, rares étaient les hommes qui repoussaient les avances d'une femme qui représentait un afflux d'argent.

Harriet se sentit légèrement nauséeuse en entendant le rire mièvre de Millicent Connors. Même s'il avait besoin d'argent, Morgan ferait mieux de ne pas l'épouser. Elle ne s'intéressait qu'à ses toilettes et aux potins. Il l'étranglerait au bout d'une semaine. Il avait besoin d'une femme qui le défiait, le maintenait alerte, pas d'une minaudeuse qui buvait chacune de ses paroles.

— Cet homme est une menace pour la population féminine.

Harriet sursauta et découvrit sa tante Prudence assise sur sa droite.

— Oh, bonsoir tante Pru. Je ne vous avais pas vue. De qui parlez-vous ?

Prudence lui adressa un sourire entendu.

— Du capitaine Davies, bien sûr. N'est-ce pas lui que tu regardais fixement ?

Le petit rire égrillard de tante Constance épargna à Harriet le besoin de répondre à cette vérité embarrassante.

— Une bien séduisante menace, déclara Constance. J'aime bien les voyous. Il me rappelle ce bandit de grands chemins que nous avons rencontré à Hampstead Heath. Tu t'en souviens, Pru ?

Prudence leva les yeux au ciel.

— Celui à qui tu as donné ta bague en améthyste ?

— Il avait déjà pris les boucles d'oreilles assorties, répondit Constance avec un haussement d'épaules. Ç'aurait été dommage de séparer une parure. Et puis elle valait bien le baiser qu'il m'a donné en remerciement.

Harriet se mit à rire. Elle n'avait encore jamais entendu cette histoire. Bien que ses tantes ne se soient jamais mariées, elles avaient peut-être vécu des vies plus trépidantes que la sienne.

— Il est occupé à chercher la prochaine Mme Davies, observa Prudence en regardant Morgan et Millicent valser sur la piste. J'espère qu'il ne choisira pas la petite Connors. Elle a un cerveau de moineau. Sais-tu qu'elle m'a demandé un jour si la lune en France était la même que celle en Angleterre ?

Juste ciel. Morgan ne tiendrait pas une semaine, il l'étranglerait au bout de trois jours.

— Harriet, c'est ton tour de faire ta charmante, dit Prudence. Regarde qui vient vers toi.

— Qui ? demanda Harriet en évitant de se retourner.

— Le jeune de Montford, l'héritier du duc d'Evesham. Il te reluque depuis que tu es entrée.

— Presque héritier, corrigea Constance. C'est le neveu du duc. Son père est l'héritier présomptif puisque le duc n'a pas d'enfant.

— Il pourrait donc être duc un jour, insista Prudence. Il est très séduisant ; ce serait une bonne prise, Harriet.

— Ce n'est pas une truite, pour l'amour de Dieu ! En outre, je ne crois pas l'avoir déjà rencontré.

— C'est parce qu'il était en mer depuis l'âge de dix-huit ans.

— Avec vous deux, nous n'avons plus besoin du Bottin mondain, marmonna Harriet.

Ses tantes parurent ravies du compliment.

Avec l'air conspirateur de celle qui s'apprête à transmettre une information capitale, Constance chuchota :

— Je crois bien qu'il était sur le même navire que notre capitaine Davies...

Soudain intéressée, Harriet se retourna vivement et percuta l'homme qui arrivait derrière elle.

— Oh, je vous demande pardon !

L'homme se mit à rire.

— Je suis entièrement fautif, mademoiselle Montgomery. J'avais tellement hâte de faire votre connaissance que je me suis précipité et vous ai bousculée.

Il s'inclina avant de conclure :

— Oliver de Montford, pour vous servir.

Prudence n'avait pas exagéré en le qualifiant de « très séduisant ». Il avait des yeux bleus étincelants et des boucles blond cuivré qui retombaient librement autour d'un visage d'Adonis. Son sourire était si franc et si contagieux qu'elle se mit à sourire à son tour.

Il lui tendit la main.

— Nous dansons ?

— Pourquoi pas ?

Elle se laissa entraîner sur la piste de danse où une valse venait de commencer.

— Pourquoi vouliez-vous faire ma connaissance ? demanda Harriet se mettant en position.

— Je voulais rencontrer la seule femme dont on m'a menacé des foudres.

Harriet manqua de trébucher.

— Mes foudres ? Qui vous a menacé ?

De Montford se mit à rire.

— Un certain capitaine, naturellement. J'étais enseigne sur le *Briséis*. Chaque fois que quelqu'un commettait une erreur, le capitaine Davies disait : « Estimez-vous heureux que je me contente de vous faire briquer les ponts et non écorcher vif par Harriet Montgomery. »

Harriet en resta la bouche ouverte. Elle la referma d'un coup sec en faisant claquer ses dents.

— Il disait cela ? À voix haute ? Devant tout le monde ?

— Oh oui, souvent, répondit de Montford le regard plein d'humour. Ne le prenez pas mal. Il prononçait toujours votre nom avec la plus grande révérence. Nous vous imaginions tous comme une grande déesse vengeresse.

— Seigneur !

— Une nuit, alors que nous nous débattions contre une tempête particulièrement violente, il s'est tenu sur le pont avant et a hurlé aux vagues : « C'est tout ce que vous avez dans le ventre ? J'ai reçu des savons bien pires de la part d'Harriet Montgomery ! »

— Oh non !

— Naturellement, après ça, tous les hommes à bord voulaient connaître la femme capable de remettre notre capitaine à sa place. Vous avez atteint un statut quasi mythique.

Harriet ne savait plus quoi dire. De toute évidence, le jeune homme vénérait Morgan qu'il considérait comme un héros.

— Était-il un bon capitaine ? Je veux dire, quand il ne vous faisait pas briquer les ponts.

— Le meilleur, mademoiselle.

Les yeux bleus de Montford étaient sincères.

— N'avez-vous pas été fait prisonnier avec lui ?

— Oh si. Ce n'était pas la faute du capitaine. Sa carte était fausse. Cela aurait pu arriver à n'importe qui.

Harriet baissa les yeux en se sentant coupable.

— Je vois.

— De fait, je dois ma vie au capitaine Davies.

— Comment ça ?

— Il a été fouetté à ma place. C'était en Martinique, où nous étions détenus dans des conditions épouvantables que vous ne pouvez pas imaginer. La plupart du temps, nous étions enfermés dans nos cellules. Deux fois par jour, on nous faisait marcher en rond dans les champs au pied du fort. Un jour, De Caen, leur commandant, m'a accusé d'avoir volé une miche de pain. Une pure calomnie, cela va sans dire. Quand j'ai nié, il a commencé à me fouetter avec sa cravache.

— Quelle horreur, murmura Harriet.

— Je crois bien qu'il m'aurait tué si le capitaine Davies n'était pas intervenu. Il a fait tomber De Caen de son cheval et l'a martelé de coups. Même avec ses deux poings liés, il est parvenu à lui flanquer une sacrée rossée avant que les hommes de De Caen le maîtrisent.

— Juste ciel !

— Le commandant était hors de lui. Il a fait fouetter le capitaine – six coups – avant de le faire jeter au trou pendant deux semaines. Ils ne le nourrissaient qu'une fois par jour.

Harriet était effarée. Elle avait toujours su que Morgan était un homme bon en dépit de ses manières provocantes. Entendre un témoin lui raconter son comportement héroïque était une autre chose. Elle souffrait pour lui tout en lui en voulant de s'être mis en danger. Lorsqu'ils avaient fait leur pari stupide deux ans plus tôt, elle avait su qu'il ferait quelque chose de stupidement noble de ce genre. S'il avait été tué ? Cela lui glaçait le sang.

— C'est donc pour cela que le Français boite, murmura-t-elle.

— Vous le connaissez ? s'étonna de Montford.

— Pardon ?

Harriet se rappela soudain que la présence de De Caen à Londres n'était pas de notoriété publique.

— Non. Je… euh… J'ai entendu le capitaine Davies le mentionner en passant.

Après un autre tour de piste gracieux, de Montford reprit :

— Savez-vous ce que le capitaine Davies a dit quand ils l'ont sorti du trou ?

— Quelque chose du genre : « Au moins, je n'étais pas enfermé là-dedans avec Harriet Montgomery » ?

— Plus ou moins, rit de Montford. Ne le prenez pas comme une insulte. Vous étiez notre talisman, forte et intrépide. Nous devions être à la hauteur. Le capitaine Davies nous disait de ne jamais perdre espoir, de ne jamais capituler, car, un jour, toutes ces épreuves ne seraient plus qu'un mauvais souvenir. Que nous serions sains et saufs, libres, dansant dans une grande salle de bal avec une belle femme contrariante dans nos bras. Il avait raison.

Morgan avait vraiment dit cela ?

— Vous êtes un vrai poète, monsieur. Vous me faites presque passer pour une sainte, l'aspect contrariant en moins.

Il éclata de rire, attirant l'attention de plusieurs couples autour d'eux.

— Oh, certainement pas une sainte, mademoiselle. À en croire le capitaine, vous auriez fait pleurer le diable.

— Je suppose que je dois également le prendre comme un compliment ?

— Absolument. Et, s'il vous plaît, appelez-moi Oliver.

Harriet se mit à rire.

— D'accord, Oliver. Je suis ravie de vous avoir été utile.

Il poussa un soupir théâtral.

— C'est vraiment regrettable, savez-vous. Vous êtes exactement telle que je l'imaginais. Belle, spirituelle, intelligente.

— En quoi est-ce regrettable ?

— Parce que j'aurais beaucoup aimé mieux vous connaître.

Harriet rosit. Beau et charmant, de Montford avait deux ans de moins qu'elle et était encore un chiot. Un garçon, pas un homme. Adorable mais… pas assez fourbe pour elle.

Pas assez Davies.

— Et vous ne pouvez pas mieux me connaître parce que… ?

Il lança un regard par-dessus son épaule avant de lui glisser à l'oreille :

— Parce que vous appartenez au capitaine.

Son cœur fit un bond et son esprit se rebella à l'idée d'être considérée comme la possession d'un homme.

— Certainement pas ! Je…

— Bonsoir, capitaine, dit joyeusement de Montford en la faisant virevolter.

Harriet se retrouva nez à nez avec Morgan qui se tenait à la lisière de la piste de danse. Elle s'arrêta net.

— Oh !

Beau comme un péché dans sa tenue de soirée noire, sa chemise et sa cravate blanches, il paraissait à la fois amusé et menaçant.

— Bonsoir, de Montford. Je vois que vous avez déjà fait la connaissance de Mlle Montgomery.

Le jeune homme s'inclina.

— En effet, capitaine. Je dois dire qu'elle est tout ce à quoi je m'attendais et bien plus.

Il lança un regard ouvertement appréciatif vers Harriet qui n'y prêta pas attention. Elle fusilla Morgan du regard.

— Vous m'avez fait passer pour une harpie devant tout votre équipage ! l'accusa-t-elle.

Il réprima un sourire.

— J'espère que vous ne lui avez pas raconté de sornettes, de Montford, dit-il. Même sur la terre ferme, je peux encore trouver des ponts à briquer pour des enseignes effrontés.

— Oh non, capitaine, répondit Oliver avec un sourire. J'expliquais seulement à Mlle Montgomery qu'elle était chère au cœur de tous les hommes à bord du *Briséis*. C'est un honneur de la rencontrer en personne.

Morgan plissa les yeux, sembla sur le point de rétorquer quelque chose, puis se ravisa. Il se tourna vers Harriet et glissa son bras sous le sien dans un geste possessif.

Oliver adressa à Harriet un petit sourire qui signifiait : « Je vous l'avais bien dit ! »

— De Montford peut peut-être vous renseigner sur la demeure dont vous me parliez l'autre jour, déclara Morgan. Celle de Grosvenor Square. Elle appartient à son oncle.

— Que vouliez-vous savoir ? demanda Oliver.

— Je me demandais pourquoi elle était toujours fermée, répondit Harriet.

— Oncle Harold l'a gagnée au jeu voilà quelques années. Il la garde aménagée au cas où il viendrait en ville, sauf qu'il ne vient jamais. Il n'a pas quitté son domaine en Cornouailles depuis vingt ans. Il m'a proposé de m'y installer, mais, en vérité, elle est trop grande à mon goût. Je préfère ma garçonnière à l'Albany.

— J'ai appris que vous alliez passer votre examen de lieutenant devant le Conseil de la Marine ? demanda Morgan.

— Oui. La semaine prochaine.

— Je suis sûr que vous obtiendrez votre commission.

Harriet fut surprise par l'expression fière et paternelle de Morgan. De toute évidence, il avait une profonde affection pour le jeune homme ; un sentiment évidemment réciproque.

— Merci, capitaine, répondit Oliver en rougissant. J'ai appris avec les meilleurs.

— À présent, oust ! déclara Morgan en le chassant d'un geste. Cessez de monopoliser le temps de Mlle Montgomery et de l'importuner avec vos commérages. Allez donc danser avec Mlle Connors là-bas.

— Bien, capitaine, répondit Oliver avec un salut militaire.

Il fit un baisemain à Harriet, sûrement dans le but d'irriter Morgan.

— Ce fut un plaisir, mademoiselle Montgomery. J'espère avoir bientôt le plaisir de danser à nouveau avec vous.

Morgan émit un grognement d'avertissement et Oliver battit en retraite en riant.

— Le petit effronté, marmonna Morgan. Danse avec moi.

Harriet haussa les sourcils.

— Je suppose que tu veux dire : « S'il te plaît, Harriet, me feras-tu l'honneur de m'accorder cette valse ? »

— Non, murmura-t-il. Je veux dire : « Danse avec moi, Harriet, où je t'entraîne dans un lieu discret et te montre quelque chose de mieux que la danse. »

— Tu n'oserais pas ! s'offusqua-t-elle.

Elle se rappela trop tard que ce n'était jamais la chose à dire à un Davies.

Il haussa les sourcils.

— Tu paries ?

— Non ! Tu provoquerais un scandale !

— Ne me tente pas.

Il prit sa main droite, la posa sur son épaule, puis glissa sa main gauche autour de sa taille et l'arrêta dans le creux de ses reins. Il l'attira à lui d'un petit coup sec.

27

Le pouls d'Harriet s'accéléra.

Valser avec Oliver ou avec Morgan était deux expériences totalement différentes. Le premier s'était tenu à une distance respectable ; elle avait à peine senti son corps. Morgan parvenait à monopoliser tout l'espace. Son torse était beaucoup trop près du sien ; sa cuisse s'insinuait entre ses jambes et sa paume brûlait sa peau à travers les couches de tissus.

— J'aime bien cette robe, observa-t-il après un tour de piste. Elle a la couleur des Caraïbes.

— C'est bien la première fois que tu me complimentes sur ma tenue. À Trellech, tu as dit que celle que je portais te faisait penser à un paquet d'algues.

— C'était le cas. En outre, ce n'est pas que je n'aime pas tes robes ; c'est juste que je préférerais te voir sans.

Elle trébucha et ses bras se resserrèrent autour d'elle pour la stabiliser. Ravi de l'avoir troublée, il émit un petit rire.

— Arrête, ordonna-t-elle.

— Arrête quoi ?

— De flirter avec moi.

— Parce que c'est ce que je suis en train de faire ?

— Je ne sais pas ce que tu fais, admit-elle sèchement. Tu es la personne la plus déroutante que je connaisse. Oliver m'a dit que tu me maudissais chaque jour lorsque tu étais en mer. Tu te servais de moi comme d'une menace.

— Non, corrigea-t-il. Je me suis servi de toi pour donner du courage à mes hommes. Tu étais une plaisanterie entre nous, un cri de ralliement. Un rappel de toutes les femmes en Grande-Bretagne pour qui nous nous battions. Tu étais leur petite amie, leur mère, leur maîtresse, leur épouse... pas une déesse parfaite, mais une femme en chair et en os avec ses qualités et défauts. Un être auquel ils pouvaient s'identifier et qui donnait un sens à leur vie.

Elle était stupéfaite. Elle ne s'était encore jamais entendue décrite de cette façon. Ses paroles reflétaient ce que de Montford avait dit. Apparemment, sa méthode était parvenue à motiver ses hommes.

L'avait-elle motivé, lui aussi ?

Le bras de Morgan se resserra autour de sa taille.

— Tu étais également un moyen de rappeler à mon équipage que j'étais moi aussi humain. Que, si j'étais leur capitaine, je n'en étais pas moins un homme... un homme totalement sous la coupe d'une femme à la langue acérée.

Harriet leva les yeux au ciel.

— Tu n'étais pas sous ma coupe. Ni même sous ma botte, malheureusement.

— Ah non ? J'ai pensé à toi chaque jour dans ma prison.

— En regrettant que je ne sois pas à ta place, sans doute ? répliqua-t-elle.

Il haussa une épaule sans le démentir, ce qui la fit rire.

— Pauvre Morgan ! T'ai-je manqué ? T'es-tu lassé que tout le monde t'obéisse au doigt et à l'œil ? Je parie que tu rêvais d'un peu d'insubordination.

— C'est possible. L'obéissance peut devenir ennuyeuse au bout d'un temps.

Ils firent encore un tour de piste tandis que les sens d'Harriet se remplissaient de son odeur. Comment pouvait-il sentir si bon ? Elle sentait les muscles de ses épaules rouler sous sa paume à chaque mouvement. Ses lèvres sublimes étaient si proches qu'elle aurait pu les embrasser en se hissant sur la pointe des pieds.

Elle en mourait d'envie.

C'était lui qui faisait le difficile.

Il baissa les yeux vers elle.

— J'ai oublié de te le demander, comment va ton père ?

— Le Dr Saunders a dit que l'opération s'était bien passée.

— Néanmoins, tu t'inquiètes toujours pour lui.

— Naturellement. Nous ne saurons si sa vue s'est améliorée qu'en ôtant ses bandages. En outre, il y a toujours un risque d'infection avant que la cicatrisation soit totalement achevée. Il a montré beaucoup de courage en acceptant l'opération. Je ne sais pas si j'aurais pu en faire autant.

— Peut-être a-t-il compris qu'il n'avait pas grand-chose à perdre ? Il ne voyait presque plus rien. Même si sa vue ne s'améliore pas, ce ne sera pas pire.

— C'est vrai, répondit-elle en exerçant une légère pression sur son épaule. Je tiens vraiment à te remercier. Quoi qu'il advienne, il a au moins une chance d'avoir une meilleure vie.

Peu habitué à ses louanges, il rosit. Puis ses lèvres s'incurvèrent comme toujours.

— Je ferais n'importe quoi pour toi, ma chère. Je raserais des villes entières si tu me le demandais.

— Peuh ! Les hommes disent toujours ce genre de chose. Je préférerais qu'on me bâtisse une ville. Détruire est facile et rapide. Créer quelque chose qui résistera aux épreuves du temps demande bien plus d'effort.

— Certes.

Une pensée lui vint soudain, atténuant son sourire.

— Tu n'as pas laissé ton père seul, ce soir, n'est-ce pas ?

— Bien sûr que non. Il reste chez le Dr Saunders jusqu'à demain matin.

— Tu vas donc passer la nuit chez Maddie et Gryff ? Ou chez Carys et Tristan ?

— Non, je ne veux pas les déranger. Ce n'est que pour une nuit.

— Qui restera avec toi ?

— Mme Jennings, notre cuisinière, devait rester cette nuit, mais sa fille est tombée malade ce matin. Je lui ai dit de rentrer chez elle pour s'occuper d'elle.

— Tu ne peux pas rester seule.

— Bien sûr que si.

— Non. De Caen rôde peut-être toujours.

Elle leva les yeux au ciel.

— C'est après toi qu'il en a, pas après moi.

Morgan ne paraissait pas convaincu.

— Et Heron ? Même si je pense que nous l'avons effrayé, je ne peux jurer de rien. Crois-moi, les hommes peuvent devenir très pervers quand ils ont une vengeance en tête. J'en ai vu suffisamment à l'œuvre.

— Pfff... Il ne m'arrivera rien.

Il exerça une pression sur sa main.

— Je ne peux pas te laisser courir ce risque. Si tu es seule, c'est par ma faute. J'ai convaincu ton père de se soumettre à cette opération. J'ai l'obligation de veiller sur toi jusqu'à son retour.

— Je ne suis ni ta responsabilité ni ton devoir. Je sais fort bien me débrouiller toute seule.

— Ne sois pas stupide. Ta sécurité m'importe plus que tout.

La gravité de son ton la toucha. Elle lui répondit néanmoins d'une voix enjouée.

— Je le sais bien. Avec qui te chamaillerais-tu si je n'étais pas là ?

Il se pencha sur elle.

— Nous chamailler n'est pas la seule chose que nous faisons bien ensemble, Harriet. Nous ne nous chamaillions pas hier quand j'avais ma langue entre tes…

— Chuuuuut ! fit-elle, horrifiée.

Elle lança des regards paniqués autour d'elle, au cas où quelqu'un l'aurait entendu.

— Ne dis pas un mot de plus, Morgan Davies !

Il émit un petit rire, une vibration grave qui se répercuta délicieusement jusque dans son ventre. *Le fourbe !*

Elle prit une grande inspiration.

— Alors que proposes-tu ? De placer un laquais costaud devant ma porte ? Ou une bande de marins bagarreurs ?

Il garda les lèvres pincées l'une contre l'autre et elle poussa un soupir exaspéré en se souvenant qu'elle lui avait interdit de prononcer un mot de plus.

— Oh, tu peux parler, idiot !

— Merci, répondit-il avec un sourire. Et non, ce n'était pas du tout mon idée. Il serait inconvenant pour toi d'être seule avec des inconnus.

— Quoi, alors ?

— Je resterai avec toi.

Son cœur s'arrêta, puis repartit avec un regain de vigueur.

— Pas question ! Ce serait encore plus inconvenant !

— Je ne cherche pas à te séduire, je t'assure. Uniquement à me comporter en gentleman. Je sais que c'est difficile pour toi de croire un Davies, mais nous n'avons pas toujours des arrière-pensées.

Elle arqua un sourcil sceptique.

— Je ne pourrais pas fermer l'œil en sachant que tu es seule, insista-t-il. Tu n'as même pas besoin de me fournir un lit ; je dormirai dans un fauteuil ou par terre. J'ai connu pire. As-tu vu la taille d'une cabine de capitaine ? La mienne était minuscule, une vraie boîte à chaussures. Et encore, c'était du luxe comparé à ma cellule en Martinique.

En proie à l'indécision, Harriet se mordit la lèvre. Elle ne le soupçonnait pas vraiment d'avoir une idée lubrique derrière la tête. Morgan le lui aurait annoncé d'emblée s'il avait compté la séduire. Il n'était pas du genre à s'embarrasser de subterfuges.

C'était également un homme honnête. S'il surestimait probablement le danger, elle savait qu'il la protégerait au péril de sa vie. Comme c'était étrange.

L'idée d'être seule avec lui toute une nuit était à la fois excitante et terrifiante. Il ne lui baiserait même pas la main si elle ne le lui demandait pas. Néanmoins, comment lui résister ?

Ne résiste pas.

Cette pensée spontanée la prit de court. Pourtant, elle exprimait une vérité indéniable.

Ne lui résiste pas.

Elle croisa son regard et trouva la réponse dans les profondeurs vert mousse de ses yeux. La salle de bal, les danseurs et les chandelles se fondirent en un kaléidoscope de couleurs, la laissant avec la seule et inévitable conclusion :

Elle aimait Morgan Davies. Elle était amoureuse de lui depuis des années. Elle le voulait, coûte que coûte.

— Oui, murmura-t-elle.

Morgan plissa les yeux.

— Oui quoi ?

— Oui, j'accepte ton offre. Reste avec moi cette nuit.

28

Le cœur de Morgan fit un bond, même si Harriet n'avait fait que l'autoriser à monter la garde chez elle. Cela résonnait néanmoins comme une victoire.

— Un miracle, murmura-t-il. Une Montgomery qui se montre pour une fois raisonnable.

Elle lui marcha délibérément sur le pied.

Heureusement, il sentit à peine son soulier de satin sur sa botte en cuir. Il refoula un rire de triomphe et s'efforça de ne pas remarquer le délicieux parfum de sa chevelure, ni la merveilleuse sensation de la tenir dans ses bras.

Bigre, dans quoi s'était-il fourré ? Passer la nuit sous le même toit qu'elle sans pouvoir la toucher serait un supplice. Il ne pouvait profiter de la situation pour tenter de la séduire. Des années d'entraînement dans l'art d'être un parfait gentleman avaient enraciné en lui quelques principes.

Les mots de son père, répétés à intervalles réguliers tout au long de l'adolescence de Rhys, de Gryff et de lui-même, résonnèrent dans son esprit.

« Il existe deux types de femmes, mes garçons. Celles avec qui on batifole et celles qu'il faut épouser. Les actrices, les courtisanes, les servantes et leurs semblables conviennent parfaitement pour une petite partie de jambes en l'air, mais séduisez une dame de la haute société et vous vous retrouverez piégés et traînés devant l'autel avant d'avoir dit "*ouf*". Vérifiez bien à qui vous avez affaire avant de commettre un acte que vous *pourriez regretter*. »

En secret, Morgan n'était pas d'accord avec la logique de son père. Pour lui, il existait trois types de femmes : celles avec qui on couchait, celles qu'on épousait et Harriet Montgomery. Elle était l'exception, la seule femme qui, à sa connaissance, n'entrait dans aucune des deux cases. À seize ans, il voulait certainement déjà coucher avec elle, mais la seule idée de l'épouser lui aurait donné une crise d'urticaire.

L'âge et l'expérience changeaient un homme : désormais, il voulait coucher avec elle *et* l'épouser. Sauf qu'Harriet dictait ses propres règles. En dépit de ce qu'elle lui avait laissé lui faire la veille, elle ne donnerait pas sa virginité à un vaurien tel que lui.

Néanmoins, passer la nuit chez elle pour la protéger était déjà un début.

Même s'il mourait de désir frustré avant le lever du jour.

La valse prit fin et ils s'arrêtèrent après une dernière virevolte. Les yeux d'Harriet brillaient d'excitation, ses joues rendues roses par la gêne ou l'effort. Il dut faire appel à toute la force de sa volonté pour ne pas l'attirer dans ses bras et l'embrasser au milieu de la piste de danse.

Provoquant le scandale qu'ils cherchaient à éviter.

Il plaça donc sa main sur son bras et l'entraîna vers Gryff, Maddie et Rhys qui discutaient dans un coin de la salle.

— Es-tu venue en fiacre ? murmura-t-il.

— Non, Gryff et Maddie sont passés me prendre. Je comptais leur demander de me raccompagner.

— Pour ma part, je suis venu à pied, dit-il. Cela ne change rien puisqu'il ne faut pas qu'on nous voie partir ensemble. Rentre avec eux comme prévu. Je repasserai chez moi prendre un cheval et te retrouverai chez toi plus tard.

Les traits d'Harriet se raidirent légèrement.

— On voit que tu as l'habitude d'organiser des rendez-vous clandestins.

— J'ai l'habitude de résoudre des problèmes logistiques, rétorqua-t-il en s'efforçant de cacher son plaisir de la voir jalouse. Cela fait partie de mon travail de capitaine : décider qui va où et quand.

— Hmm...

Gryff les salua en les voyant approcher.

— Bonsoir.

À son grand regret, Harriet lâcha son bras.

— Harry, j'espère que tu ne m'en voudras pas, mais j'ai promis de te présenter à lord Elmswood et à sir Roger Hargrave, déclara Maddie. Ils me harcèlent tous les deux.

— Oh.

Harriet parut surprise et flattée. Morgan réprima un grognement. Pourquoi était-elle toujours surprise que des hommes s'intéressent à elle ? Ne possédait-elle pas de miroir ? Elle était belle. En outre, elle était spirituelle et intelligente.

Pour chaque homme dans la salle prêt à épouser une jeune et jolie idiote, il y en avait un autre qui avait compris qu'une épouse intelligente lui rendrait rapidement la vie plus facile et agréable. Sans parler d'augmenter leurs chances d'avoir des enfants qui ne soient pas totalement abrutis.

Elsmwood et Hargrave appartenaient à cette seconde catégorie. Morgan se retint d'attraper Harriet par sa robe et de la tirer en arrière. Renfrogné, il la regarda s'éloigner dans la foule avec Maddie, le laissant seul avec ses frères.

Rhys lui donna un coup de coude dans les côtes pour attirer son attention.

— Tu dansais encore avec Harriet ? Tu as perdu un pari ?

— Non.

— Intéressant, dit son frère en fronçant les lèvres.

— Que veux-tu dire par « intéressant » ? J'ai dansé avec une douzaine de femmes ce soir.

— En ayant l'air de vouloir être ailleurs.

— Je n'ai pas cet air avec Harriet ?

— Oh non. Avec Harriet, tu as toujours le même air, comme si tu ne pouvais pas décider entre te disputer avec elle et la culbuter.

Gryff pouffa de rire, ce qu'il tenta de cacher avec un toussotement.

Morgan lui lança un regard noir.

— Tu as quelque chose à ajouter, Gryffud ?

— Même s'il le présente d'une façon un peu brutale, il a raison, répondit Gryff. C'est exactement la manière dont tu la regardes.

— Nieras-tu que tu aimerais coucher avec elle ? demanda Rhys.

— Non, répondit Morgan, irrité. Je dis juste que je ne le ferai pas.

Rhys ne paraissait guère convaincu. Il se tourna vers Gryff.

— Il pourrait charmer une mère supérieure. Tu sais à quel point il peut être persuasif. Tu te souviens de la fois où il m'a convaincu de me raser un sourcil ?

— Oh, assez, grogna Morgan. S'il y a bien quelqu'un qui peut me résister, c'est Harriet. Vous savez à quel point elle est têtue. Personne ne peut la pousser à faire ce dont elle n'a pas envie.

— Et si elle en avait envie ? insista Rhys. Si elle te regardait de la même manière ?

Le cœur de Morgan s'accéléra à l'idée qu'Harriet pourrait partager ses sentiments. Il n'en montra rien.

— Quand bien même, je ne ferais rien qui puisse ternir sa réputation.

Gryff le sonda du regard.

— Tu as laissé savoir que tu cherchais une épouse et tu passes plus de temps avec elle qu'avec aucune autre femme de la haute société. Les gens commencent à jaser. Il serait temps que tu décides ce que tu comptes faire à son sujet.

Morgan se mordit la lèvre. Ses frères soupçonnaient-ils que ses sentiments pour Harriet étaient bien plus profonds que le simple désir ? Devait-il leur avouer qu'il comptait l'épouser ? Ils ne verraient peut-être pas d'un bon œil une nouvelle alliance Davies-Montgomery. D'un autre côté, Gryff avait déjà franchi la ligne de front en épousant Maddie ; il connaissait l'attrait irrésistible des femmes Montgomery. En revanche, Rhys serait consterné qu'il ait succombé aux artifices de l'ennemi.

L'air songeur, Gryff but une gorgée de vin.

— Je sais qu'Harriet et toi adorez vous asticoter. Cependant, elle n'est pas une demi-mondaine que tu peux abandonner après t'être amusé. En tant que chef de famille, je me dois de te rappeler...

— Bon sang, on croirait entendre notre père se lancer dans un de ses sermons, gémit Rhys. Épargne-nous.

— Je sais ce que je fais, déclara Morgan sèchement. La seule chose que j'abandonne, c'est la marine.

— Tu renonces à ta commission ? s'étonna Rhys. Tu adores la mer !

— En effet. Mais je n'aime ni recevoir des ordres ni passer des mois loin de chez moi.

— Que feras-tu ?

Morgan se tourna vers Gryff.

— Maintenant que Napoléon n'est plus une menace, l'Amirauté vend une partie de sa flotte. Le *Briséis* va être mis hors service. Je voudrais le racheter et en faire un navire marchand.

— Pour faire quoi ?

— Jusqu'à présent, nous payons d'autres entreprises pour transporter notre charbon du pays de Galles à Londres et au-delà. Si je m'en charge, cela nous reviendra moins cher. En outre, je pourrai choisir mes routes et décider de la longueur de mes absences.

— Bonne idée, en convint Gryff. Je déteste être à la merci de capitaines qui augmentent leurs tarifs du jour au lendemain.

Rhys se balança sur ses talons.

— Cette décision n'a-t-elle strictement rien à voir avec le fait qu'Harriet a dit qu'elle n'épouserait pas un marin qui passerait des mois en mer ?

— Peut-être, répondit Morgan avec un haussement d'épaules.

Ses deux frères froncèrent les sourcils, agacés par son refus de leur donner une réponse claire. Morgan sourit, les énerver était son péché mignon.

— Puisque nous parlons d'Harriet, je dois vous informer que je passerai la nuit chez elle.

Gryff et Rhys restèrent pantois.

— Pourquoi ?

— Parce que son père est absent et que je ne veux pas qu'elle reste seule.

— Elle peut dormir chez nous, offrit aussitôt Gryff.

— C'est ce que je lui ai proposé. Elle n'a rien voulu entendre. Elle veut dormir dans son propre lit.

— Et tu resteras avec elle uniquement par grandeur d'âme ? demanda Gryff sur un ton sardonique.

— Parfaitement. Malgré ce que vous pensez tous deux de ceux qui ont choisi la marine plutôt que les fusiliers, je ne suis pas un barbare.

Rhys fronça le nez.
— Même si tu ne dors pas dans son lit, si quelqu'un découvre que tu as passé la nuit chez elle sans chaperon, elle sera perdue.
— Personne n'en saura rien. Si, par malheur, quelqu'un l'apprend, je ferai la chose honorable et l'épouserai.
Gryff ouvrit la bouche pour répondre. Rhys le prit de vitesse :
— Je ne crois pas qu'elle accepterait, dit-il avec sa franchise habituelle. Elle préférerait la ruine.
Morgan s'efforça de ne pas tiquer.
— De toute manière, puisque cela n'arrivera pas, il est inutile d'en parler.
Il se tourna vers Gryff.
— Maddie et toi pouvez la raccompagner chez elle comme prévu. Je me rendrai à cheval à Bury Street plus tard.
Rhys fit une mimique fataliste.
— Si ça t'amuse de courir à ta perte.
Morgan tourna les talons et se mit en quête d'une boisson forte. Il allait en avoir besoin.

29

Harriet s'efforçait de ne pas tourner en rond en attendant l'arrivée de Morgan. La maison lui paraissait anormalement silencieuse. Même après minuit, les rues étaient rarement aussi désertes. D'ordinaire, la nuit grouillait de gardes et de voleurs, de fêtards et de prostituées. Cette nuit, le monde semblait retenir son souffle ; comme elle.

Gryff et Maddie l'avaient déposée devant sa porte une demi-heure plus tôt. Elle avait traversé en hâte la boutique, avait grimpé à l'étage et allumé un feu dans la cheminée du salon et dans celle de sa chambre.

En dépit de son agitation, il lui était difficile de ne pas regarder son intérieur d'un œil critique, comme si elle le voyait pour la première fois. Il n'y avait pourtant pas de quoi avoir honte. Certes, le mobilier était un peu désuet et le cuir de certains fauteuils avait connu des jours meilleurs. Mais c'était confortable et même élégant. Simplement, c'était un peu exigu, surtout comparé aux vastes pièces médiévales de Trellech où Morgan avait grandi.

Harriet sursauta en entendant toquer discrètement à la porte de service. En l'ouvrant, elle trouva Morgan sur le seuil, ses épaules rendues plus larges encore par les épaulettes d'un lourd pardessus, son visage caché dans l'ombre de son tricorne. Lorsqu'elle s'effaça pour le laisser passer, elle eut la sensation qu'en franchissant ce seuil il traversait également une autre ligne plus intangible. Le point de non-retour.

Cesse d'être aussi mélodramatique.

— Rebonsoir, dit-il.

Il ôta son chapeau, faisant entrer avec lui un délicieux courant d'air frais qui fleurait le cuir et l'homme.

— Bonsoir.

La langue d'Harriet lui paraissait soudain trop grande pour sa bouche. Soudain intimidée par la taille et l'imposante virilité de son visiteur, dont la silhouette occupait tout l'étroit couloir, elle recula et tendit machinalement les bras pour prendre son pardessus.

Il s'en débarrassa, révélant la même tenue de soirée qu'il avait portée plus tôt. L'ayant accroché à une patère, elle battit rapidement en retraite dans l'arrière-boutique.

Elle ne s'était pas donné la peine d'y allumer un feu, une simple lampe à huile projetait un halo chaleureux dans un coin. Elle se précipita pour la prendre tout en s'efforçant de calmer ses nerfs.

N'importe quelle autre nuit, elle aurait été épuisée et n'aurait aspiré qu'à dormir. Ce soir, elle était galvanisée, consciente de chacune de ses respirations, de chacun des bruissements de sa robe de bal sous le châle qu'elle avait jeté sur ses épaules.

Morgan ne semblait pas partager sa nervosité. À son aise, il lança des regards autour de lui, puis la dévisagea en inclinant la tête sur le côté.

— Alors, tu veux aller au lit tout de suite ?

Il la vit écarquiller les yeux et ses lèvres s'incurvèrent pour former ce sourire espiègle qu'elle connaissait si bien.

— Je veux dire, tu dois être fatiguée, se reprit-il en se retenant de rire. Montre-moi simplement où dormir et tu pourras monter te coucher.

Sois courageuse. Tu le veux. Prends la situation en main.

— Je ne suis pas fatiguée. Puis-je t'offrir quelque chose à boire ?

Pour se donner du courage, elle avait besoin d'un remontant. Elle n'avait encore jamais fait d'avances à un homme.

Il parut perplexe, puis hocha la tête.

— Volontiers. Il fait froid dehors.

— Il y a un feu dans le salon à l'étage. Viens.

Elle reprit la lampe et ouvrit la voie dans l'escalier, consciente de sa présence derrière elle à chaque marche. Lorsqu'il entra derrière elle dans le salon, il alla droit à la cheminée et tendit ses mains vers les flammes. L'espace d'un instant, elle le contempla en admirant la façon dont la lueur du feu éclairait ses traits.

L'image était déroutante. Elle n'avait pas l'habitude de le voir dans un environnement domestique. Elle l'avait toujours considéré comme une force de la nature, trop impétueux pour être contenu entre quatre murs. Sa place était sur la proue d'un navire, scrutant l'horizon lointain, ou se frayant un chemin dans une forêt impénétrable à coups de machette.

Même dans une salle de bal, il donnait l'impression de ne pas être complètement dompté, tels ces grands félins qu'elle avait vus au Royal Exchange : apparemment dociles, mais capables d'attaquer au moment où on s'y attendait le moins.

Elle posa la lampe sur la console, saisit la carafe contenant le cognac préféré de son père et remplit deux petits verres, soulagée que ses mains tremblantes n'en reversent pas à côté.

Morgan accepta le sien avec un sourire de remerciement et entrechoqua son verre avec le sien.

— Aux demoiselles en détresse, lança-t-il.

Elle leva les yeux au ciel. Néanmoins, sa raillerie la détendit légèrement.

— Je sais, je sais, reprit-il avant qu'elle ait pu parler. Tu es parfaitement capable de te débrouiller sans moi. Laisse-moi au moins faire semblant d'être utile. Les héros comme moi ont besoin de se croire indispensables.

Elle but une gorgée de cognac, laissant l'alcool lui brûler agréablement la gorge et former une petite flaque chaude dans le creux de son ventre. Elle se rendit compte qu'il l'observait. Son regard sombre s'attarda sur sa bouche. Mal à l'aise, elle lécha la commissure de ses lèvres pour s'assurer qu'il n'y restait pas une goutte de liquide.

Il émit un son grave qui était presque un grognement.

— Seigneur, Harriet ! Tu mettrais la patience d'un saint à rude épreuve.

Elle n'était pas sûre de comprendre s'il s'agissait d'une réprimande ou d'une mise en garde. Quoi qu'il en soit, cela la réchauffa autant que le cognac. Il n'était pas insensible. Elle avait donc du pouvoir sur lui.

Il but une gorgée en renversant la tête en arrière, et elle observa, fascinée, le mouvement des muscles de sa gorge lorsqu'il déglutit.

Il la regarda à nouveau et secoua la tête comme s'il tentait de déloger une pensée persistante, puis il but le reste de son verre d'un trait. Il le reposa sur la console d'un geste brusque.

— Bien. Il est temps de dormir.

Son ton était bourru, impatient, comme s'il avait hâte d'être ailleurs.

Elle finit son verre et le posa de côté avec une main remarquablement stable.

— J'ai besoin de ton aide, déclara-t-elle.

— Pour quoi faire ?

Elle ôta son châle, le déposa sur la console et se tourna, lui présentant son dos et la rangée de minuscules boutons qui fermaient sa robe.

— Tu veux bien ? Je ne peux pas les défaire toute seule.

Son long soupir indiqua qu'il luttait pour garder patience, à moins qu'il ne compte jusqu'à dix. Elle se mordit la lèvre pour ne pas sourire.

Il s'éclaircit la voix :

— Oui, bien sûr.

Il s'approcha derrière elle et ses genoux s'enfoncèrent dans le satin de sa robe en le faisant bruisser. Harriet retint son souffle lorsqu'il écarta une mèche de cheveux de sa nuque et qu'il la reposa sur son épaule.

Quand il ouvrit le premier bouton, ses doigts effleurèrent la peau nue entre les omoplates d'Harriet. Il tira légèrement sur le tissu, le comprimant encore davantage sur la poitrine de la jeune fille.

Elle frissonna.

Ses mains descendirent au second bouton, et les sens d'Harriet se remplirent de sa présence derrière elle, son odeur chatouillant ses narines.

Le bustier comportait un corset intégré. Elle ne portait sous sa robe qu'un jupon, des bas et des jarretières.

Elle devina à quel moment exactement Morgan s'en rendit compte. Il s'arrêta au cinquième bouton et cessa de respirer un instant. Ses doigts glissèrent le long du tissu, effleurant les petites bosses de la colonne vertébrale d'Harriet en une petite caresse, comme s'il ne pouvait s'en empêcher.

— Cela suffira ? demanda-t-il d'une voix rauque. Peux-tu atteindre les autres ?

Sa proximité était merveilleuse, presque suffocante. Le cœur battant à tout rompre, elle fit non de la tête.

— Je ne crois pas, parvint-elle à dire. Continue.

Cette fois, elle l'entendit clairement marmonner un juron.

Elle baissa la tête, exposant sa nuque tandis qu'il reprenait sa tâche. Ses grands doigts manipulaient les minuscules boutons avec dextérité. On n'entendait plus que son souffle rauque et le crépitement des flammes. L'air frais caressait sa peau à mesure qu'il la dévoilait. Lorsqu'il atteignit le dernier bouton, juste dans le creux de ses reins, elle inspira profondément.

Les bords de sa robe s'affaissèrent. Elle sortit ses bras des petites manches ballon et pressa ses mains sur le devant de son corsage pour l'empêcher de retomber en avant. Elle se retourna et Morgan recula précipitamment d'un pas, les bras à demi tendus devant lui, comme s'il avait dérangé un serpent venimeux et ne voulait pas faire de geste brusque.

Son regard alla de son visage à sa gorge, puis à ses mains qui retenaient la robe. Il secoua la tête comme s'il répondait à une question silencieuse.

— Harriet, je...

Elle n'attendit pas de savoir ce qu'il avait à dire.

— Si nous faisions un autre pari ?

— Quel genre de pari ?

— Je parie que tu ne peux pas m'embrasser jusqu'à ce que je dise stop.

— Quoi ?

Il parut totalement dérouté.

Elle répéta en articulant lentement chaque mot afin qu'il n'y ait aucune ambiguïté sur la nature de son défi.

— Je... parie... que... tu... ne... peux... pas... m'embrasser... jusqu'à ce que... je dise... stop.

Il plissa des yeux suspicieux et elle faillit rire. De toute évidence, il essayait de deviner quel mauvais tour elle voulait lui jouer. Il abaissa lentement les mains le long de ses flancs.

— Tu veux que je t'embrasse ?

— Sur la bouche, précisa-t-elle.

— Jusqu'à ce que tu dises stop ?

Il était convaincu qu'il s'agissait d'une ruse. Ça l'était, naturellement, mais pas celle qu'il imaginait.

Elle prit un ton légèrement dédaigneux comme si elle mettait son intelligence en doute.

— Ce n'est pas bien sorcier. Je suis sûre que tu as déjà embrassé une centaine de femmes et que tu t'es arrêté quand elles te l'ont demandé.

— Elles me demandent rarement d'arrêter, grogna-t-il. C'est un piège ?

— Non.

Ses traits s'illuminèrent comme s'il venait d'avoir une révélation.

— Ah, je sais ce que tu fais ! Tu me punis pour m'être moqué de toi à bord de mon navire. Tu vas me laisser t'embrasser, rien qu'un instant, assez pour que cela devienne intéressant, puis tu m'ordonneras d'arrêter.

Elle esquissa un sourire.

— Peut-être.

Ou peut-être pas.

Il fronça les sourcils et la fixa d'un regard noir. En d'autres circonstances, elle aurait trouvé cela alarmant. En fait, son irritation le rendait adorable. Le pouvoir, le désir et l'agressivité contenue formaient une combinaison très séduisante.

— Tu veux me torturer, l'accusa-t-il. Tu veux me mettre dans tous mes états, me laisser croire qu'il y a une chance que nous fassions l'amour, puis doucher mes espoirs.

Elle haussa les sourcils.

— M'embrasser te met dans tous tes états ?

— Tu sembles bien sûre que je saurai me contenir. Ne crains-tu pas que je me laisse emporter et n'entende pas ton ordre d'arrêter ?

— Oh non, cela ne me fait pas peur, répondit-elle sincèrement. Tu as beau être un Davies, tu es un homme d'honneur et tu possèdes un sang-froid exceptionnel. Je ne peux pas croire qu'une vierge horripilante comme moi t'excite au point de t'oublier toi-même.

Un muscle sursauta sous la mâchoire de Morgan et elle réprima un sourire. Comment pouvait-elle être à la fois terrifiée et amusée ?

Il se pencha sur elle, la dominant, se servant de sa taille pour l'intimider, conscient que ce n'était que de la gloriole et de la fanfaronnade creuse. Son cœur battant se délectait d'avance.

— Tu es ce qu'on appelle une aguicheuse, l'accusa-t-il.

Elle battit des cils.

— Si tu as peur de perdre…

— Je ne perdrai pas. Je t'embrasserai jusqu'à t'étourdir au point que tu en oublieras de dire stop.

Harriet s'efforça de cacher sa joie.

Gagné !

30

Bon sang, elle était insupportable.

Morgan ignorait ce qu'Harriet manigançait. Cependant, à partir du moment où elle l'autorisait à l'embrasser, il était prêt à jouer avec elle.

Il était partagé entre la frustration et le désir. Il n'y avait qu'elle pour, dans le même souffle, lui rappeler son code de l'honneur et l'inciter à le transgresser.

Il hésitait entre la maudire et l'embrasser à lui en faire perdre la raison.

Le commentaire ironique de Rhys résonna dans ses oreilles : *Dispute-toi avec elle ou culbute-la*.

Non, il n'y aurait pas de sexe. Ils s'arrêteraient bien avant d'en arriver là. Harriet voulait juste le punir pour avoir fait d'elle la cible des plaisanteries à bord du *Briséis*. Elle lui dirait d'arrêter dès qu'elle l'aurait mis à genoux.

Ah ! Il la prendrait à son propre jeu. Il aimait embrasser. Il adorait l'embrasser, elle. Il l'embrasserait si fougueusement qu'elle en oublierait son propre nom.

Il garderait son sang-froid.

Il s'arrêterait quand elle le lui demanderait.

Il gagnerait.

Même si gagner, à savoir cesser de l'embrasser, aurait un goût de défaite.

Fichtre, c'était à se frapper la tête contre les murs.

Il ne savait pas trop ce que le gagnant remporterait. Peu lui importait à partir du moment où il avait l'autorisation de l'embrasser. Le baiser était son trophée. Aussi long soit-il.

Elle le dévisageait, ses yeux gris grands ouverts, ses joues rose pâle dans la lueur du feu. Lorsqu'il contempla sa bouche effrontée, le désir lui noua le ventre.

Il n'avait pas embrassé cette bouche depuis la fameuse nuit dans le jardin de Gryff, le baiser numéro un. Son goût et la sensation succulente de ces lèvres pulpeuses n'avaient cessé de le hanter depuis.

Maudite femme qui me fait rêver d'elle.

Elle n'était pas aussi sûre d'elle qu'elle voulait le laisser paraître. Sa poitrine se soulevait et s'affaissait rapidement sous ses mains posées sur ses seins. Ce mélange de bravade et de défi, d'innocence et de provocation lui faisait tourner la tête.

Elle voulait qu'il l'embrasse alors qu'elle était à demi dévêtue ?

Qu'il en soit ainsi.

Soutenant son regard, il s'avança vers elle, glissa une main dans sa nuque et orienta son visage vers le sien. Elle ne résista pas. Ses mains, tenant toujours son corsage, se retrouvèrent coincées entre leurs bustes. Il esquissa un sourire sarcastique.

— N'oublie pas de dire stop, Harriet.

Il l'embrassa. Ce ne fut ni doux ni délicat. Il l'embrassa comme il rêvait de le faire depuis des années, à pleine bouche, voracement, d'une manière ouvertement charnelle. Il l'embrassa sans retenue avec tout le désir longtemps refoulé au fond de son âme, rattrapant toutes les nuits qu'il avait passées éveillé sur sa couchette ou dans sa cellule en fantasmant de l'embrasser précisément de cette manière. Comme si c'était le tout dernier baiser qu'il échangerait de sa vie.

Sa langue s'enfonçait profondément en elle, l'attirant dans une danse d'allées et venues, moulant ses lèvres contre les siennes, l'exhortant à sentir, elle aussi, monter la fièvre, la folie.

Il cessa de penser à respirer. Il s'enivrait de sa saveur entrelacée de cognac, du doux parfum de sa peau qui pénétrait ses pores. Il l'attira plus près de lui et son soupir de plaisir fut le plus beau son qu'il eut jamais entendu.

Elle remonta ses mains sur ses épaules, caressa son cou et enfouit ses doigts dans sa chevelure. Il lui fallut un temps avant de se rendre compte qu'elle avait lâché le devant de sa robe. Le satin était écrasé entre eux, retenu uniquement par la pression de leurs torses.

Sans quitter ses lèvres, il s'écarta légèrement et sentit le corsage retomber autour de sa taille. Il glissa une main le long de son dos nu, si doux, puis la remonta sur son sein. Il lâcha un grognement de satisfaction en le sentant remplir parfaitement sa paume.

Elle haleta son nom tandis qu'il faisait rouler son mamelon entre son pouce et son index, le titillant tout en la dévorant avec sa bouche, étourdi de bonheur. Une vague d'émotions déferlait sur lui : l'urgence et la tendresse, la frustration et le désir.

Il parvint à écarter légèrement ses lèvres et, frottant sa joue contre la sienne, murmura dans son oreille :

— Veux-tu que j'arrête, Harry ?

Ils pantelaient tous les deux. Resserrant les doigts sur ses cheveux, elle pressa ses propres lèvres sur le bord de son cou, juste sous sa mâchoire.

— Pas encore.

Elle enfouit le nez dans le creux de son cou, inhalant sa peau. Il manqua de défaillir quand elle le mordilla, puis embrassa la petite cicatrice qu'elle lui avait donnée.

Elle va me tuer !

Tous ses muscles étaient bandés dans une contraction douloureuse. Avec un grognement de pure frustration, il glissa les mains sous les fesses d'Harriet et l'écrasa contre lui avec une force qui le fit chanceler en arrière. Il percuta la console, manquant de renverser les carafes et les verres.

Poitrine contre poitrine, cuisses contre cuisses, il pressa son érection massive contre son ventre pour qu'elle n'ait aucun doute sur l'effet qu'elle lui faisait.

— Veux-tu que j'arrête ? répéta-t-il d'une voix rauque.

Elle rit... *Elle rit !...* contre sa peau.

— Non.

Il pressa ses lèvres sur son épaule, la mordillant légèrement. Elle inclina la tête sur le côté pour l'encourager. S'il avait cru l'effrayer avec la violence de sa réaction, il s'était sérieusement trompé.

C'était de la pure folie.

Peu lui importait.

Les yeux fermés, il déposa une série de baisers fébriles le long de sa gorge, de ses seins. Lorsqu'il prit son mamelon dans sa bouche, elle tira sur ses cheveux et cambra les reins, s'offrant à lui.

Le plaisir rugissait dans ses oreilles. Il se régalait d'elle, la léchant et la mordillant avec une faim qui frôlait la démence. Il se sentait sorti de ses gonds, totalement sauvage.

Chaque pulsation dans son corps criait : *Elle est à moi, à moi, à moi !* Il voulait plus qu'être en elle ; il voulait la posséder tout entière.

Il écarta sa bouche et pressa son front contre son sternum, hors d'haleine.

— Dis-moi d'arrêter, Harry.

Était-ce un ordre ou une prière ?

En guise de réponse, elle lui redressa la tête, prit sa bouche et l'embrassa avec fougue. C'était un baiser inexpérimenté, maladroit. L'expérience la plus érotique qu'il eut jamais vécue.

Il agrippa ses hanches, les secouant légèrement.

— Dis-moi d'arrêter ! grogna-t-il.

Elle fit non de la tête.

L'entêtée ! Elle ne savait pas à quoi elle s'exposait, ce qu'elle invitait.

Enflammé de passion, dangereusement proche de perdre son fameux sang-froid, il les fit pivoter et la plaqua contre le mur. Elle ravala son souffle quand son dos nu rencontra le papier peint frais, puis gémit lorsqu'il resserra sa prise sur ses hanches et se frotta lentement contre elle. Son membre dur pressait sa vulve à travers le satin de sa robe.

— Dis stop ! haleta-t-il.

Elle avait une plus grande foi que lui dans sa force de volonté. Il la désirait trop, depuis trop longtemps.

Il glissa les mains sous ses fesses, l'écrasant contre lui. Il posa le front sur le mur en espérant que sa fraîcheur calmerait la fièvre dans sa tête.

— Sorcière, gémit-il.

Il ondula des hanches, sa retenue faisant trembler tout son corps.

— Dis-le. Dis-le ou je vais te prendre là, contre le mur.

Il redressa la tête et lui adressa un regard noir destiné à l'effrayer pour qu'elle retrouve la raison. L'expression sur son visage le fit vaciller.

Elle paraissait aussi fébrile que lui. Sa chevelure s'était détachée et encadrait ses traits dans un glorieux désordre. Ses joues étaient rouges et ses lèvres…

Seigneur, quelles lèvres !... étaient gonflées par ses baisers.

Tous ses muscles tendus, il attendit qu'elle mette un terme à cette folie. Au lieu de cela, une lueur malicieuse brilla dans ses yeux.

— Chiche. Je te mets au défi.

31

Juste ciel, elle avait prononcé les mots !

Le cœur d'Harriet battait si fort qu'il semblait sur le point d'exploser. La sensation de Morgan se pressant contre elle était extraordinaire et merveilleuse.

Le désir vibrait dans son sang et s'accumulait en pulsations lancinantes entre ses cuisses et à la pointe de ses seins.

Je t'en prie, pria-t-elle en elle-même. *Joue avec moi, fais-moi l'amour, va jusqu'au bout*.

Elle devait savoir. Rien qu'une fois, avant qu'il lui échappe à jamais. Une nuit pour faire tout ce dont elle avait rêvé.

Elle ne voulait pas d'une séduction lente et chorégraphiée comme ce qu'il faisait avec d'autres femmes. Elle voulait la passion que leurs taquineries avaient toujours promise, cette étincelle malicieuse, la conflagration qu'elle avait entraperçue dans ses yeux les rares fois où il avait laissé tomber son masque courtois.

Leur relation n'avait jamais été prévisible. Faire l'amour avec lui ne devait pas l'être non plus.

Il semblait avoir cessé de respirer. Ses yeux verts ne formaient plus que deux taches noires et, l'espace d'un instant, il fut presque effrayant. Il secoua la tête et le ventre d'Harriet se noua à l'idée qu'il puisse refuser.

Puis il se pencha sur elle au point que leurs nez se touchèrent presque. Ses doigts se resserrèrent sur ses fesses.

— Tu le veux ? demanda-t-il sur un ton agressif. Tu le veux vraiment ?

— Oui.

— Nous ne devrions pas. Ta réputation sera ruinée.

Elle ne pouvait détacher son regard de son visage.

— Pas si je ruine la tienne d'abord.

Cela n'avait aucun sens. Il plissa les yeux, les lèvres entrouvertes et elle vit le moment précis où il capitula. Il prit sa bouche avec un grognement qui résonnait comme une reddition.

Dans son exaltation, elle sentit ses genoux ployer et manqua de s'effondrer. Elle ferma les yeux et s'abandonna. L'intention de Morgan était claire : utiliser la flamme qui brûlait en lui pour attiser le feu en elle. Elle aurait dû avoir honte de l'encourager ainsi. Pourtant, elle n'avait aucun regret.

Il se débarrassa de sa veste et la jeta sur le côté sans cesser de l'embrasser.

Lorsque la chemise eut suivi, elle soupira de délice. Elle étala ses paumes sur son torse, se repaissant de la texture et de la chaleur de sa peau.

Il était magnifique avec sa peau cuivrée par la lueur du feu, ses pectoraux larges et plats. Incrédule, elle glissa les mains sur son ventre dur.

Il retint ses poignets et la fit se tourner vers le mur. Il l'enlaça par-derrière, l'attirant contre son corps, plaquant son torse nu contre son dos.

Si chaud. Si dur.

Une de ses mains s'insinua entre elle et le mur pour caresser son sein tandis que l'autre dégrafait ses jupes. Toute sa robe, le jupon y compris, glissa à terre dans un chuchotement de satin.

Elle était entièrement nue mis à part ses bas. Il se tenait derrière elle, son corps viril exerçant une pression écrasante mais bienvenue.

Sa main libre caressa sa hanche, puis ses doigts puissants l'agrippèrent tandis qu'il ondulait dans un rythme aussi instinctif que la respiration. La masse dure de son érection frottait contre le creux de ses reins à travers son pantalon.

Elle renversa la tête en arrière, la posant sur son épaule, et tordit le cou pour réclamer un baiser. Il le lui donna, la consumant avec une urgence qui la laissa étourdie.

Elle fut vaguement consciente qu'il déboutonnait la ceinture de son pantalon et, quelques secondes plus tard, la chair brûlante de son sexe se pressa contre ses fesses.

Elle pouvait à peine respirer. La main sur son sein descendit le long de son ventre et s'enfonça dans la toison de son pubis, avant de descendre encore et de s'insinuer entre ses cuisses, jouant avec la moiteur qui s'y était accumulée.

Harriet se balança en arrière, l'encourageant sans vergogne. Il émit un grognement, abaissa ses hanches. Son membre s'enfonça dans l'étroite vallée entre ses jambes.

— Oh mon Dieu ! gémit-il. C'est si bon !

Harriet était en feu et frissonnait à la fois. « Bon » était un faible mot. La sensation de son membre allant et venant entre ses cuisses était à la fois une provocation et une promesse, une prière et une exigence. C'était obscène et merveilleux, la torture la plus indécente imaginable.

Incapable de se retenir, elle se cambra, adorant la friction qui se répercutait au plus profond d'elle-même. Il glissa un doigt en elle comme il l'avait fait avec sa langue, l'entrant et le ressortant lentement.

Une puissante tension envahit ses membres, la faisant se contracter et se consumer. Elle en voulait davantage.

— Plus, grogna-t-elle. Toi !

Il retira sa main et elle bascula son bassin, cherchant instinctivement à se placer de sorte que son membre la remplisse. Son gland humide pressa contre sa fente et s'enfonça à peine. L'incroyable sensation la fit gémir.

Il se figea et lâcha un juron. Puis il laissa retomber son front sur son épaule.

— Non, pas comme ça.

Elle fut prise de panique. La rejetait-il ? Il arrêtait ? *Maintenant ?*

Elle fut aussitôt rassurée. Il la fit se retourner et prit sa bouche dans un baiser féroce et possessif.

— Où est ta chambre ? murmura-t-il.

— Par là.

Elle fit un geste vague vers le couloir. Il se pencha, la souleva dans ses bras et sortit du salon d'un pas leste. Il trouva facilement sa chambre au bout du couloir. Elle eut juste le temps de voir ses tableaux et ses rideaux défiler en un flou de couleurs avant qu'il la dépose au centre de son lit. Puis il s'étendit sur elle.

Elle émit un petit *oumph* de surprise.

Il la surplombait, les mains plantées de chaque côté de sa tête. Elle le contempla, s'émerveillant de sa beauté, de sa peau dorée, de ses muscles lisses. Même si elle ne pouvait l'avoir pour toujours, cette nuit, il lui appartenait totalement.

— C'est ta dernière chance, dit-il d'une voix tendue. Veux-tu que j'arrête ?

— Pas question !

Elle écarta les jambes, le faisant tomber plus profondément entre ses cuisses.

Il soutint son regard tout en glissant une main entre elles et en ajustant à nouveau son membre contre sa fente.

— Soit, dit-il. N'oublie pas que c'est toi qui l'as voulu.

Cela ressemblait tant à une menace qu'elle en rit presque. Son amusement s'évapora aussitôt lorsque, toujours sans la quitter des yeux, il s'enfonça légèrement en elle. Elle s'efforça de ne pas fermer les yeux en dépit de l'étrange sensation désagréable. Ce n'était pas vraiment une douleur, plutôt une gêne. Son membre était plus gros qu'un doigt. Beaucoup, beaucoup plus gros.

Elle dut tiquer ou grimacer sans s'en rendre compte car, à peine entré en elle, il se figea.

— Stop ? demanda-t-il d'une voix éraillée comme s'il avait hurlé durant des heures.

Elle fit non de la tête, en dépit des larmes qui lui piquaient les yeux. Que pouvait-elle répondre ? *C'est trop. C'est parfait.*

C'est toi.

— Respire, chuchota-t-il. Laisse ton corps s'accoutumer.

Hochant la tête, elle s'efforça de se détendre. Effectivement, la tension s'atténua. Elle se laissa aller dans le matelas moelleux tandis qu'il s'enfonçait plus profondément en elle.

Ils gémirent à l'unisson. Un frisson de plaisir la parcourut, elle souleva les hanches pour le sentir à nouveau. En équilibre sur les coudes, il poussa un grognement dans le creux de son cou.

— Harriet, je n'en peux plus. Je t'en prie, laisse-moi remuer.

Il releva la tête, son visage si proche qu'elle pouvait voir les éclats gris dans ses yeux verts. Elle posa sa main sur sa joue rendue râpeuse par sa barbe du soir.

— Vas-y.

Il ferma les yeux comme s'il avait reçu la bénédiction. Puis d'un mouvement du bassin, il s'enfonça totalement avant de se retirer. Il recommença et la friction abrasive se transforma peu à peu en un merveilleux va-et-vient fluide.

Harriet frémit de plaisir.

Elle s'agrippa à ses épaules tandis qu'il s'enfonçait toujours plus en elle, accélérant la cadence. Elle adorait sentir son poids sur elle, sa force animale. Il était beaucoup plus grand qu'elle, déferlant dans son corps et se retirant telle une marée. Dans ses bras, elle se sentait protégée. Il était le port et la tempête, le havre de paix et le danger des abysses.

Elle se sentait sombrer.

À chaque ondulation des hanches, il touchait un point en elle qui annonçait le paradis qu'il lui avait déjà fait connaître avec sa langue.

Elle se cambra en l'encourageant. Le plaisir s'amoncelait en elle telle une nuée orageuse s'amassant à l'horizon.

Elle enroula les bras autour de son cou et enfouit le visage dans le creux de son épaule, accueillant chacun de ses coups de reins avec une joie pure.

Proche ! Si proche ! Si...

Elle se tendit, se sentant soulevée tel un navire atteignant la crête d'une haute vague et vacillant à son sommet. Puis la vague se brisa et l'extase déferla sur elle, tordant son âme et comprimant son cœur au point qu'elle ne pouvait plus respirer. Des spasmes d'un plaisir inouï la saisirent, l'inondant de chaleur.

Allant et venant toujours en elle, Morgan jura, puis, après un dernier coup de reins, se retira et se pressa contre son ventre. Il se raidit puis laissa échapper un râle torturé tandis que son corps était parcouru de convulsions.

Il s'effondra sur elle de tout son poids, comme vidé d'énergie. Il poussa un soupir qui semblait provenir des profondeurs de ses poumons.

— Fichtre, Harriet ! Tu parles d'un défi !

Il roula sur le côté, enfonçant le matelas sous son poids et elle se tourna vers lui. Il écarta une mèche de cheveux de son visage et déposa un baiser sur son sourcil, puis un autre sur le bout de son nez.

Cette tendresse inattendue après la fougue de leurs ébats lui étreignit le cœur. Il embrassa doucement ses lèvres, puis son menton.

Elle était hors d'haleine et tremblante. Le voile de sueur dans son dos refroidissait rapidement alors que le corps de Morgan devant elle la réchauffait.

Elle le dévisagea, encore étourdie par la magnitude de ce qu'ils venaient de faire.

— Stop, chuchota-t-elle en riant à moitié. À présent, tu peux arrêter.

32

Les lèvres de Morgan dessinèrent ce petit sourire en coin, son sourire de pirate. Il se redressa sur un coude, son biceps se contractant d'une manière impressionnante. Il promena tranquillement son regard sur le corps d'Harriet qui se tendit, attendant son verdict avec une légère anxiété. Jusqu'à présent, dans le feu de l'action et de la passion, elle ne s'était pas vraiment sentie nue.

— Tu es belle comme le premier aperçu de la terre après un mois en mer, murmura-t-il.

Il suivit le contour d'un sein du bout du doigt, la faisant frissonner.

— Tu ferais une belle figure de proue.

— Tu dis ça à toutes les dames que tu rencontres ? railla-t-elle.

— Uniquement à celles qui ont une poitrine splendide.

Après ce qu'ils venaient de faire, elle aurait cru que plus rien ne la ferait rougir. Elle se trompait.

La chaleur qui avait envahi ses joues s'accentua encore lorsqu'il essuya délicatement la petite flaque sur son ventre avec le drap. Sa semence, comprit-elle avec un temps de retard. Dieu merci, l'un d'eux avait conservé un minimum de bon sens. Il ne lui était même pas venu à l'esprit qu'elle aurait pu tomber enceinte.

Il releva les yeux vers elle.

— Alors, qui a gagné le pari ? demanda-t-il. Tu ne m'as pas dit d'arrêter. Techniquement, c'est donc moi.

— Ah, mais je t'ai mis au défi de me faire l'amour contre le mur, ce que tu n'as pas fait. J'ai gagné.

Il se mit à rire.

— Disons que nous sommes quittes. Satisfaite ?

— Comblée, rétorqua-t-elle avec un sourire malicieux.

Il se laissa retomber sur le dos et cacha ses yeux sous son bras comme s'il avait profondément honte.

— Je peux mieux faire, je te le jure. Je ne m'attendais pas à... C'est-à-dire que... tu m'as pris par surprise. Fichtre, je n'ai même pas retiré mes bottes !

Il était rare de le voir balbutier. Elle trouva très amusant son embarras et son dépit masculin.

— Tu n'as qu'à les ôter, répondit-elle.

Il se redressa en position assise sur le bord du lit en maugréant et, gênée à son tour de ne porter plus que ses bas, elle profita de ce qu'il avait le dos tourné pour récupérer sa chemise de nuit sous son oreiller et l'enfiler en hâte, soulagée de pouvoir cacher sa nudité sous la fine cotonnade.

Il retira sa seconde botte, lança un regard par-dessus son épaule et se figea en constatant qu'elle venait de remarquer le pâle réseau de cicatrices sur la belle musculature de son dos. Elle ne put cacher son effroi.

— Mon Dieu, ce sont les traces des coups de fouet de De Caen ?

— Oui, ce n'est pas joli à voir, n'est-ce pas ?

Lorsqu'elle le toucha, il ne broncha pas. Il se contenta de l'observer, sur ses gardes, pendant qu'elle passait doucement sa paume sur sa peau, sentant les boursouflures là où la chair déchirée s'était ressoudée. Elles étaient dures et noueuses comme de l'écorce.

Le cœur d'Harriet se serra. La douleur avait dû être atroce. Il avait subi ce châtiment pour un frère d'armes, un homme plus jeune et plus faible. Comment pouvait-elle ne pas l'aimer ?

Elle se redressa à genoux et pressa ses lèvres sur une crête incurvée sous son omoplate.

— Je suis navrée que tu aies tant souffert, chuchota-t-elle.

— J'avoue avoir connu des jours meilleurs, mais j'ai rapidement cicatrisé, répondit-il. Cela aurait pu être pire.

— De Montford m'a dit que c'était pour détourner l'attention de lui.

— De Montford aurait mieux fait de la fermer, grommela-t-il.

Elle le poussa légèrement, comme elle le faisait souvent lorsqu'ils étaient enfants.

— Je savais que tu ferais une bêtise par noblesse d'âme. J'avais raison.

— Tu es insupportable.

Dans sa bouche, cela résonnait comme le plus doux des compliments.

— Toi aussi, répondit-elle.

Elle le vit sourire avant qu'il tourne la tête. Il se mit à examiner le décor autour de lui. La lueur espiègle dans son regard était de retour.

— Sais-tu combien de fois j'ai rêvé de voir ta chambre ? Trop de fois pour pouvoir les compter.

— La tienne est plus belle, répondit-elle sur la défensive.

— Ce n'est pas vrai.

— Elle est plus grande, plus luxueuse.

— Mais tu n'es pas dedans, répondit-il simplement.

Oh, comme il sait y faire ! C'était un charmeur accompli.

— Alors... que faisons-nous à présent ? demanda-t-elle.

Il s'étira paresseusement avec une grâce féline.

— Nous dormons, bien sûr. Veux-tu toujours que je couche dans le salon ? Si tu le souhaites, cela ne me pose pas de problème.

— Cela serait un peu ridicule, à présent, non ? Comme fermer la porte de l'écurie après que le cheval s'est enfui.

Elle fit une moue ironique.

— Tu peux rester ici. Si tu le veux, naturellement.

— Bien sûr que je le veux. Glisse-toi sous les draps.

Lorsqu'il se leva, elle s'efforça de ne pas reluquer son torse magnifiquement sculpté dans la lueur de la lampe. C'était réellement un spécimen splendide. Allait-il ôter son pantalon ?

Alors qu'elle se réfugiait sous les couvertures, il éteignit la lampe, plongeant la pièce dans l'ombre. Elle fut déçue ; elle ne l'avait même pas vu nu !

Elle distinguait néanmoins sa grande silhouette dans l'obscurité et écouta les bruissements de tissu tandis que, supposait-elle, il retirait son pantalon et ses bas.

L'intimité du moment l'émut profondément. Combien de fois avait-elle imaginé se réveiller et trouver Morgan dans sa chambre ? Adolescente, elle avait nourri d'innombrables fantasmes qui étaient autant de variations sur le même thème : Morgan escaladant le treillis sous sa fenêtre au pays de Galles, se glissant dans sa chambre au clair de lune et lui faisant l'amour en secret.

La réalité était infiniment mieux.

Il écarta les draps et se glissa dans le lit.

— Viens ici, Harry.

Dans un mouvement fluide, il la fit rouler sur le côté et l'attira vers lui, plaquant son dos contre la courbe chaude de son corps. Ses fesses se nichèrent douillettement dans le creux de son bassin. La chaleur de sa peau nue se diffusa à travers sa chemise de nuit en coton. Il glissa le bras gauche sous l'oreiller, soutenant sa tête, tandis que le droit se posait sur sa taille et sa main sur son sein. L'une de ses cuisses s'insinua entre les siennes, ses poils la chatouillant.

C'était une sensation étourdissante, d'une suffocante perfection. Elle était enveloppée dans un corps dur et masculin, et, au lieu de se sentir menacée, emprisonnée, elle se sentait… merveilleusement bien. Protégée, couvée et chérie comme un précieux trésor.

Pressant son visage contre sa nuque, Morgan poussa un soupir de contentement.

— C'est beaucoup mieux que le salon, dit-il en bâillant.

Il l'attira encore plus près de lui, comme si être ainsi couchés l'un contre l'autre était la chose la plus naturelle du monde. Comme s'ils avaient dormi de cette manière des milliers de fois.

Harriet fixa les ténèbres, ses pensées en désordre. Être dans les bras de Morgan paraissait si *juste*. Elle se sentait comme un navire rentré au port après avoir bravé une violente tempête.

Chaque muscle de son corps était épuisé et détendu. Ses paupières se fermaient malgré elle. Elle résista néanmoins à l'appel du sommeil pour savourer encore un moment cette merveilleuse sensation d'être exactement là où elle voulait être. Elle grava chaque détail dans sa mémoire : la poitrine de Morgan se soulevant et s'affaissant dans son dos, l'odeur délicieuse de sa peau nue, la caresse chaude de son souffle dans ses cheveux.

Le bonheur était une émotion fragile. Elle s'en empara, s'en imprégna, se drapa dedans comme Morgan l'enveloppait avec son corps.

Au réveil, ce rêve incroyable prendrait fin. La lueur crue du jour écraserait la beauté de la nuit et cette belle harmonie entre eux s'évaporerait.

Comment réagirait-il demain ? Et elle ? Cette nuit, ils s'étaient totalement écartés des voies cartographiées, allant si loin qu'ils ne pouvaient rebrousser chemin.

Son esprit embrumé ne trouvait pas de réponse. L'appel du sommeil fut le plus fort. Elle se blottit plus profondément dans l'étreinte de Morgan et se laissa sombrer dans l'oubli.

*

* *

Morgan sentit le moment exact où Harriet s'endormit. Il avait presque pu entendre les rouages de son esprit essayant de démêler les implications de ce qu'ils venaient de faire. Puis son corps s'amollit et se détendit contre lui. Sa respiration se fit plus profonde et elle laissa échapper un soupir de contentement, tel un chaton satisfait.

Sa poitrine se comprima tandis qu'il tentait de définir la sensation de la tenir enfin dans ses bras. *Enfin !*

Il craignait presque d'y croire. Il avait rêvé tant de fois ce moment, imaginant ce profond sentiment de paix avant d'être réveillé par quelqu'un lui secouant brusquement l'épaule ou lui jetant un seau d'eau froide au visage.

Non, cette fois, c'était bien réel. Aussi réel que la femme merveilleuse dans ses bras.

Il poussa un soupir incrédule et s'efforça de faire le tri dans ses émotions contradictoires : l'émerveillement devant la sensation incroyable de leurs deux corps joints ; la honte de s'être comporté comme un animal en rut. Au moins, il était parvenu à la porter jusque dans un lit plutôt que de la prendre contre le mur tel un rustre.

Il n'avait jamais été aussi impétueux, aussi désespéré. Toutefois, Harriet avait semblé apprécier son ardeur. Elle l'avait encouragé, exhorté, défié, répondant à ses baisers avec la même fougue. Le feu en elle avait été aussi vif que celui qui l'avait consumé.

Il avait toujours su qu'ils étaient faits l'un pour l'autre.

De la tenir ainsi blottie contre lui, si menue et si féminine, était son rêve. Le sommeil l'avait privée de ses défenses et il ressentit un profond élan de tendresse en la voyant ainsi vulnérable. Il était honoré qu'elle lui ait confié son corps et incroyablement heureux d'être venu ce soir pour être avec elle.

Il avait sincèrement pensé dormir sur un canapé inconfortable ou un fauteuil trop mou dans son salon. Néanmoins, en dépit des avertissements de ses frères et de ses propres dénégations, il ne pouvait regretter ce qu'ils avaient fait.

Restait à savoir ce qu'en penserait Harriet le lendemain. Chaque fois qu'il avait cru savoir comment elle réagirait, elle l'avait surpris. Il n'avait aucune idée de ce qu'elle dirait ou ferait en se réveillant blottie contre son corps nu.

Cette nuit suffirait-elle à la convaincre qu'ils devaient être ensemble ? Ils étaient parfaitement compatibles : assez différents pour ne jamais se lasser l'un de l'autre ; assez semblables pour partager le même humour et les mêmes intérêts.

Son amour pour elle luisait dans son cœur tel un tapis de braises. Elle l'avait accusé de se moquer d'elle, d'avoir fait d'elle un sujet de plaisanteries. Ce n'était qu'à moitié vrai. Elle avait été le rivage vers lequel il naviguait, la croix sur la carte indiquant l'emplacement du trésor, son étoile, son phare, le point fixe sur lequel il avait mis le cap.

Sa maison.

Il inhala profondément son odeur féminine.

Il ne la perdrait plus de vue.

Pas alors qu'il était si proche de sa destination finale.

33

Harriet se réveilla avec une délicieuse sensation de chaleur et de plénitude. Sa première pensée fut que Mme Jennings était arrivée et avait ranimé le feu dans sa chambre.

Elle ouvrit les yeux et vit l'âtre gris. La lumière pâle du petit matin filtrait entre les rideaux. Les appels des commerçants montaient depuis la rue tandis que le grand cœur battant de Londres s'animait : épiciers et boulangers, brasseurs et ramoneurs se mettaient au travail.

Puis son cerveau encore endormi prit conscience de la masse lourde derrière elle et elle ouvrit brusquement les yeux. Le bras de Morgan retombait nonchalamment devant sa poitrine.

Surprise, elle tourna la tête et sursauta en voyant son regard rieur. Elle se redressa d'un bond.

— Bonjour, mademoiselle Montgomery, dit-il d'une voix éraillée par le sommeil. Avez-vous bien dormi ?

Qu'avait-elle fait ?

— Bonjour.

Pourquoi prenait-elle ce ton guindé alors qu'il était *nu dans son lit* ?

Déterminée à reprendre le contrôle de la situation, elle s'efforça de remettre un peu d'ordre dans son esprit. Malheureusement, son mouvement brusque avait tiré sur les draps, dévoilant son torse magnifique. Loin d'être gêné, il roula sur le dos, croisa les mains derrière sa nuque et s'étira avec toute la volupté d'un homme satisfait.

Elle serra les bords du couvre-lit, se retenant à grand-peine de se jeter sur lui telle une bête affamée. Elle voulait le toucher *partout*.

De toute évidence, se réveiller auprès d'une jeune fille dont il avait connu intimement le corps n'avait rien de nouveau pour lui. Pour sa part, elle ne savait plus où se mettre.

Il devait se demander comment s'extirper courtoisement de sa chambre et prendre ses jambes à cou. Elle ne serait pas l'une de ces créatures pathétiques qui s'accrochent à leurs amants. Elle se montrerait raisonnable, mûre. *Sophistiquée*.

Elle s'éclaircit la voix :

— Morgan.

— Harriet, répondit-il sur un ton aussi grave en se moquant de son air sérieux.

— Ce qui s'est passé hier soir était charmant, mais... cela ne doit pas se reproduire.

Il écarquilla les yeux. Il ne s'y était pas attendu.

— Quoi ? Pourquoi ?

Parce que tu me briseras le cœur.

— Voyons, nous sommes tous deux adultes. Convenons que cette nuit a suffi à satisfaire notre curiosité.

— Mais...

Plissant le drap entre ses doigts pour calmer sa nervosité, elle poursuivit :

— J'ai toujours voulu savoir ce qu'étaient les plaisirs de la chair. Tu m'as montré qu'ils étaient très agréables. Je t'en serai à jamais reconnaissante.

— « Reconnaissante » ? glapit-il en plissant les yeux. « Agréables » ?

Il se redressa à son tour. Harriet détourna rapidement les yeux quand les couvertures retombèrent autour de sa taille. Néanmoins, sa peau hâlée attirait son regard, ainsi que la fascinante ligne de poils sombres qui partait de son nombril et descendait jusque sous les draps.

— Bon sang, Harriet, tu manques sans doute d'expérience pour t'en rendre compte, mais la nuit dernière était extraordinaire, merveilleuse !

Cela lui donna à réfléchir. De fait, elle l'avait trouvée merveilleuse, mais qu'en savait-elle, au juste ? Elle aurait trouvé merveilleux tout ce qu'il lui faisait. C'était lui, l'homme expérimenté. S'il disait que cela avait été hors du commun, il savait sans doute de quoi il parlait. Ce n'était pas un flatteur.

— Je ne le nie pas, dit-elle. Physiquement, nous formons une combinaison intéressante. Mais nous savons tous deux que nous n'avons pas d'avenir ensemble. Tu t'apprêtes à repartir sillonner le monde. Mieux vaut en rester là, en emportant avec nous le souvenir de cette nuit mémorable.

*

* *

Morgan était atterré. Combien de fois un homme avait-il utilisé ce même discours pour se débarrasser d'une femme ? Combien de fois l'avait-il prononcé lui-même ?

Merci et au revoir.

Cela aurait été amusant s'il n'avait eu aussi mal ; si la panique n'avait fait palpiter son cœur à l'idée qu'elle lui échappe.

Cela aurait dû être un moment de triomphe. Ils devaient se réveiller dans les bras l'un de l'autre et refaire l'amour, lentement, prenant chacun le temps de découvrir les secrets de l'autre, faisant durer le plaisir dans une torture des plus exquises.

Rien ne se passait comme prévu.

Pourquoi ? La nuit dernière, elle avait aimé ce qu'ils faisaient ; il en était sûr. Il l'avait vue se convulser de plaisir, l'avait sentie s'adoucir et s'abandonner dans ses bras.

— Tu regrettes ce que nous avons fait ? demanda-t-il.

— Non. Bien sûr que non.

— Tu sais que je ne le dirai à personne. Je ne nuirai jamais à ta réputation.

— Je le sais.

— Il n'y a aucun risque que tu sois tombée enceinte. J'y ai veillé.

— Je t'en remercie, dit-elle en rougissant à nouveau.

— Alors quel est le problème ?

Quand elle se mordit la lèvre, il s'efforça de rester calme. Bigre, elle était si ravissante, encore toute chiffonnée par le sommeil. Il aurait voulu lui arracher sa chemise de nuit en coton et lui faire à nouveau l'amour. Cette idée fit durcir encore son érection matinale. Son membre ne savait apparemment pas faire la différence entre une dispute et des préliminaires amoureux.

D'un autre côté, avec Harriet, les disputes étaient presque toujours des préliminaires.

Pas cette fois.

— T'es-tu servi de moi juste pour avoir une expérience sexuelle ? grogna-t-il.

Son air embarrassé lui indiqua qu'il avait fait mouche.

— Non ! protesta-t-elle. Non, pas vraiment…

— On dirait bien que si, l'accusa-t-il. Tu voulais seulement savoir ce qui se passait dans un lit conjugal. Ou ce dont tu te priverais si tu ne te mariais jamais.

— Morgan ! C'est…

Furieux, il repoussa les couvertures et se leva, appréciant son hoquet de stupéfaction quand il lui offrit le spectacle glorieux de son postérieur nu. Il aurait dû se retourner et lui montrer son membre en érection, pensa-t-il sauvagement. Elle aurait vraiment eu de quoi hoqueter.

Non. Hors de question de lui laisser entrevoir l'effet qu'elle avait sur lui. Il ne pouvait réfléchir correctement en étant nu avec elle.

Il ramassa son pantalon au sol et l'enfila. En entendant des bruissements frénétiques derrière lui, il en déduisit qu'elle s'était levée, elle aussi et s'habillait.

Lorsqu'il se retourna, elle nouait précipitamment autour de sa taille le cordon d'un joli peignoir en soie bleu-vert. Le tissu retombait librement sur son corps menu, laissant deviner la pointe de ses seins sous la cascade de sa chevelure dénouée.

Le lit était devenu un champ de bataille entre eux. Ils se firent face de chaque côté de l'étendue de draps froissés.

— Je me montre juste réaliste, dit-elle sur un ton à la fois irrité et résigné. Tu trouveras une épouse qui ne voit pas d'inconvénient à ce que tu partes pendant des mois en la laissant seule. Ce n'est pas mon cas. Je sens que ma vie ne fait que commencer. Si la vue de mon père s'améliore, je pourrai faire des projets que je n'avais jamais osé envisager. Je pourrai me lancer dans mes propres aventures.

Son regard doux l'implorait de la comprendre et son ventre se noua. Il connaissait ce sentiment.

— Une nuit ne suffit pas, dit-il sur un ton calme.

Elle déglutit et sembla réfléchir à la question. Il reprit espoir. Puis elle inclina la tête sur le côté et lui adressa un regard dédaigneux.

— Alors que proposes-tu ? demanda-t-elle. Que nous continuions à nous voir en cachette pendant quelques semaines jusqu'à ce que tu te maries ? Je ne serai la maîtresse de personne, Morgan. Je ne coucherai pas avec le mari d'une autre femme.

— Tu n'en auras pas besoin, répliqua-t-il. Épouse-moi.

34

Épouse-moi.

Morgan se serait tapé la tête contre le mur pour avoir fait une demande en mariage aussi peu élégante. Les femmes aimaient qu'on y mette les formes.

Les traits d'Harriet se figèrent en une expression de stupeur. Il retint son souffle en attendant sa réponse. C'était la même sensation d'épouvante que lorsqu'on entendait la détonation du canon ennemi, qu'on apercevait le petit nuage de fumée et qu'on attendait le sifflement croissant du boulet qui vous tuerait peut-être.

Comme toujours, la réaction d'Harriet fut inattendue. Elle posa les mains sur ses hanches drapées de soie.

— T'épouser ? Tu as perdu la raison ?

Elle secoua la tête comme pour déloger une toile d'araignée prise dans sa chevelure.

— Tu plaisantes, ajouta-t-elle.

Fichtre, il s'y prenait comme un manche. Il aurait dû mettre un genou à terre, l'implorer, au lieu de balbutier de l'autre côté d'un lit défait en ne portant que son pantalon. Il soutint son regard en espérant ardemment qu'elle le croie.

— Je suis très sérieux. Je veux t'épouser. Je t'aime.

Les mots magiques n'eurent pas l'effet escompté. Elle prit un air incrédule.

— Non, tu me désires. C'est très différent. C'est un égarement passager dont tu te lasseras rapidement.

— Ce n'est pas vrai. Je ne nie pas que je te désire physiquement.

Il fit un geste vers sa braguette étirée par son érection et eut un moment de satisfaction en la voyant écarquiller les yeux.

— Je te désire depuis que j'ai seize ans, reprit-il. Mais il s'agit de bien plus que ça, Harriet. Nous nous convenons parfaitement. De toutes les manières qui comptent.

— C'est une plaisanterie ? Tu te venges parce que j'ai gagné la course ?

— Bien sûr que non ! Je t'aime !

— Cesse de dire ça ! s'écria-t-elle. Tu ne m'aimes pas. Tu aimes me tourmenter. Tu aimes me battre dans tous nos jeux stupides et ceci n'est qu'un jeu de plus. Je ne joue plus. Tu as gagné. Tu me voulais dans ton lit, comme une conquête ? Tu m'as eue. Tu voulais que je te désire ? C'est le cas ! Malgré moi et en dépit du bon sens.

Elle s'interrompit, le souffle court, se rendant compte de ce qu'elle venait d'avouer. Le lit semblait s'étirer entre eux tel un relief infranchissable. Les crêtes formées par les draps et les couvertures auraient tout aussi bien pu être une chaîne de montagnes.

— Alors où est le problème ? insista-t-il. Je te veux et tu me veux. Pourquoi ne pas nous marier ? Et ne me dis pas que « les Davies et les Montgomery sont des ennemis jurés », nous savons tous deux que cela n'a rien à voir.

— Tu es dans la marine, répondit-elle comme si c'était la raison la plus évidente du monde.

— Et alors ?

— Alors, je veux un homme avec qui partager ma vie, un partenaire, un ami. Quelqu'un qui me tiendra dans ses bras la nuit et me taquinera à en perdre la raison durant la journée.

— Je quitterai la marine. Je rendrai l'avance que j'ai reçue.

— C'est une très mauvaise idée. Je te connais, Morgan. Tu as besoin de te lancer sans cesse de nouveaux défis, de conquérir de nouveaux mondes. Tu t'ennuieras au bout d'une semaine.

— Je ne m'ennuierai jamais avec toi. Je t'aime. Comment te le prouver ?

Elle poussa un soupir triste et presque empreint de compassion.

— Tu ne peux pas prouver ce qui n'existe pas. Ton « amour » pour moi est aussi imaginaire que mon « Paradise Court ».

La douleur dans la poitrine de Morgan était aussi cuisante que lorsqu'il s'était cassé trois côtes en tombant de cheval. De toute évidence, il ne parviendrait pas à la convaincre aujourd'hui.

Il s'y connaissait en stratégie militaire. Parfois, la meilleure tactique était de battre en retraite, de regrouper ses forces et de préparer le prochain assaut. Après tout, c'était ainsi qu'il avait capturé le *Brillant*. Il avait laissé les Français croire qu'il était vaincu, démoralisé, désarmé, puis avait lancé une riposte surprise.

— Soit, dit-il sur un ton mal assuré.

Il ramassa sa chemise et l'enfila. La légère moue de déception d'Harriet lorsque son torse disparut de sa vue lui redonna espoir.

Au fond, qu'elle ne l'ait pas vu entièrement nu était une bonne chose. Son corps restait pour elle un mystère, car elle ne l'avait pas exploré comme il avait exploré le sien. Or, un territoire inexploré était pour elle une véritable tentation. Elle serait hantée par l'inconnu, rongée par l'envie de combler les lacunes de sa connaissance du monde. Cela pouvait tourner à son avantage.

Il lui lança un regard de défi.

— Une semaine, dit-il.

— Pardon ?

— Donne-moi une semaine pour te prouver mon amour.

Elle lâcha un soupir exaspéré.

— J'ignore ce que tu crois pouvoir faire, mais d'accord. Comme tu voudras. Tu as une semaine.

Il hocha la tête aussi solennellement que s'ils avaient scellé un pacte de sang. Un petit coin de son cerveau était également amusé de constater qu'Harriet et lui concluaient encore un marché.

Les enjeux n'avaient jamais été aussi élevés.

Ayant récupéré ses bottes et ses bas, il résista difficilement à l'envie de contourner le lit pour l'embrasser.

— Dans ce cas, permets-moi de prendre congé. Inutile de me raccompagner. Je connais le chemin des écuries.

Elle ouvrit la bouche, mais il l'arrêta d'un geste.

— Je m'assurerai que personne ne me voie sortir. Une semaine, Harriet.

*

* *

Une fois Morgan parti, Harriet se laissa tomber sur le lit, le cœur serré. Ses mains tremblaient.

Seigneur !

Jamais, même dans ses rêves les plus fous, elle n'aurait imaginé que Morgan lui dise un jour : *Je t'aime. Épouse-moi.*

Si seulement il l'avait réellement pensé !

Elle ne doutait pas de son désir pour elle. Même une vierge inexpérimentée comme elle pouvait le voir. Cependant, le désir ne durait qu'un temps.

Trois ans plus tôt, la presse avait fait ses choux gras de la liaison tumultueuse de lady Caroline Lamb et de lord Byron, se délectant de son issue dévastatrice. Aux yeux d'Harriet, cette histoire tragique était totalement prévisible. Elle se trouvait au bal donné en l'honneur du duc de Wellington lorsque Byron, lassé de sa maîtresse, l'avait publiquement répudiée. Lady Caroline avait brisé son verre de vin et menacé de se trancher les veines. Bien que son geste eût été purement théâtral, il avait entraîné sa chute et sa mise au ban de la société. Harriet s'était juré de ne jamais se ridiculiser ainsi pour un homme.

Pour survivre, un mariage nécessitait d'être nourri par plus que du désir. Ses parents le lui avaient démontré. Si Morgan et elle partageaient indubitablement le même sens de l'humour et une envie irrésistible de se provoquer, le gouffre entre leurs aspirations respectives était infranchissable.

Elle ne pourrait être heureuse en restant à la maison pendant que son époux vivrait toutes sortes d'aventures. En outre, si l'idée d'avoir des enfants avec Morgan l'enchantait, elle ne voulait pas que sa progéniture grandisse avec un père qui disparaissait régulièrement pendant de longues périodes.

Elle refoula ses larmes.

Si Morgan lui avait demandé de l'épouser un mois plus tôt, elle aurait soupçonné un mauvais tour digne d'un Davies, une plaisanterie cruelle pour l'humilier, une fois qu'elle aurait naïvement accepté.

Elle ne le pensait plus. Morgan s'était convaincu d'être amoureux d'elle. Néanmoins, sa demande n'était sans doute qu'une tentative de la dernière chance pour la persuader de revenir dans le lit.

Elle avait été tentée. Il lui avait sournoisement rappelé qu'il lui restait beaucoup à découvrir. Qu'elle ait pu renoncer à la chance de le voir entièrement nu, à l'opportunité d'explorer plus en détail son corps splendide, suffisait à la faire s'interroger sur sa santé mentale.

Elle enfouit le visage dans son oreiller et poussa un gémissement de frustration.

Était-elle la plus grande idiote d'Angleterre ? Un homme dont elle était éperdument amoureuse avait offert de l'épouser. Celui-là même qui avait le pouvoir quasi magique de lui donner un plaisir immense. Certes, il ne l'aimait pas aussi ardemment qu'elle l'aimait, mais n'était-ce pas un prix modique à payer ? La moitié des mariages de la haute société reposaient sur des questions pratiques d'argent et de pouvoir, pas sur l'amour.

Elle donna un coup de poing dans l'oreiller et se redressa.

Non. Elle avait pris la bonne décision. En l'épousant, elle se serait condamnée à avoir le cœur brisé, de même si elle acceptait d'être sa maîtresse. Il se lasserait d'elle et passerait à une autre. Elle préférait encore mettre un terme à leur histoire avant qu'il soit trop tard.

Elle le voulait tout entier ou pas du tout.

35

Harriet n'eut guère le temps de se demander comment Morgan lui « prouverait » son amour. Dès le retour de Mme Jennings, elles se mirent sans tarder au travail pour préparer la maison avant l'arrivée de son père.

Sachant qu'il aurait du mal à monter l'escalier avec des bandages lui couvrant la moitié du visage, elle emprunta un lit de camp à Jem Cooper et l'installa dans l'arrière-boutique près du fauteuil de son père. Elle plaça une petite table pliante à côté du fauteuil afin qu'il puisse prendre ses repas et veilla à ce que son plaid favori soit plié sur l'accoudoir.

Il arriva alors qu'elle finissait de déjeuner. Le Dr Saunders l'aida à descendre de voiture puis Harriet et lui le guidèrent lentement à l'intérieur de la boutique.

À le voir si impuissant et vulnérable, Harriet eut un pincement au cœur. Un léger chaume gris recouvrait ses joues et son menton. Elle ne l'avait jamais vu autrement que rasé de près, et ce léger oubli semblait accentuer encore sa fragilité.

— Père, je suis si heureuse de te voir ! s'exclama-t-elle.

Elle caressait sa main et parlait un peu plus fort qu'à son habitude afin qu'il l'entende à travers les bandages qui recouvraient ses oreilles.

— J'aimerais pouvoir en dire autant, ma fille ! répondit-il avec un sourire. Je ne vois rien avec ce maudit champignon sur la tête.

Son ton jovial la rassura immédiatement.

— Ne vous inquiétez pas si son élocution est un peu laborieuse, expliqua le Dr Saunders. C'est un effet secondaire fréquent du laudanum.

Il sortit une feuille de papier de sa poche ainsi qu'une fiole bleue.

— Voici une liste d'instructions précises pour ses soins et l'administration du laudanum. Sa dose diminuera progressivement au cours des jours qui viennent.

Harriet acquiesça en constatant avec soulagement que son père somnolait déjà.

— Ne le laissez pas ôter ses bandages avant au moins deux jours. De nombreux patients déclarent revoir immédiatement après l'opération mais je préfère qu'ils gardent les yeux bandés pour prévenir les infections. Je reviendrai l'examiner dans deux jours, si cela vous convient, mademoiselle Montgomery.

— Ce serait formidable. Merci, docteur.

Saunders effleura le bord de son chapeau.

— Toujours ravi d'aider un ami du capitaine Davies.

Bien que l'allusion à Morgan lui eût noué le ventre, elle parvint à conserver un visage serein.

— Je ne dirais pas vraiment que nous sommes amis. Le capitaine Davies est plutôt une relation.

Prise d'un remords pour ce mensonge patent, elle précisa :

— Son frère a épousé ma cousine Maddie et sa sœur un autre de mes cousins, Tristan.

Le docteur se mit à rire.

— Quel enchevêtrement ! On dirait bien que le capitaine Davies et vous soyez inextricablement liés, que vous le souhaitiez ou pas.

Elle s'efforça de rester impassible devant cette évidence. Le destin avait conspiré pour les mettre dans l'orbite l'un de l'autre. Restait à voir s'il existait un moyen d'y échapper.

Une fois le docteur parti, elle passa le reste de la journée à s'occuper de son père. En vérité, il passait le plus clair de son temps à dormir ; néanmoins, préparer d'innombrables tasses de thé lui permettait de ne pas penser à Morgan et aux merveilleuses choses interdites qu'ils avaient faites.

Le lendemain se passa sans incident. Maddie lui rendit visite pour prendre des nouvelles de leur père.

— Morgan est arrivé chez nous juste quand je partais, déclara-t-elle gaiement. Rhys, lui, s'était déjà invité pour le petit-déjeuner, si bien que je n'étais pas fâchée de sortir. Rester seule avec trois frères Davies dans la même pièce n'est pas de tout repos. On ne sait jamais ce qui peut arriver. Ils sont capables d'en venir aux mains comme d'avoir une conversation parfaitement raisonnable.

Elle émit un petit rire avant d'ajouter :

— Parfois, ce sont de vrais sauvages.

Harriet sentit ses joues rosirent tandis que Maddie, haussant les sourcils, l'observait avec le plus grand intérêt, une lueur malicieuse dans le regard. Elle avait un talent exceptionnel pour soutirer les secrets de son entourage.

— Gryff m'a dit que Morgan était venu monter la garde chez toi l'autre soir, pendant que ton père était absent.

Avalant sa gorgée de thé de travers, Harriet se mit à tousser. Maddie déposa sa tasse et lui tapa dans le dos.

— Merci, dit Harriet en essuyant son corsage avec une serviette. Je ne m'attendais pas à ce que ce soit si chaud.

— Le thé ou la visite de Morgan ? demanda Maddie.

Harriet s'étrangla à nouveau.

— Maddie !

— Harriet ! rétorqua Maddie en riant. Ne me dis pas qu'il ne s'est rien passé entre vous deux car je ne te croirai pas.

— Il ne s'est rien passé. Il a dormi sur la chaise longue dans le salon et est reparti soulagé le lendemain matin après avoir constaté que ni Français dément ni cartographe rancunier n'avaient tenté de me tuer durant la nuit.

Maddie fit une moue sceptique.

— Je parie que ce n'était pas la seule raison pour laquelle il tenait à être là. Tu oublies que je suis mariée à un Davies, je sais à quel point ils peuvent être irrésistibles. Je crois plutôt qu'il est venu, a vu et a vaincu, comme Jules César.

— J'ai résisté !

Maddie la fixa d'un air entendu et Harriet s'affaissa telle une poupée de chiffon. Elle n'avait jamais su mentir. De toute manière, ses joues rouges parlaient d'elles-mêmes.

— J'ai essayé, corrigea-t-elle faiblement.

Maddie la dévisageait toujours en attendant la suite.

— Bon, d'accord, je n'ai pas résisté du tout, avoua-t-elle sèchement. Pas même un peu. En fait, c'est moi qui ai pris l'initiative.

Maddie poussa un petit cri de joie et battit des mains.

— Je le savais ! C'est merveilleux. Raconte-moi tout.

Harriet soupira et se résigna à son sort.

— Oh Maddie, je me suis très mal conduite. Je l'ai incité à m'embrasser, puis je l'ai défié de continuer jusqu'à ce que je lui dise stop.

Maddie ouvrit grand des yeux ronds.

— Tu as défié un Davies ? Ne sais-tu pas que c'est comme agiter un chiffon rouge devant un taureau ?

— Si.

— Je suppose que tu ne lui as pas dit « stop » ?

Harriet fit non de la tête.

Maddie rayonnait.

— Sincèrement, cela ne m'étonne pas du tout. Même si vous vous chamaillez depuis des années, l'attirance entre vous crève les yeux. Cela t'a plu ?

— Beaucoup. Assez pour ne pas me soucier de ma réputation.

— Pfff... Ta réputation ne sera « fichue » que si quelqu'un l'apprend. La prétendue « bonne » société est d'une hypocrisie sans nom. La vérité n'a rien à voir là-dedans. Seule compte l'apparence.

Maddie se pencha vers sa cousine et poursuivit sur un ton de conspiratrice.

— Entre nous soit dit, je doute que la plupart des hommes soient capables de dire si une femme est vierge ou pas. La moitié des prétendues « vierges » de Londres vont à leur nuit de noces en sachant ce qu'elles doivent faire. Tu peux encore trouver un beau parti si tu en cherches un.

— Morgan a demandé ma main.

Ce fut au tour de Maddie de s'étrangler sur sa gorgée de thé.

— Pardon ?

— Il m'a demandé de l'épouser. J'ai refusé.

— Juste ciel, mais pourquoi ?

— Pourquoi me l'a-t-il demandée ou pourquoi ai-je refusé ?

— Pourquoi as-tu refusé, petite gourde ? Je sais pourquoi il te l'a demandé. Il est amoureux de toi depuis toujours.

La conviction absolue de Maddie l'ébranla.

— Il ne m'aime pas, il me désire, répondit-elle néanmoins. Et il aime me provoquer. Cela ne suffit pas. Je veux ce que tu as, toi, avec Gryff : un mari qui sera là pour moi, qui partagera ma vie. Morgan n'est pas prêt à me donner ces choses-là.

— Mais tu l'aimes.

Ce n'était pas une question.

— Oui, admit Harriet. Toutefois, il faut être réaliste. Parfois, l'amour ne suffit pas. Il est temps de cesser les petits jeux et de regarder la réalité en face.

Maddie parut perplexe, comme si Harriet était un objet curieux qu'elle aurait déterré lors de l'une de ses fouilles archéologiques.

— Hmm...

— Mais encore ?

— J'attends de voir pour juger. La vie a l'art de déjouer les plans les mieux élaborés. En outre, tu dois reconnaître que, puisque personne ne sait ce qui s'est passé entre vous, Morgan ne t'a pas demandé de l'épouser par sens du devoir. Il aurait pu demander la main de n'importe quelle aristocrate en étant sûr qu'elle dirait oui.

— Il m'a demandé une semaine pour me prouver qu'il m'aimait.

Maddie écarquilla les yeux.

— Doux Jésus ! Que crois-tu qu'il fera ?

— Je n'en sais rien. J'espère que ce ne sera pas une de ces épouvantables déclarations en public. S'il m'aime vraiment, il sait ce que je déteste.

— Morgan n'a aucun problème à être le centre de l'attention, rit Maddie. Sinon, il ne serait sûrement pas devenu capitaine de son propre navire.

Elle se pencha en avant pour prendre une tranche de cake.

— Il y a quatre siècles, il aurait tué un dragon pour toi, ou il aurait attaché ton blason au bout de sa lance avant d'entrer en lice lors d'un tournoi. De nos jours, c'est plus difficile pour les hommes. Même les duels sont mal vus.

— Les duels sont absurdes, maugréa Harriet en se servant à son tour. L'amour, ce ne sont pas ces démonstrations grandiloquentes. Ce sont les petits riens, des gestes insignifiants en apparence qui s'accumulent pour former un grand tout.

Maddie la dévisagea avec un air compatissant.

— Mais Harriet… c'est ce que Morgan fait pour toi depuis des années.

Cette vérité lui fit l'effet d'une douche froide. Maddie avait raison. Il avait plongé dans un torrent glacé pour repêcher son tire-ligne. Il l'avait emmenée dans ses voyages en rebattant les oreilles de son équipage avec son nom. Il avait présenté le Dr Saunders à son père. Il s'était tenu à ses côtés face à Heron. Il s'inquiétait pour elle au point de passer la nuit à veiller dans son salon.

Elle déglutit laborieusement son morceau de cake. Morgan lui avait déjà prouvé son amour de mille manières. Elle avait été trop aveugle pour le voir.

Elle résista à l'envie de se donner une tape sur le front. Son père n'était pas le seul dans cette maison à ne pas voir ce qu'il y avait sous son nez. Elle n'était qu'une sotte.

Maddie l'observait avec un petit sourire en coin.

— Tu l'as enfin compris ?

— Je… J'ai peut-être été un peu hâtive dans mon jugement, admit-elle. Peut-être Morgan m'aime-t-il vraiment. Cela ne change rien à toutes les autres raisons pour lesquelles nous ne nous convenons pas.

Maddie finit son thé et se leva.

— Donne-lui une chance, Harry. Pour ma part, j'ai hâte de voir ce qu'il va inventer pour te prouver son amour. Comme c'est un Davies, je te garantis que ça en vaudra la peine.

36

— Si tu vas à la soirée musicale des Stevenson ce soir, tiens-toi sur tes gardes.

Morgan lança un regard surpris à Gryff. Les trois frères Davies sirotaient un cognac dans la bibliothèque de ce dernier.

Il essaya d'effacer le souvenir d'Harriet, les yeux bandés, s'appuyant à ce même bureau sur lequel Rhys s'appuyait nonchalamment. Peine perdue. Il pouvait presque sentir son parfum.

— Pourquoi ? demanda-t-il enfin.

— Parce que les tantes ont raconté à tout le monde que tu cherchais une épouse. Tu seras assailli par les débutantes minaudeuses et les mères marieuses.

— Je suis toujours assailli par des débutantes minaudeuses et des mères marieuses.

— Tu ne peux t'en prendre qu'à toi-même, déclara Rhys sans une once de compassion. Tu n'avais qu'à ne pas révéler que tu voulais te marier. Dieu sait pourquoi, d'ailleurs, alors même que tu sors de prison ! Pourquoi t'enchaîner à nouveau ? Volontairement, de prime. Et pour le reste de ta vie.

— Le mariage n'est pas si mal, protesta Gryff. Si tu trouves la personne juste, ce pourrait être la meilleure chose qui puisse t'arriver. Maddie est absolument…

Rhys fit mine d'avoir un haut-le-cœur.

— Pitié, épargne-nous les détails de ton bonheur conjugal. Tu sais, aimer sa propre épouse est totalement démodé.

Morgan les interrompit avant que la conversation dégénère.

— Quoi qu'il en soit, les débutantes seront déçues. J'ai déjà fait ma demande.

— À qui ? demanda Gryff.

Morgan attendit que Rhys ait la bouche remplie de cognac.

— À Harriet.

Rhys recracha sa gorgée en un parfait arc de cercle.

— Hé, le tapis est un Aubusson, espèce de Neandertal ! s'indigna Gryff. Maddie l'a payé une petite fortune.

Il tapa entre les omoplates de Rhys pour calmer sa toux.

— Harriet ? répéta ce dernier entre deux hoquets. Tu as perdu la raison ?

— C'est drôle, c'est exactement ce qu'elle a dit, répondit Morgan.

Gryff écarquilla les yeux.

— Quoi, elle a refusé ?

— Oui.

— Quel culot ! s'indigna Rhys en prenant soudain la défense de Morgan. Qui rejette un Davies ? Nous sommes d'excellents partis. Des maris en or.

— Harriet ne semble pas de cet avis, répondit Morgan en riant.

— Quelles sont ses raisons ? Nous sommes riches. Titrés. Incroyablement beaux. Enfin, surtout moi. À la réflexion, vous deux, vous êtes juste au-dessus de la moyenne.

— Et modestes, ne l'oublie pas, rit Gryff.

— Elle a refusé car elle ne veut pas croire que je l'aime sincèrement, expliqua Morgan.

Ses deux frères battirent des paupières comme s'ils n'avaient jamais entendu un argument aussi ridicule.

— Oh, tu as vraiment dû bâcler ta demande, devina Rhys. Tu es amoureux d'elle depuis des années.

— Je le sais depuis le jour où elle t'a frappé avec une épée, confirma Gryff.

— C'était une branche, corrigea Morgan pour la énième fois. Et je suis sûr que cela ne se voyait pas tant que ça.

— Pour nous, c'était évident, nous sommes tes frères, répondit Gryff. En revanche, j'ignorais que tu le savais.

— Quoi ? Que je l'aimais ?

— Oui.

— En réalité, je ne m'en rendais pas compte. Pas avant que je me retrouve au fond de cette cellule puante et que je réfléchisse à tout ce que je regrettais. Harriet figurait tout en haut de cette liste. Même si c'est la femme la plus contrariante du monde, j'ai compris que je ne pouvais pas vivre sans elle.

Gryff lui donna une tape fraternelle sur l'épaule.

— Bienvenue au club.

Rhys fronça les sourcils.

— Si elle t'a éconduit, pourquoi continues-tu de sourire ?

Il se pencha pour examiner Morgan de plus près.

— Attends, je connais cette expression. C'est l'air benêt et satisfait d'un homme qui a été comblé au lit. Tu as couché avec elle, n'est-ce pas ?

— Un gentleman ne fait jamais...

— Bon sang, Morgan ! explosa Gryff avant même qu'il ait achevé sa phrase.

— Je t'avais pourtant prévenu, hein ? gémit Rhys. Qu'avais-je dit ?

Morgan les arrêta d'un geste de la main.

— Je souris parce qu'Harriet m'a donné une semaine pour lui prouver mon amour.

Rhys fronça le nez.

— Une semaine ? C'est court. Comment montres-tu à une femme que tu l'aimes ? Avec des fleurs ? Des bijoux ? Un carrosse à quatre chevaux ?

— Je ne me prononcerai pas pour les autres femmes, mais je connais Harriet, répondit Morgan sans cesser de sourire. Elle est convaincue que mon amour pour elle est aussi imaginaire que l'une de ces rues qu'elle invente sur ses cartes de la ville.

— Alors comment comptes-tu lui prouver le contraire ?

— En rendant réelle l'une d'entre elles, bien sûr.

37

Trois jours plus tard, Harriet lançait des regards furieux vers Morgan depuis l'autre côté du jardin de lady Bressingham. S'il essayait de lui prouver son amour, il avait une curieuse façon de s'y prendre.

Lorsqu'elle l'avait vu deux jours plus tôt à la soirée musicale de lady Stevenson, il ne lui avait même pas adressé la parole. Il s'était contenté de la saluer de loin d'un signe de tête amical avant de reprendre sa conversation avec Letty Pickworth, une veuve joyeuse à la fortune aussi impressionnante que son décolleté.

Harriet s'était dit alors que peu lui importait.

Maintenant, cela faisait plus d'une heure qu'elle errait dans le jardin de lady Bressingham et le mufle n'était même pas venu lui dire bonjour. Il avait croisé son regard, une fois, depuis l'autre côté du terrain de croquet et lui avait adressé un de ses sourires complices qui lui faisait ployer les genoux. Mais il n'avait fait aucun effort pour l'approcher. Intolérablement séduisant dans sa veste grise et son pantalon en daim, il papotait tranquillement avec de Montford, les deux s'entendant comme cul et chemise.

Harriet s'éventa, à la fois irritée et perplexe. Pourquoi l'ignorait-il ? Avait-il changé d'avis, décidé que lui prouver son amour était trop ardu ?

À moins qu'il ne l'aime pas du tout.

Son cœur se serra.

Elle détourna la tête, tâchant de s'intéresser à la conversation de leur hôtesse, lady Bressingham, qui lui décrivait les nombreux maux qui affectaient son pauvre pékinois Fluffy-Woo.

Le chien était aussi obèse que le coussin en velours rouge sur lequel il était couché. Harriet se retint de faire remarquer que la plupart des problèmes de Fluffy-Woo seraient résolus s'il n'était pas gavé comme une oie et faisait plus d'exercice.

Elle finit son verre de limonade et prit un air contrit.

— Oh, flûte ! Je n'ai plus de limonade. Je ne sais pas pourquoi j'ai la gorge aussi sèche cet après-midi. Ce doit être le soleil.

La vieille dame au port solennel acquiesça.

— C'est vrai qu'il fait très chaud pour la saison.

Harriet allait s'échapper quand lady Bressingham la retint par la manche.

— Oh, mademoiselle Montgomery, avant que j'oublie ! L'autre jour, je suis allée prendre le thé chez Anne Melville qui m'a montré la carte si charmante que vous avez dessinée pour elle. *La Carte de l'amour* ou quelque chose comme ça ? Vous n'en auriez pas une copie ? J'aimerais beaucoup l'envoyer à ma sœur qui vit dans le Kent.

Cette fois, le sourire d'Harriet fut sincère.

— Elle s'intitule *La Carte du cœur*. Je comptais justement en faire un tirage à édition limitée. Je vous en mettrai une de côté. Envoyez quelqu'un la chercher à la boutique ou venez en personne si vous trouvez le temps.

Lady Bressingham était la troisième personne à lui en demander un exemplaire en deux jours. *La Carte du cœur* semblait plaire à tout le monde. Du moins, à la plupart des femmes.

Elle se dirigea vers la maison en se disant que, au fond, tout le monde était cartographe dans l'âme. Chaque être humain créait mentalement une carte parsemée de lieux d'intérêt personnels. Les événements marquants étaient à jamais associés à un emplacement précis : *C'est ici que j'ai perdu mon soulier ; c'est là que nous avons pleuré ; c'est ici que nous sommes tombés amoureux.*

C'était pourquoi le jardin de Maddie n'était plus un simple rectangle noir à Grosvenor Square. C'était l'endroit où Morgan l'avait embrassée pour la première fois, dans un passage couvert débordant de glycine. Elle ne pourrait plus jamais passer devant Squeeze Gut Alley sans se souvenir de l'expression de Morgan lorsqu'elle avait réclamé le baiser numéro trois.

Elle ne pourrait plus jamais regarder Paradise Court sans un écrasant sentiment de chagrin et de perte.

Malgré elle, elle se retourna et le chercha dans la foule. Il avait disparu. Agacée par cette humeur mélancolique qui ne lui ressemblait guère, elle continua de s'éloigner, contourna un chêne et tomba nez à nez avec l'homme en question.

— Oh ! fit-elle en s'arrêtant brusquement.

Il semblait ravi de l'avoir surprise.

Elle chercha quelque chose de spirituel ou de caustique à dire. Son cerveau refusait de fonctionner. Elle se contenta de le dévisager, le cœur rempli de regret et de désir.

Un million de mots flottaient dans son esprit.

J'ai eu tort de te repousser.

Demande-le-moi à nouveau.

Je t'aime aussi.

Morgan n'était pas venu pour faire la conversation. Il prit son poignet, déplia ses doigts et pressa un morceau de papier dans sa paume.

Quand elle ouvrit la bouche pour l'interroger, il lui adressa un de ses sourires effrontés, s'inclina puis tourna les talons.

Perplexe, Harriet déplia le papier. C'était un morceau de sa propre carte du centre de Londres. Une zone avait été entourée d'un trait au crayon, de la même manière qu'elle avait entouré Squeeze Gut Alley lorsqu'elle avait envoyé son défi à Morgan.

Son pouls s'accéléra.

Lui lançait-il un défi ?

Elle rapprocha la carte de ses yeux pour voir l'endroit choisi comme champ de bataille et fronça les sourcils. Déconcertée, elle retourna le papier et vit l'écriture masculine et énergique de Morgan d'une encre du même bleu foncé que sa veste d'uniforme.

Paradise Court.
Demain. Dix-neuf heures.
J'enverrai une voiture te chercher.
M.

Qu'est-ce que cela signifiait ? Comment pouvait-il lui donner rendez-vous dans un lieu qui n'existait que dans son imagination ? Comptait-il lui montrer le mur au fond du jardin du duc d'Evesham ?

Oh, il était vraiment horripilant !

Néanmoins, une lueur d'espoir vacillait dans son cœur. Finalement, peut-être n'avait-il pas capitulé.

38

Le lendemain, Harriet eut le plus grand mal à maîtriser sa nervosité. Elle s'occupa en imprimant dix nouvelles copies de *La Carte du cœur* et en teintant à l'aquarelle les divers lieux d'intérêt. Un jaune-vert bilieux pour l'Île de la Jalousie, un rouge vif pour le cœur sur l'enseigne de la Taverne de la Tendresse, le beau bleu de Prusse de l'uniforme de Morgan pour l'eau jaillissant de la Source de l'Espoir Éternel.

Durant tout ce temps, elle n'avait cessé de se demander ce qu'il avait préparé pour la soirée.

La veille, elle avait vendu six autres copies de la carte après l'avoir exposée dans la vitrine. Une petite foule s'était amassée devant la boutique, chacun essayant de voir à travers la vitre, discutant de son exactitude et de ses omissions.

Cela la fit sourire. Le bouche-à-oreille était bon pour les affaires et il semblait que, sans l'avoir cherché, elle ait créé une œuvre des plus rentables. Autant ceux qui lui demandaient de vraies cartes géographiques étaient rares, autant beaucoup de gens appréciaient un commentaire humoristique sur l'amour.

Elle n'aurait sans doute jamais l'audace de graver les dessins satiriques et érotiques qui plaisaient aux masses et se vendaient comme des petits pains, comment l'avaient fait Rowlandson et Hogarth.

Néanmoins, des projets amusants comme le sien pouvaient rapporter de l'argent. Chaque shilling qui entrait dans la caisse était un pas de plus vers l'aventure et l'indépendance.

Son père s'était presque remis de son opération. Il n'avait plus besoin de laudanum et son impatience croissante était le signe le plus flagrant de sa convalescence. Ce matin, il s'était cogné contre le bord de la table et avait renversé sa tasse de thé. Elle l'avait accompagné se dégourdir les jambes dans leur petit jardin, le tenant par le bras, puis s'était résolue à lui lire *Robinson Crusoé* à voix haute afin qu'il reste tranquille.

Le Dr Saunders leur avait rendu visite. Il avait ôté les bandages de son père pour examiner ses yeux et, en dépit des protestations de son patient qui affirmait pouvoir s'en passer, avait insisté pour qu'il les garde encore un jour. Son père avait accepté en ronchonnant.

À mesure que l'après-midi progressait, la nervosité d'Harriet s'accentua encore. D'ordinaire, elle fermait la boutique à dix-sept heures. Comme il faisait beau et qu'il y avait encore quelques clients potentiels devant la vitrine, elle décida de la garder ouverte une heure de plus. Le soir commençait à tomber lorsqu'elle verrouilla la porte, retourna le panneau sur *Fermé* et se tint immobile dans la pénombre du magasin.

— Je vais sortir un moment ce soir, Père. Peux-tu rester seul ? Mme Jennings vient de partir, mais je peux demander à Jem Cooper de te tenir compagnie en mon absence.

Assis dans son fauteuil devant le feu, son père chassa cette idée d'un geste de la main, manquant par la même occasion de faire tomber le volume de *Robinson Crusoé* de sur le guéridon.

— Inutile de déranger Jem. Où vas-tu donc, Harry ?

Fort heureusement, il ne pouvait voir la roseur coupable sur ses joues. Elle s'efforça de donner une réponse qui n'était pas totalement mensongère.

— À Grosvenor Square. Chez Maddie.

Théoriquement, le jardin de Maddie jouxtait Paradise Court. Ils partageaient même un mur mitoyen. Ou l'auraient partagé, corrigea-t-elle mentalement, si Paradise Court avait existé.

— Ah, tant mieux, dit son père. Si tu croises ce Morgan Davies, dis-lui que j'ai hâte de le voir en personne pour le remercier.

— Je n'y manquerai pas, mais je doute qu'il y soit.

Là encore, ce n'était pas totalement faux. Morgan avait dit qu'il lui enverrait une voiture, pas qu'il serait dedans. Cependant, s'il voulait lui prouver son amour, il faudrait bien qu'il se montre à un moment ou un autre, non ?

Elle monta se changer.

Il lui était impossible d'entrer dans sa chambre sans penser à lui. Chaque fois qu'elle regardait le lit, elle l'imaginait dedans. La nuit qu'ils avaient passée ensemble avait déjà revêtu l'aspect d'un rêve. Elle pouvait à peine croire qu'elle avait *fait l'amour avec Morgan Davies* dans cette chambre. Parfois, elle avait même l'impression de sentir son eau de Cologne sur son oreiller.

Elle voulait faire de nouveau l'amour avec lui. Peut-être trouverait-elle le courage de le lui dire ce soir.

Puisqu'elle ignorait ce qu'il avait prévu, elle opta pour une robe simple bleu nuit et un spencer assorti bordé d'un liseré en velours.

Harriet devait ces deux récents ajouts à sa garde-robe à la talentueuse Mme de Tourville. Ils avaient l'avantage de faire ressortir le gris de ses yeux.

Qu'ils soient également assortis à l'uniforme de Morgan était un pur hasard.

Lorsqu'elle regarda son reflet dans le miroir, ses yeux brillaient d'excitation. C'était l'effet que Morgan avait sur elle. Il la ranimait, la faisait rayonner.

Munie d'une paire de gants et d'un châle, elle redescendait l'escalier lorsqu'elle entendit un bruit sourd dans l'arrière-boutique. Craignant que son père n'ait fait tomber le livre dangereusement près du feu, elle se précipita et s'arrêta net sur le seuil.

De Caen se tenait près du fauteuil de son père et pointait un pistolet sur sa tête.

— Ah, la voici ! s'exclama-t-il. La petite garce qui m'a menti.

Son ton était jovial, contrastant avec son insulte et la lugubre menace de son arme.

— Harriet ? appela son père sur un ton hésitant. Que se passe-t-il ?

— Nous avons un visiteur inattendu, répondit-elle en s'efforçant de maîtriser sa peur. Il semblerait que le commandant De Caen veuille nous parler.

De Caen la félicita d'un hochement de tête sarcastique. Une lueur démente brillait dans ses yeux.

— Vous savez donc qui je suis. Est-ce votre ami le capitaine Davies qui vous a parlé de moi ?

Un frisson prémonitoire parcourut l'échine d'Harriet en entendant le ton fielleux avec lequel il avait craché le nom de Morgan. Elle s'efforça de le chasser de son esprit.

— En quoi puis-je vous aider, monsieur ?

— Vous le savez très bien. Votre père est le cartographe Crusoé, n'est-ce pas ?

Son père tourna brusquement la tête et le ventre d'Harriet se noua en le voyant aussi vulnérable. Avec les deux bandes de gaze qui lui couvraient les orbites et ses cheveux hirsutes qui pointaient dans toutes les directions, il ressemblait à un oisillon qui n'aurait pas encore ouvert les yeux.

— Comment le savez-vous ? demanda son père.

Le sourire de De Caen n'avait rien de rassurant.

— J'ai persuadé un jeune sous-officier de l'Amirauté de me faire des révélations.

Le sang d'Harriet se glaça. À la manière dont il avait accentué le mot « persuadé », elle ne doutait pas que le malheureux jeune homme était mort ou dans un piteux état. Elle se souvint que, selon Morgan, De Caen avait assassiné son adjoint. Cet homme ne reculerait devant rien pour obtenir ce qu'il voulait.

— Maintenant que je constate que votre père est aveugle, je me demande si ce n'est pas vous qui êtes la source de tous mes problèmes, mademoiselle, hmm... ?

Il était inutile de lui mentir. Elle se redressa de toute sa hauteur.

— En effet. C'est moi qui ai dessiné les cartes Crusoé. Si je vous ai causé le moindre désagrément, vous m'en voyez ravie.

Sa bravade lui valut une grimace malveillante.

— Oooh, je vois pourquoi le capitaine Davies s'est entiché de vous. Même en Martinique, nous avons entendu parler de votre langue acérée, mademoiselle. Il a crié votre nom quand je l'ai fait fouetter pour son insolence.

Son sourire suffisant retourna l'estomac d'Harriet. Seigneur, comme elle avait été sotte de douter de la sincérité des sentiments de Morgan. À présent, elle n'aurait peut-être plus jamais l'occasion de lui dire qu'elle l'aimait.

— Vous savez ce que je veux, susurra De Caen. Une carte Crusoé des Caraïbes. De la Martinique, plus précisément. La dernière fois, vous avez prétendu ne pas en avoir.

Il arma son pistolet du bout du pouce et les épaules de son père se raidirent en entendant le déclic.

— Peut-être avez-vous changé d'avis ? demanda De Caen.

— Maintenant que j'y pense, nous en avons effectivement une copie, dit-elle en inclinant la tête vers la boutique. Elle se trouve là-bas.

De Caen agita son pistolet pour lui faire signe de s'activer.

— Allez la chercher.

Elle avait espéré qu'il l'accompagnerait afin de mettre de la distance entre l'arme et son père. Il ne bougea pas.

Flûte.

De l'autre côté de la vitrine, il faisait presque nuit. Elle ne pouvait compter sur un allié potentiel ou des témoins dans la rue. Son propre pistolet, chargé et amorcé, se trouvait dans le tiroir sous le comptoir. Malheureusement, De Caen avait une vue directe sur cette partie de l'échoppe et elle n'osait s'en emparer alors qu'une arme était braquée sur son père.

N'ayant pas d'autre choix, elle traîna l'escabeau à travers la pièce et décrocha du mur la carte de la Martinique.

— Dépêchez-vous ! s'impatienta De Caen.

Comme il n'y avait pas de grande table dans l'arrière-boutique, elle posa le cadre sur le comptoir en veillant à se placer du côté réservé aux clients. Comme elle l'espérait, De Caen dut s'éloigner de son père pour s'approcher. Il apporta la lampe et la déposa sur le comptoir. Elle retourna le cadre pour lui montrer la seconde carte accrochée au revers.

De Caen poussa un petit soupir de satisfaction.

— C'est elle ? La carte dont j'ai besoin ?

— Oui.

Il désarma son pistolet et le posa sur le comptoir avec un regard d'avertissement vers elle, lui intimant clairement de ne pas tenter une folie. Il sortit un papier de sa poche, le déplia et l'étala à côté de la carte Crusoé. Harriet lança un regard à la cartouche. C'était une autre carte dessinée par un confrère français, Lionel Pascale. Il était connu pour son exactitude.

De Caen glissa un doigt vers un groupe d'îles entourées d'un cercle noir, puis chercha les mêmes sur la carte Crusoé. Harriet refoula une moue de dégoût en voyant la crasse sous ses ongles.

Il pointa un index accusateur vers elle.

— Je le savais. La carte Crusoé est différente ! Pourquoi ?

Son teint jaunâtre paraissait cireux dans la lueur de la lampe.

Elle s'éclaircit la voix :

— Je suppose que vous faites allusion à cet archipel qu'on voit ici ? demanda-t-elle en décrivant un cercle autour de la dernière île de la chaîne, la plus au sud.

— Oui. Pourquoi ma carte montre-t-elle deux petites îles et la vôtre cinq ?

— Parce que j'en ai ajouté quelques-unes et les ai toutes déplacées six miles plus à l'est.

Une des paupières de De Caen sursauta.

— Et pourquoi auriez-vous fait une telle chose, mademoiselle ?

La pugnacité d'Harriet vacilla en entendant son ton d'un calme létal.

— Parce que l'Amirauté nous a payés pour le faire. Nous avons créé de fausses cartes afin de vous égarer, vous et vos compatriotes.

Le teint de De Caen prit une teinte marbrée. Il avait du mal à contenir sa fureur.

— Petite traînée ! Savez-vous combien de temps j'ai perdu à chercher...

Il s'interrompit brusquement.

— L'or de Napoléon ? demanda Harriet sur un ton doucereux.

Il sursauta, lui donnant la brève satisfaction de le voir pris de court. Se ressaisissant aussitôt, il esquissa un sourire maléfique.

— Comment pouvez-vous le savoir ?

Elle affecta une bravoure qu'elle ne ressentait pas du tout.

— L'Amirauté est au courant de tout, ainsi que votre propre gouvernement. Je suppose que nos deux pays recherchent déjà activement le trésor.

— Ils ne le trouveront pas. Je suis le seul à savoir où il est.

Elle lança un regard appuyé à la carte puis releva les yeux sur lui.

— Plus maintenant.

39

Harriet se serait giflée. Pourquoi le provoquait-elle ? Elle aurait dû l'apaiser, feindre l'ignorance, endormir sa méfiance pour le pousser à partir le plus vite possible.

Toutefois, la partie froide et lucide de son cerveau ne se faisait pas d'illusions : De Caen n'avait aucune intention de les laisser vivre. Comme son adjoint, Garonne, ils en savaient trop.

De Caen se mit à ricaner et reprit son pistolet sur le comptoir. Il s'essuya le coin des yeux comme s'il était sincèrement hilare.

— Ah, *ma* beauté, tu as un tel feu en toi ! Dommage que je doive l'éteindre.

Un mouvement dans l'arrière-boutique attira l'attention d'Harriet. Elle se figea. Son père avait ôté le bandage de ses yeux. Par-dessus l'épaule de De Caen, elle le vit battre des paupières pour s'accoutumer à la lumière. Il tourna la tête vers le dos de De Caen et se leva silencieusement de son fauteuil tel un monstre marin s'extirpant des profondeurs.

Redoutant que De Caen suive son regard, Harriet le fixa dans les yeux.

— Ne me tuez pas ! l'implora-t-elle d'une voix suraiguë. Je vous en prie. Je ne dirai rien à personne, je le jure !

De Caen tira le chien en arrière avec son pouce pour armer son pistolet. Son regard se durcit tandis qu'il le pointait vers sa poitrine.

— Je ne peux pas courir ce risque.

Harriet fixa le trou noir du canon. Devait-elle tenter de le repousser ? Se jeter derrière le comptoir ?

— Attendez ! s'écria-t-elle en tendant les mains devant elle comme si elle pouvait miraculeusement arrêter la balle. Vous oubliez un détail.

— Quoi donc ? demanda De Caen.

— Mon père !

Elle regarda derrière lui. De Caen n'eut même pas le temps de se retourner qu'Henry Montgomery lui avait déjà lancé l'exemplaire de *Robinson Crusoé* relié en cuir en pleine tête.

L'épais volume heurta violemment l'oreille de De Caen qui poussa un juron sonore. Profitant de son hébétude, Harriet saisit le canon du pistolet des deux mains, le déviant juste au moment où De Caen appuyait sur la gâchette. La balle partit dans une détonation assourdissante et passa à quelques centimètres du visage d'Harriet avant de fracasser la vitre de la devanture derrière elle.

Le Français chancela tandis qu'Henry le frappait encore et encore.

— On ne touche pas à ma fille, sale chien !

À moitié assommé, De Caen s'affaissa contre le comptoir puis glissa au sol, entraînant la lampe à huile avec lui. Le globe en verre éclata. L'huile se répandit sur le tapis et s'embrasa aussitôt.

Henry bondit en arrière en poussant un cri d'effroi. Le bas de sa robe de chambre avait pris feu.

Contournant le comptoir, Harriet bondit par-dessus De Caen. Pendant une fraction de seconde, elle ne sut quoi faire. Elle tenta d'éteindre les flammes à mains nues, ne parvenant qu'à les faire grimper plus haut, vers la taille de son père.

— Harry ! cria celui-ci, paniqué.

Se précipitant dans l'arrière-boutique, elle saisit un vase sur la console et jeta son contenu sur le devant de la robe de chambre, les fleurs y compris. Cela n'éteignit qu'une partie du feu.

Son père se tortillait dans tous les sens. Elle arracha le plaid de l'accoudoir de son fauteuil et tenta d'étouffer les flammes en l'enroulant autour de la taille d'Henry, sans succès.

Un fracas épouvantable interrompit ses efforts. En relevant la tête, elle vit Morgan jaillir à l'intérieur de la boutique après avoir défoncé d'un coup d'épaule la porte en verre. Des éclats scintillaient sur sa veste et ses cheveux telles des gouttes de pluie.

— Morgan, à l'aide !

Il traversa la pièce en quelques enjambées, lui prit le plaid, l'enroula autour de son père qu'il plaqua au sol avant de le faire rouler sans ménagement d'un côté et de l'autre. Harriet écarquilla les yeux devant un traitement aussi brutal. Néanmoins, en quelques instants, le feu fut complètement étouffé. Harriet piétina les dernières flaques d'huile qui luisaient sur le tapis pendant que les deux hommes se redressaient en gémissant.

Morgan croisa les bras sur ses genoux fléchis et laissa retomber sa tête contre son torse, l'air épuisé.

— Nom de nom, articula-t-il. Que s'est-il passé ?

Harriet aida son père à se relever et l'examina. Dieu merci, l'épais tissu en coton de la robe de chambre ne s'était embrasé que là où il avait été éclaboussé d'huile. Le visage et les mains d'Henry n'avaient pas la moindre brûlure.

— Père, tu n'as rien ?

Il fit non de la tête. Ses cheveux étaient hérissés dans tous les sens.

— Juste un peu ébranlé.

Il la saisit soudain par les épaules, la tint à bout de bras et éclata d'un rire incrédule.

— Je te *vois*, Harry ! Je te vois vraiment ! Tu n'es plus une forme floue !

Il cligna des yeux en étudiant ses traits avec un tel émerveillement et une telle affection qu'elle sentit sa gorge se nouer. Du bout des doigts, il caressa doucement son menton.

Harriet le regarda dans les yeux. La pellicule claire et opaque qui avait obscurci ses pupilles ces dernières années avait disparu.

Soulagée et émue, elle se tourna vers Morgan.

— Dieu merci, vous êtes arrivé à temps.

Il se releva et indiqua la lampe brisée par terre.

— Que s'est-il passé ? répéta-t-il.

Un bruit derrière le comptoir les fit se retourner tous les trois. Harriet laissa échapper un gémissement consterné. Elle avait oublié De Caen.

— Morgan, c'est...

Elle n'eut pas le temps d'achever sa phrase. Le Français émergea de derrière le comptoir, tenant dans la main le pistolet d'Harriet. Elle écarquilla les yeux, consternée. Il avait dû le trouver dans le tiroir pendant qu'ils éteignaient le début d'incendie.

Oh non !

De Caen haussa les sourcils en reconnaissant Morgan.

— Davies ! Quand cesserez-vous de m'empoisonner la vie ?

Parfaitement immobile, Morgan lui adressa l'un de ses sourires les plus sarcastiques. Harriet savait à quel point il était horripilant pour en avoir souvent été la cible.

— Commandant De Caen ! Quel plaisir de vous revoir. J'espère que vous appréciez la célèbre hospitalité anglaise ?

De Caen arma le pistolet avec un rictus hargneux.

— Je maudis ce pays !

— Vous n'avez qu'une balle, lui signala aimablement Morgan. Et il vous faudra me tuer avant de pouvoir vous approcher d'elle.

Il fit un pas de côté en se plaçant devant Harriet.

De Caen esquissa un sourire railleur.

— Oh, ne vous inquiétez pas, capitaine Davies. Vous régler votre compte sera mon plaisir.

Morgan bondit soudain. Son coup de pied rencontra le genou de De Caen dans un craquement sinistre. Hurlant de douleur, le Français s'effondra en se tenant la jambe. Morgan lui arracha le pistolet de la main avec une facilité déconcertante.

— Oh, juste ciel, c'était votre mauvais genou. Quelle maladresse de ma part !

Le visage cramoisi de fureur, De Caen cracha un chapelet d'injures. Il tenta d'attraper la cheville de Morgan pour le faire vaciller, puis de lui mordre le mollet. Morgan l'esquiva agilement. Il le saisit par le col et le souleva à moitié du sol.

— Ça, c'était pour les coups de fouet. Et *ça*, c'est pour avoir menacé Harriet.

Il lui envoya son poing en plein visage. Les yeux du Français se révulsèrent. Avec une grimace de dégoût, Morgan lâcha De Caen qui retomba sur le tapis, inconscient.

— Il n'est pas mort, observa Morgan. Dommage, ce bâtard le mérite. Cependant, je ne tiens pas à passer devant une cour martiale et à être pendu pour meurtre.

Il lança un regard à Harriet.

— Avez-vous de la corde ? Nous allons le ligoter avant d'envoyer chercher Melville. L'Amirauté s'occupera de lui.

— Tenez.

Henry dénoua le cordon de sa robe de chambre et le tendit à Morgan, qui bascula sur le ventre le corps inerte de De Caen et attacha ses poings et ses chevilles. Ses gestes rapides et efficaces impressionnèrent Harriet.

— Vous avez sûrement appris tous ces nœuds complexes dans la marine, observa-t-elle d'une voix faible.

— Ils se révèlent toujours utiles, lui répondit-il avec un sourire.

Il se releva, lissa sa veste. Harriet s'approcha, époussetant ses épaules pour en faire tomber les éclats de verre qui s'y étaient accrochés. L'envie de se jeter dans ses bras était presque irrésistible. Se mordant la lèvre, elle se força à reculer d'un pas.

— Merci pour votre intervention, Davies, dit Henry.

Les mains sur les hanches, il évaluait les dégâts dans la boutique. La porte d'entrée se balançait sur ses gonds, le panneau central brisé.

— Je suis désolé pour la porte, s'excusa Morgan. Je paierai les réparations, naturellement.

Henry Montgomery se mit à rire.

— Vous plaisantez ! Si vous n'étiez pas arrivé, je n'ose imaginer ce qui se serait passé. Il nous aurait probablement tués tous les deux. Vous nous avez sauvé la vie.

Il fit un tour complet sur lui-même, contemplant les nombreuses gravures sur les murs.

— Et comme si un miracle ce soir ne suffisait pas, je vois à nouveau ! Quel cadeau ! Je n'aurais jamais cru que ce soit possible.

Sa voix chevrotait et Harriet sentit des larmes lui piquer les yeux.

Maintenant que le danger était passé, elle se sentait nauséeuse. Ses mains tremblaient sous le coup de l'émotion.

Morgan, lui, ne semblait pas ébranlé le moins du monde par ce qui venait de se passer. Il se dirigea vers la table de travail d'Harriet, saisit son tire-ligne en argent, celui-là même qu'il avait récupéré dans le torrent des années plus tôt et griffonna un bref message. Franchissant les vestiges de la porte d'entrée, il héla son cocher qui avait dû faire le tour du pâté de maisons pour que les chevaux ne se refroidissent pas.

— Ce billet doit parvenir à lord Melville immédiatement, lui dit-il. Livre-le et reviens me chercher.

Le cocher effleura le bord de son chapeau.

— Bien, monsieur.

Revenant dans la boutique, Morgan se tourna vers Harriet :

— Pourquoi n'installez-vous pas votre père confortablement ? Il mérite bien une petite tasse de thé. Pour ma part, je vais consolider votre porte afin que vous ne soyez pas dévalisés durant la nuit.

— Après de telles émotions, il nous faut quelque chose de plus corsé que du thé, objecta Henry, rayonnant. Va donc chercher le cognac, Harriet, que nous trinquions à notre victoire pleine de panache !

Harriet lança un regard à Morgan, se remémorant la dernière fois qu'ils avaient bu du cognac ensemble. Elle savait que ses joues rougissaient. La lueur malicieuse dans les yeux de Morgan lui indiqua qu'il s'en souvenait aussi.

— Oui, bien sûr, répondit-elle.

Elle baissa les yeux vers De Caen qui commençait à remuer et à gémir.

— Que faisons-nous de lui ? demanda-t-elle.

Morgan émit un petit rire.

— Oh non, pas de cognac pour lui. Il a été un vilain garçon.

40

Moins d'une heure plus tard, Melville arriva, accompagné de deux marins en uniforme. Ayant repris connaissance, De Caen hurlait son mécontentement sans discontinuer. Harriet l'observa avec satisfaction tandis qu'on le hissait sans ménagement dans la calèche de Melville.

— Avez-vous trouvé l'homme à qui il a soutiré ses informations ? demanda-t-elle, tout en redoutant la réponse.

— Oui, répondit Melville, l'air sombre. En chemin, nous nous sommes arrêtés à l'Amirauté et avons trouvé un des nôtres gisant dans une allée derrière les écuries. De Caen l'a roué de coups avec sa canne. Le jeune homme a quelques côtes brisées mais il survivra.

— Dieu merci. Lorsqu'il m'a dit qu'il avait « persuadé » quelqu'un de lui révéler qui était Crusoé, j'ai cru qu'il l'avait tué.

— Je n'aurais pas dû retenir mes coups, grommela Morgan. Ni épargner son genou valide.

— Vos coups lui paraîtront des caresses quand ses compatriotes le prendront en charge, répondit Melville. Je doute qu'il s'amuse beaucoup dans les prisons françaises.

— Il ne l'aura pas volé, déclara Morgan avec satisfaction. Il pourra s'estimer heureux s'il n'est pas fouetté ni jeté au trou.

Harriet se dirigea vers le comptoir où elle se saisit de la carte annotée par De Caen.

— Je pense que cette carte, associée à celle de Crusoé, vous permettra de mettre la main sur l'or de Napoléon.

Melville plia la feuille de papier avant de la glisser dans sa poche.

— Nul besoin de transmettre ce détail aux Français, n'est-ce pas ? dit-il avec une lueur espiègle dans le regard.

— Pas avant d'en avoir fait une copie, en convint Morgan en riant. Et d'avoir pris une longueur d'avance.

Harriet ne savait pas si elle devait condamner ou approuver tacitement ces manœuvres déloyales.

— Nous ne sommes plus en guerre avec les Français, messieurs, leur rappela-t-elle.

Ni l'un ni l'autre ne parut embarrassé.

— Bien sûr, répondit Melville d'une voix suave. C'est pourquoi le gouvernement de Sa Majesté serait navré si, par malheur, l'or disparaissait avant qu'ils le retrouvent.

— On n'imagine pas le nombre de pirates qui rôdent dans ces eaux, renchérit Morgan. Elles pullulent de toutes sortes d'individus peu recommandables.

— Exactement, confirma Melville.

Harriet leva les yeux au ciel.

— Il semblerait que la nation vous soit à nouveau redevable, Davies, déclara Melville. Ainsi qu'à vous, Harriet. Soyez assurés que le prince régent aura droit à un récit détaillé de la capture de De Caen.

— Merci.

Un cri de rage s'éleva de la voiture où était ligoté De Caen. Melville soupira.

— Il est temps de partir. J'espère vous voir tous les deux à la petite sauterie d'Anne, la semaine prochaine ?

Harriet acquiesça. Melville grimpa à bord de sa calèche qui s'éloigna sous le regard des deux jeunes gens silencieux.

Au bout d'un moment, Morgan se tourna vers elle.

— Étant aussi têtue qu'une Montgomery peut l'être, je suppose que tu ne considères pas que défoncer une porte, sauver un homme du feu et te protéger d'une balle constituent des preuves d'amour suffisantes ?

— Euh... à ce sujet, je...

— Non, l'arrêta-t-il d'un geste. Je te connais, toi et tes exigences élevées. Un héroïsme banal ne te suffit pas. Il te faut de l'extraordinaire.

— Sincèrement, je ne...

— Si.

Elle sentit son cœur fondre en regardant dans ses yeux. Son expression était tout à la fois amusée et tendre, malicieuse et érotique.

— Monsieur Montgomery ? appela-t-il en haussant la voix pour se faire entendre depuis l'arrière-boutique. Avant cet incident, j'avais prévu d'emmener votre fille en promenade. Je voudrais lui montrer quelque chose. Quelque chose qui, je l'espère, lui plaira.

Apparaissant sur le seuil, Henry Montgomery le dévisagea longuement. Le fait qu'il puisse tout simplement les voir était un miracle auquel Harriet ne s'était pas encore habituée.

— Je croyais que tu allais chez Maddie ? demanda-t-il à Harriet.

— C'est juste à côté, précisa Morgan.

— Vous serez seuls, sans chaperon ?

Harriet rougit. Morgan, lui, paraissait parfaitement à son aise.

— Si cela vous paraît acceptable, monsieur.

Le sous-entendu était clair. Morgan ne demandait pas seulement la permission de monter en voiture seul avec elle ; il demandait à son père l'autorisation de lui faire la cour, de les reconnaître comme un couple potentiel.

Henry Montgomery réfléchit encore un moment, puis sourit et ouvrit grand les bras vers Harriet.

— Si cela convient à Harriet, vous avez ma bénédiction.

Harriet traversa la pièce et l'étreignit.

— Je crois que cela me convient très bien, murmura-t-elle contre son épaule.

Son père déposa un baiser sur le sommet de son crâne.

— Oh, Harry, je sais tous les sacrifices que tu as faits pour moi. Un père ne pourrait rêver avoir une meilleure fille. Merci.

Il la serra plus fort et glissa dans son oreille :

— Va. Profite de la vie, même si ce doit être avec une de ces canailles de Davies.

Il s'écarta et la chassa d'un geste, mais sans parvenir à lui dissimuler les larmes de joie qui baignaient ses yeux.

— Allez, filez. Davies ?

— Oui, monsieur ?

— Prenez bien soin de ma fille.

Morgan acquiesça avant d'offrir son bras à Harriet.

— Venez, mademoiselle Montgomery, l'aventure nous attend.

Une fois que la calèche se fut mise en route, cahotant sur les pavés de Bury Street, Harriet, intriguée, étudia Morgan. Elle avait pensé qu'il s'installerait près d'elle. Mais il avait gardé ses distances, assis sur la banquette d'en face.

— Quelle soirée ! soupira-t-elle.

Morgan fit une grimace comique.

— Elle ne s'est pas passée exactement comme prévu, mais peu importe. Un peu d'action est toujours bienvenue. Cela fait d'autant plus apprécier les moments calmes.

— Je ne pensais pas que vous autres les aventuriers aimaient le calme.

Bien qu'elle ait voulu le taquiner, il répondit avec le plus grand sérieux.

— Bien sûr que si. Tu n'imagines pas combien de fois j'ai aspiré à des moments de tranquillité, surtout après des semaines en mer avec une trentaine d'hommes criant, chantant, riant et se querellant à bord.

Cela fit sourire Harriet.

— La solitude a aussi du bon, dit-il doucement.

— Tu ne te sens jamais seul ?

— Être seul et se sentir seul sont deux choses bien différentes. On peut se sentir seul dans une pièce remplie de monde. Tu ne te sens jamais seule, Harriet ? Moi, si.

Cet aveu inattendu la prit de court. Elle n'aurait jamais imaginé Morgan lui dévoilant une part de son intimité, au risque de se montrer vulnérable.

— Toi ? Tu es le chouchou de la haute société. Tu es invité partout et es toujours entouré de monde.

De femmes, ajouta-t-elle en elle-même.

Il esquissa un sourire cynique.

— C'est vrai, j'ai des amis. Un tas de gens avec qui je peux aller à l'opéra ou avec qui boire dans mon club ; avec qui je peux discuter pendant une heure ou deux.

Un tas de femmes qui viennent réchauffer mon lit sur un claquement de doigts.

— Là n'est pas le problème, ajouta-t-il.

— Alors où est-il ?

— Le plus difficile, c'est de trouver quelqu'un avec qui ne *rien* faire, répondit-il en la regardant dans les yeux. Quelqu'un avec qui rester au coin du feu avec un livre ; avec qui dîner ; avec qui parler ou ne pas parler selon notre humeur.

Le cœur d'Harriet battait à tout rompre.

Je veux être cette personne. Je veux ne rien faire et tout faire avec toi.

Gardant cette réflexion pour elle, elle sortit de la poche de sa cape le fragment de carte qu'il lui avait donné dans le jardin de lady Bressingham.

— Alors, tu peux l'avouer à présent. Où m'emmènes-tu ?

Il la regarda avec l'air espiègle de quelqu'un qui connaît la chute d'une bonne plaisanterie et a hâte de la dire. Sauf que, fidèle à son insupportable rustrerie, il ne répondit pas à sa question.

— T'est-il déjà venu à l'esprit que les cartographes comme toi ont besoin de marins comme moi ?

Son ton crâneur lui fit hausser les sourcils.

— Vraiment ? Dans quel sens ?

— Nous sommes ceux qui remplissent tous vos espaces vides.

Elle se demanda si son double sens était intentionnel. Connaissant Morgan, c'était probablement le cas.

Pourtant, il avait raison. Il la remplissait. Non seulement physiquement mais également émotionnellement.

Il se pencha en avant et posa ses coudes sur ses genoux.

— Les grandes expéditions maritimes ont repoussé les limites du monde. Les marins comme moi ont montré ce qu'il y avait réellement dans les lieux où auparavant on inscrivait simplement *Hic sunt dracones*.

Harriet était résolue à lui répondre du tac au tac.

— On peut donc dire que les « marins comme toi » sont coupables d'avoir détruit le mystère. Les confins inexplorés faisaient rêver les gens. Vous avez tué la poésie, mon bon monsieur. Vous avez banni les dragons pour les remplacer par des rivières et des montagnes sans intérêt.

Il sourit, ravi qu'elle trouve une riposte à chacun de ses arguments.

— Tu devrais éviter de te prononcer sur la mort de la poésie, du moins jusqu'à ce que nous arrivions à destination.

Il lança un regard par la fenêtre.

— Ah ! Justement, Grosvenor Square. J'ai demandé au cocher de passer par-derrière.

Penchée sur la vitre, Harriet vit défiler la maison de Maddie puis la porte noire sans heurtoir du duc d'Evesham. Les fenêtres de sa cousine étaient éclairées. Au contraire, la demeure du duc était comme toujours une coquille sombre. La calèche s'engagea dans la ruelle étroite qui menait aux écuries, derrière les demeures.

Dès qu'ils furent à l'arrêt, Morgan bondit à terre et tendit la main à Harriet pour l'aider à descendre.

Elle regarda autour d'elle en se demandant ce qu'elle était censée voir. D'un côté de la ruelle, quelques lanternes éclairaient les écuries ; de l'autre se dressaient les imposants murs en brique qui ceignaient les jardins de chaque maison.

La tenant toujours par la main, Morgan l'entraîna jusque devant une petite porte étroite dans l'un des murs. À sa position, Harriet en déduisit qu'elle donnait directement sur le jardin du duc d'Evesham.

La porte paraissait neuve. Les briques autour d'elle avaient été déplacées et le mortier était d'une couleur différente du reste du mur.

Morgan exerça une pression sur sa main et elle se tourna vers lui.

— Tu m'as dit que mon amour pour toi était aussi réel que Paradise Court, dit-il.

Il appuya sur la poignée en fer forgée, ouvrit la porte et voulut l'entraîner à l'intérieur.

Harriet eut un moment de recul.

— Nous ne pouvons pas entrer dans ce jardin, protesta-t-elle. C'est une propriété priv...

Elle s'interrompit avec un hoquet de surprise quand elle vit ce qu'il y avait de l'autre côté.

41

Elle avança de quelques pas puis s'arrêta. Elle s'était attendue à un jardin sombre et abandonné. Ce qu'elle voyait était le Paradise Court dont elle avait toujours rêvé.

Elle fit un tour sur elle-même, le souffle court. L'endroit était magique, comme sorti d'un conte de fées. Un cerisier avait été planté au centre de la cour. Ses fleurs pâles brillaient à la lueur de dizaines de petites lanternes suspendues à ses branches. Un sentier en gravier menait à l'arbre, s'élargissait autour du tronc et continuait de l'autre côté. Il était bordé de massifs de fleurs disposés de part et d'autre. Quatre sentiers plus étroits partaient chacun vers un point cardinal.

Exactement comme sur son plan.

Quel geste grandiose, fou et merveilleux !

Un banc en fer forgé était placé au bout du sentier principal, illuminé par quatre lanternes suspendues à des supports métalliques plantés dans le sol.

— Je suis soulagé que les chandelles brûlent encore, déclara doucement Morgan. Nous sommes restés chez toi plus longtemps que prévu.

Elle sentait son regard sur elle. Il la tenait toujours par la main.

— Je vois que tu n'as pas chômé, dit-elle, parvenant difficilement à reprendre ses esprits. Comment es-tu parvenu à convaincre le duc de te laisser transformer son jardin ?

— Je n'ai pas eu à le convaincre. Ce n'est plus son jardin.

— Que veux-tu dire ?

— Je l'ai acheté. Pas seulement le jardin, la maison aussi.

Elle resta bouche bée.

— Quoi ? Comment ? Ne m'avais-tu pas dit qu'il ne vendrait jamais ?

— Oliver a intercédé en ma faveur. Il a rappelé au duc que je lui avais sauvé la vie. Evesham m'a fait un très bon prix.

Harriet n'en revenait toujours pas.

— Tu vivras à côté de Gryff et de Maddie.

Morgan pressa sa main.

— *Nous* vivrons à côté d'eux... si tu acceptes de m'épouser.

Il se tourna face à elle et, de sa main libre, repoussa une mèche de cheveux derrière son oreille.

— Je t'aime. Je t'ai toujours aimée, même quand je te détestais.

Il rit doucement de cette merveilleuse contradiction.

— Tu es gravée en moi comme une carte sur un parchemin vierge, reprit-il. Imprimée sur mon cœur. Tu es un feu dans mon esprit que je ne veux jamais voir éteint.

Les murs autour d'eux donnaient au jardin une atmosphère magique, telle une tonnelle enchantée. Harriet cligna des yeux plusieurs fois pour s'assurer qu'elle ne rêvait pas. Elle ouvrit la bouche mais aucun son n'en sortit. Un peu honteuse, elle sentit des larmes lui piquer les yeux. Incapable de les refouler, elle laissa une larme traîtresse couler sur sa joue.

Naturellement, Morgan la vit. Ses lèvres dessinèrent ce sourire qu'elle aimait tant, et son cœur faillit s'arrêter lorsqu'il posa tendrement sa paume sur sa joue et caressa sa pommette du pouce pour essuyer l'humidité.

— Ne pleure pas, murmura-t-il. Je l'ai fait pour te rendre heureuse, pas triste.

Une autre larme glissa le long de son nez et jusqu'à la commissure de ses lèvres. Morgan se pencha et pressa ses lèvres sur la minuscule goutte qu'il lécha du bout de la langue.

— Tu as un goût de sel, comme tout ce qui est important dans la vie. Les larmes. La sueur. La mer.

Harriet retrouva enfin sa voix.

— Suis-je vraiment importante pour toi ?

— Tu m'es indispensable, répondit-il solennellement. Mon amour pour toi est aussi profond que l'océan.

— Mais me quitteras-tu pour reprendre la mer ? insista-t-elle.

Ses traits retrouvèrent leur expression malicieuse.

— À ce sujet, je dois t'informer que je ne suis plus le capitaine Morgan Davies de la Marine royale de Sa Majesté. J'ai démissionné.

— Mais tu adores naviguer !

— Je t'adore plus encore. Si je dois choisir entre les deux, c'est toi que je choisis. De toute manière, je ne comptais pas m'éterniser dans la marine. Maintenant que la guerre est terminée, elle n'a plus besoin d'autant de capitaines.

— Et si Napoléon s'échappe à nouveau ? Il a bien réussi à s'évader de l'île d'Elbe.

— Cette fois, on l'envoie à Sainte-Hélène. Il ne pourra jamais s'en évader. C'est une île au milieu de nulle part, dans l'Atlantique.

Harriet lui adressa un sourire moqueur.

— Je sais où c'est.

— Bien sûr, Madame Mappemonde.
— Que feras-tu si tu n'es plus dans la marine ?
— Je compte quand même naviguer. Le charbon de nos mines doit être transporté d'un endroit à l'autre du royaume. J'achèterai mon propre navire et m'en chargerai.
— Partiras-tu pour de longues périodes ?
— Non. J'ai annoncé à Gryff que tu allais m'épouser et que cela ne te plairait pas.
Harriet écarquilla les yeux.
— Tu lui as dit ça ? N'était-ce pas un peu présomptueux de ta part ?
— Peut-être, mais j'avais bon espoir, même après que tu m'avais éconduit. Rhys a dit que j'avais dû bâcler ma demande et, pour une fois, il avait raison. Cette fois, je vais la faire convenablement.
Avant qu'elle ait pu protester, il mit un genou en terre et sortit une petite boîte en cuir de sa poche.
Le cœur d'Harriet battait si fort qu'il résonnait dans ses oreilles. Lorsqu'il ouvrit l'écrin pour révéler un énorme saphir entouré de diamants, elle ne put retenir un petit cri de ravissement.
— Harriet Jane Montgomery, veux-tu m'épouser ? Je promets de te faire vivre des aventures et de te tourmenter jusqu'à la fin de tes jours.
Submergée par la joie, elle prit sa main et le hissa debout.
— Oui ! *Oui !*
Elle se jeta dans ses bras et il l'enlaça avec un cri de triomphe.
Oh, il allait être insupportable à présent.
Au moins, il serait tout à elle.
Leurs lèvres se rencontrèrent et ce qui commença comme un baiser fougueux s'adoucit rapidement pour devenir un baiser d'adoration. Morgan prenait tout son temps, comme s'il goûtait un sorbet pour

la première fois et le savourait. Harriet lui rendait la pareille, lui soutirant des grognements de satisfaction en caressant ses cheveux et sa nuque.

Le temps s'écoulait-il encore autour d'eux ? Des minutes ou peut-être des heures plus tard, il arracha ses lèvres des siennes et se tourna vers la maison.

— J'ai oublié de te demander : accepteras-tu de vivre dans cette demeure d'une taille absurde ? Ton père pourra avoir tout un étage pour lui si tu souhaites qu'il vive avec nous.

Harriet reprit son souffle.

— Je le lui demanderai. Maintenant qu'il a retrouvé la vue, il préférera peut-être rester à la boutique. Du moins, au début.

— Tu veux faire le tour du propriétaire ? lui demanda Morgan.

— J'en rêve !

Il entrelaça ses doigts entre les siens. Ils contournèrent le cerisier et franchirent une seconde porte dans le mur qu'elle n'avait pas remarquée. Elle donnait sur un autre jardin, traditionnel celui-ci, la cour n'occupant qu'un tiers du terrain. Comme celui de Maddie, il s'agissait principalement d'une étendue de pelouse bordée d'arbres. Pour autant qu'elle puisse s'en rendre compte sous le clair de lune voilé, il semblait relativement bien entretenu.

Ils le traversèrent et gravirent les marches basses d'une terrasse bordée d'une balustrade en pierre. Morgan sortit une clef de sa poche et la glissa dans la serrure d'une porte qui glissa sur ses gonds sans le moindre grincement. Harriet poussa un soupir de soulagement en constatant que la demeure dans laquelle ils entraient n'était pas envahie de poussière ni de toiles d'araignées.

Morgan dut lire dans ses pensées.

— Le duc tenait à ce que la maison soit habitable du jour au lendemain, même s'il n'y venait jamais. Des domestiques faisaient le ménage régulièrement.

Ils pénétrèrent dans un hall haut sous plafond. Harriet fut surprise de voir partout des meubles recouverts de bâches blanches.

— La maison est entièrement meublée, expliqua Morgan. J'ai acheté le tout. Le duc ne voulait récupérer que quelques tableaux, des portraits d'ancêtres que je lui ai volontiers fait parvenir. Je ne tiens pas à voir des gens ressemblant à Oliver de Montford m'observant pendant que je prends mon petit-déjeuner.

— Quel dommage. Il est plutôt agréable à regarder.

Morgan exerça une pression sur sa main.

— Mais pas autant que toi, précisa-t-elle en se retenant de rire.

— Excellente réponse, grommela Morgan.

— Tu peux vendre tout ce dont tu ne veux pas, dit-il. Fais ce qui te plaît ; recouvre les murs de cartes du sol au plafond si tu le souhaites. Peu m'importe tant que tu vis ici avec moi. Harriet était encore légèrement étourdie par l'énormité de son geste.

— Comment as-tu pu effectuer tous les travaux dans la cour sans que Maddie le remarque ?

— Oh, elle l'a remarqué, répondit-il avec un petit rire. J'ai dû lui faire jurer de garder le secret, ainsi qu'à Gryff. Ils m'ont même aidé à superviser les plantations quand je ne pouvais pas être présent.

— Vous êtes tellement sournois, vous, les Davies !

— Tu en seras bientôt une.

— Je crois enfin comprendre votre plan maléfique. Si tous les Davies épousent des Montgomery, il ne restera bientôt plus aucune d'entre nous. Vous pourrez revendiquer la victoire après nous avoir tous éliminés.

Morgan feignit l'effarement.

— Zut, tu nous as démasqués ! Malheureusement, Tristan s'est vengé en transformant notre Carys en une Montgomery. Cependant, si tu te maries avec moi, nous aurons une épouse d'avance.

— Et si j'ai des enfants, j'aurais sur la conscience d'avoir créé d'autres petits démons Davies.

— Tu veux des enfants ?

Harriet réfléchit quelques instants.

— Oui, si possible. Mais, si ça ne t'ennuie pas, j'aimerais te garder pour moi toute seule un moment. Je veux que nous vivions des aventures ensemble, rien que nous deux.

— Cela me va parfaitement.

Harriet baissa la tête et lui adressa un regard aguicheur par-dessous ses longs cils.

— En parlant d'aventures... je suppose qu'il y a des lits dans cette maison ridiculement grande ?

Une lueur de convoitise s'alluma aussitôt dans les yeux de Morgan.

— Comment, mademoiselle Montgomery, vous ne suggérez tout de même pas que nous... ?

Elle lui prit la chandelle des mains et se dirigea vers l'imposant escalier. Il s'empressa de la suivre.

— Si, c'est exactement ce que je suggère, répondit-elle.

42

La première chambre à coucher qu'Harriet trouva possédait un grand lit à baldaquin. En constatant qu'il l'avait déjà préparé avec des draps propres, des oreillers et un luxueux couvre-lit, elle lança un regard accusateur à Morgan.

— Morgan Davies, vous êtes extrêmement présomptueux.

— Je suis optimiste, corrigea-t-il. En tant que capitaine, j'ai appris à parer à toute éventualité.

Lui reprenant la chandelle des mains, il fit le tour de la pièce, alluma un assortiment de lampes et attisa le feu qui avait été préparé dans l'âtre. Lorsqu'il eut fini, il revint se placer devant elle. Son regard était si chargé de désir que le pouls d'Harriet s'accéléra.

Il baissa les yeux vers ses lèvres et celles-ci picotèrent.

— Quand j'étais seul dans ma cellule, je fermais les yeux et t'imaginais avec moi.

En dépit de son ton sérieux, elle ne résista pas à l'envie de le taquiner.

— Quoi, tu voulais que je souffre aussi ? Que je partage ton châtiment ?

— Si tu avais été avec moi, nous n'aurions pas souffert. Je n'aurais rien fait d'autre que t'embrasser et te faire l'amour. Le temps aurait cessé d'exister. J'aurais pu y rester toujours. Je n'ai besoin que de toi.

Elle sentit son cœur s'épanouir telle une fleur.

— Peut-être peux-tu me le démontrer ?

— Avec plaisir.

Ses doigts qui glissèrent autour de sa nuque étaient chauds et légèrement rugueux. Lorsqu'il l'embrassa, le temps s'effaça, comme il l'avait prédit.

— Attends ! dit-elle soudain en s'écartant. Je veux te voir nu.

Après un instant de surprise, il afficha un air amusé.

— Je savais que tu serais frustrée de ne pas avoir tout vu de moi, déclara-t-il avec une moue entendue. Une carte inachevée te rend folle.

Il la connaissait bien.

— Ce n'est que justice, répliqua-t-elle. Toi, tu m'as vue nue.

— Très bien, dit-il en lui indiquant une grande bergère près de la cheminée. Assieds-toi.

Perplexe et enchantée par sa nature joueuse, elle s'enfonça dans le fauteuil et l'observa avec une curiosité éhontée tandis qu'il se débarrassait de sa veste et de sa cravate. Il ôta ses bottes et sortit les pans de sa chemise de son pantalon. Là, il marqua une pause et l'interrogea du regard.

Telle une reine sur son trône, elle agita la main.

— Allez, continue.

— Bien, madame.

Elle sentit sa gorge sécher lorsqu'il se fut débarrassé de sa chemise, révélant son torse hâlé et son ventre musclé saupoudré de poils bruns.

Doux Jésus, il est splendide. Ses doigts la démangeaient de toucher l'extraordinaire topographie de ces creux et de ces courbes. Il était tout un continent : plaines et chaînes de montagnes, rivières bleutées des veines et crevasses sombres qui ne demandaient qu'à être explorées.

Quand elle voulut le lui dire, elle ne parvint qu'à émettre un gargouillis étranglé

Morgan se mit à rire.

— Je suppose que ce n'est pas un son de dégoût et que je dois continuer ?

Il posa les mains sur les boutons de sa braguette, marqua une pause et lui lança un regard provocateur.

— *Dois-je* continuer ?

Harriet s'agrippa aux accoudoirs de la bergère et parvint à hocher la tête.

Il déboutonna sa braguette et abaissa son pantalon. Lorsqu'il se redressa, il était entièrement nu et en érection.

Harriet se mordit l'intérieur de la joue. *Seigneur !* Elle avait pensé que les attributs des hommes dans les gravures qu'il lui avait données étaient des exagérations comiques. Le membre de Morgan n'avait rien à leur envier. Cette partie de son anatomie, si fièrement virile, se dressait hors d'une toison de boucles brunes entre des cuisses aux muscles saillants.

Elle avait vu un jour une statue de Neptune au milieu d'une immense fontaine. Il dominait une cavalcade de chevaux marins en brandissant son trident. La partie inférieure de son corps était malheureusement cachée par des vagues écumeuses, mais Harriet supposait qu'il devait être aussi impressionnant que Morgan.

— Dois-je aller chercher des sels ? la taquina Morgan. Vous paraissez légèrement troublée, mademoiselle Montgomery.

Harriet s'extirpa enfin de sa stupeur.

— Montre-moi comment faire, demanda-t-elle d'une voix rauque. Comment te toucher et te donner du plaisir.

— Te souviens-tu des dessins dans le livre que je t'ai donné ?

Elle acquiesça et il s'approcha.

— Fais ce qu'elles faisaient. Touche-moi où tu voudras.

Ses genoux touchèrent les siens. Bien qu'il la dominât par sa taille, elle se sentit soudain puissante du fait qu'il était nu alors qu'elle était entièrement habillée. Ce renversement des rôles était excitant.

Elle se souvint de l'image d'une main de femme tenant le sexe d'un homme et referma doucement les doigts autour de son membre. Il était plus chaud qu'elle ne l'aurait cru, sa peau incroyablement douce recouvrant une hampe dure comme la pierre.

Au-dessus d'elle, Morgan gémit :

— Plus fort, Harriet. Serre-le plus fort.

Il enroula sa grande main autour de la sienne et esquissa un mouvement de va-et-vient, lui donnant le rythme.

— Hmm... c'est si bon !

Il prit appui d'une main sur le dossier du fauteuil tout en continuant à accompagner les mouvements de sa main. Une fois qu'elle eut la bonne cadence, il la libéra. Elle se sentit pousser des ailes en entendant sa respiration saccadée.

S'enhardissant, elle ralentit, se pencha en avant et lécha la pointe de son sexe.

Il lâcha un grognement torturé et elle releva la tête vers lui en souriant.

— Tu as un goût de sel. Comme toutes les bonnes choses dans la vie.

Il pouffa de rire et se retira de sa main.

— Ça suffit, ou nous aurons terminé avant d'avoir commencé. À toi.

Il recula d'un pas et lui fit signe de se lever. Puis il se laissa tomber dans l'autre bergère, semblable à un magnifique ange déchu.

— Déshabille-toi, Montgomery. Montre-moi ce que j'ai manqué.

Encouragée par la lueur dans ses yeux, Harriet ôta sa robe et délaça rapidement son corset. Il l'observa en silence tandis qu'elle laissait tomber ses jupons au sol, puis passait sa chemise par-dessus sa tête.

Elle se tint devant lui en ne portant que ses bas et ses souliers, attendant son verdict. La chaleur du feu chauffait son côté gauche. Ses mamelons étaient durcis et son ventre noué par l'anxiété et le désir.

Il promena son regard sur elle comme une caresse qu'elle pouvait vraiment sentir sur sa peau. Puis il se concentra sur son entrejambe et, lorsqu'il se mordit la lèvre, elle sentit ses jambes trembler.

— Penses-tu que nous devrions recommencer le baiser numéro trois ? demanda-t-il d'une voix suave. Es-tu humide là, en bas, Harriet ? Dis-moi la vérité.

Harriet serra les genoux en s'efforçant d'apaiser la tension qui s'accumulait entre ses cuisses.

— Peut-être.

Morgan prenait de grandes inspirations irrégulières.

— Je veux te toucher. Approche-toi.

Nerveuse mais prête à essayer tout ce qu'il voudrait, elle s'avança jusqu'à ce que leurs genoux se touchent.

— Écarte les jambes.

Il posa une main de chaque côté de ses hanches et l'attira à lui jusqu'à ce qu'elle s'assoie à califourchon sur ses genoux. Ses seins se retrouvèrent littéralement sous son nez. Ses cuisses étaient grandes ouvertes ; elle ne s'était jamais sentie aussi offerte, aussi exposée. Craignant de perdre l'équilibre, elle s'agrippa à ses épaules, s'accrochant à ses muscles comme s'il était un radeau au milieu d'une tempête.

Il se pencha en avant et pressa ses lèvres sur sa gorge. Sans lâcher ses hanches, il déposa une ligne de baisers sur ses paupières, ses joues, son menton puis baissa encore la tête et prit son mamelon dans sa bouche, la faisant frémir de plaisir.

Ses mains remontèrent en suivant la courbe de sa taille, la crête de ses côtes et malaxèrent ses seins. Harriet cambra les reins, l'invitant à continuer tandis qu'il la titillait avec sa langue, décrivant de petits cercles, tirant sur son téton jusqu'à ce qu'elle se trémousse de frustration.

Lorsqu'il posa une main sous ses fesses, la soutenant, elle se rendit compte que son sexe en érection la frôlait presque. Le besoin de le sentir plus près encore était presque douloureux.

Il glissa son autre main entre ses cuisses et la fit gémir en jouant avec les plis de sa chair. Il reprit sa bouche, l'embrassant profondément tandis que ses doigts s'enfonçaient lentement en elle.

Tous ses sens embrasés, elle ondula des hanches pour l'inciter à continuer cette torture exquise. Il était comme une fièvre, une infection dont elle ne voulait jamais guérir.

Les mouvements voraces de sa langue suivaient ceux de ses doigts. Elle se trémoussa, cherchant inconsciemment à apaiser le feu qui montait en elle. Juste quand elle crut ne plus pouvoir en supporter davantage, il ressortit ses doigts et positionna son membre contre sa fente humide.

Ils s'immobilisèrent. Tremblante d'impatience, Harriet rouvrit les yeux et croisa son regard.

— Empale-toi sur moi, murmura-t-il. Engloutis-moi.

43

Harriet soutint son regard et s'abaissa lentement, très lentement. Son gland glissa en elle et cette sensation miraculeuse la fit soupirer d'aise.

Elle avait l'étrange sensation de tomber, d'être aspirée par le bas, à des brasses de profondeur. Elle enroula les bras autour de son cou et vit un muscle sursauter sur sa mâchoire tandis qu'elle s'enfonçait encore de quelques centimètres.

Bien qu'il eût déjà été en elle, cette position était très différente. Elle pouvait contrôler la profondeur de sa pénétration. Dans son ventre, ses muscles se contractaient et se relâchaient, attirant Morgan encore plus loin et lui arrachant un grognement.

— Oh, je t'en supplie, ne t'arrête pas. C'est si bon !

Incapable de résister, il souleva ses hanches et la pénétra jusqu'à la garde. Harriet renversa la tête en arrière en se sentant complètement remplie. Cette fois, il n'y eut pas la moindre douleur, juste un plaisir infini. C'était comme plonger dans l'océan et sentir l'eau envelopper totalement sa peau. Il était en elle, joint à elle, formant un même corps, un même cœur.

Une même âme.

Une union comme elle n'en avait encore jamais connue.

Puis il se mit à onduler. Harriet laissa retomber son front contre le sien tandis qu'il la guidait le long de sa hampe en la laissant imposer son rythme. Elle se soulevait et s'abaissait voluptueusement, sentant le plaisir se répandre dans tous ses membres. Il frottait un point en elle qui lui déclenchait des frissons exquis ; elle se concentra sur cette sensation tandis que la tension entre ses cuisses montait encore et encore.

Elle ferma les yeux, se hissant de toutes ses forces vers le plus haut sommet, puis le plaisir la propulsa hors des confins du monde, dans un abysse d'extase.

Morgan se cambra encore une fois, deux fois, puis se retira précipitamment. Il la serra contre lui en haletant son nom tandis que leurs corps étaient saisis de convulsions de plaisir.

Totalement vidée, les membres relâchés, Harriet laissa retomber la tête sur son épaule et déposa un baiser sur sa peau moite de sueur.

Il fallut plusieurs minutes à son cœur pour retrouver un rythme relativement normal. Quand ce fut le cas, elle releva lentement la tête et sourit à Morgan.

— Pour ce qui est d'essayer le lit, c'est raté.

Morgan poussa un long soupir de contentement.

— Ce sera pour la prochaine fois. Harriet Montgomery, vous avez décidément l'art de détourner un homme de son cap.

— Comme mes cartes, répliqua-t-elle en riant.

Il l'aida à se relever puis essuya délicatement les traces de leurs ébats sur sa peau tandis qu'elle se tenait devant lui, les jambes tremblantes.

— Nous avons intérêt à nous marier vite, dit-elle. Je veux continuer à faire ça avec toi sans avoir à me cacher.

Il l'entraîna vers le lit, repoussa les draps et lui fit signe de se coucher. Puis il s'étendit près d'elle et la prit dans ses bras comme si c'était le geste le plus naturel du monde. Harriet ne s'était jamais sentie aussi heureuse.

— Si je demandais à l'archevêque une autorisation spéciale ? suggéra-t-il en déposant un baiser sur le sommet de son crâne. Il l'a déjà accordée à Gryff et à Tristan. Je lui dirais que nous avons des circonstances atténuantes.

— Lesquelles ?

— Que je ne peux pas attendre les trois semaines que dure la publication des bans pour toucher ma fiancée.

— Il appréciera !

— J'en doute fort. Mais je lui rappellerai que j'ai récemment soutenu la promotion de son cousin, Tom Manners-Sutton, en écrivant pour lui une lettre de recommandation dithyrambique. Cela devrait l'amadouer.

Harriet fit mine d'être choquée.

— Tu sembles savoir comment soudoyer pratiquement tous les membres de la bonne société. D'abord le duc d'Evesham et maintenant l'archevêque de Canterbury.

— Je préfère le considérer comme un « échange de bons procédés ». Je sais comment fonctionne cette société. Ce n'est qu'un immense réseau de liens entremêlés où tout ce qui compte, c'est qui connaît qui et qui sait quoi sur qui. Je dispose de suffisamment de munitions contre tous ceux qui comptent pour m'assurer que nous ne serons jamais importunés par les commérages.

— Un Davies épousant à nouveau une Montgomery, cela fera forcément jaser, dit-elle, les paupières lourdes. Nous sommes censés être des ennemis jurés. Les gens se demanderont ce qui est advenu de notre célèbre querelle.

— Nous l'entretiendrons, répondit-il en riant. À notre manière. Tu ne veux tout de même pas que je cesse de te taquiner en public ? Les vieilles habitudes ont la vie dure.

— D'accord. Nous pouvons être des ennemis qui couchent ensemble. Nous nous chamaillerons un peu et nous aimerons beaucoup.

— Cela me semble la recette idéale pour un mariage heureux. Une relation trop parfaite serait ennuyeuse. J'ai besoin que tu tires un coup de semonce devant ma proue de temps à autre pour me maintenir alerte.

— Je n'y manquerai pas.

— Ton père t'attend-il ce soir ?

— Non. Je crois qu'il a accepté l'inéluctable : il aura bientôt une canaille de Davies pour gendre.

— Dans ce cas…

Il entrelaça leurs doigts et l'embrassa. Harriet répondit à son baiser et, à sa surprise, le sentit durcir à nouveau contre son ventre. Elle prit une mine scandalisée.

— Quoi, encore, Davies ?

Dans un geste fluide, il la plaqua sur le dos et roula sur elle.

— Absolument, dit-il en se soutenant sur les coudes. J'ai des années de fantasmes à rattraper.

Pouffant de rire, elle enroula ses bras et ses jambes autour de lui.

— Moi aussi.

Il la pénétra tandis qu'ils gémissaient à l'unisson. Harriet glissa les mains sur ses épaules, adorant son poids sur elle, la sensation de son membre en elle. Elle dessinait une toute nouvelle carte sensorielle dans son esprit.

— Que disais-tu au sujet des baisers numéro quatre, cinq et six… ?

Épilogue

Harriet Montgomery épousa Morgan Davies dans la salle à manger de leur nouvelle demeure de Grosvenor Square, devant un petit groupe d'invités.

Ses cousins Maddie et Tristan étaient présents, accompagnés de leurs conjoints Gryff et Carys. Y assistèrent également Rhys, le frère de Morgan, le père d'Harriet, ses tantes Constance et Prudence.

Contrairement à la prédiction de Prudence, une nouvelle union Davies-Montgomery n'entraîna pas de catastrophe naturelle. Aucun orage prodigieux n'éclata, les oiseaux ne tombèrent pas des arbres et la Tamise ne se mit pas à couler à l'envers.

Somme toute, ce fut une charmante cérémonie. Les jeunes mariés paraissaient outrageusement amoureux ; il y eut des larmes et des sourires en abondance. Rhys, le dernier célibataire Davies, semblait particulièrement soulagé.

Toutefois, tante Prudence parvint à gâcher sa bonne humeur. Elle l'intercepta alors qu'il se tenait devant le buffet.

— Je ne vois pas pourquoi vous avez l'air si joyeux, jeune homme.

Un toast en suspens devant sa bouche, Rhys fronça les sourcils.

— C'est un mariage. Ne sommes-nous pas censés nous réjouir ?

Tante Pru esquissa un petit sourire suffisant.

— Vous croyez sans doute avoir échappé à la terrible malédiction des mâles Davies qui tombent amoureux d'une Montgomery.

— En effet. Mes frères ont eu la bonté d'épouser toutes les Montgomery disponibles. Cela ne risque donc pas de m'arriver.

Assise près de sa sœur, tante Constance émit un petit rire de sorcière.

— Oh, le pauvre garçon ! Il a oublié.

— Oublié quoi ? demanda Rhys, soudain sur ses gardes.

Il connaissait mal ces deux vieilles filles un peu fêlées. Néanmoins, sa brève expérience lui avait appris qu'elles adoraient se mêler des affaires des autres.

— Mais les autres Montgomery, bien sûr !

Rhys déglutit péniblement, une désagréable sensation qui ressemblait fort à une prémonition hérissant les poils de sa nuque.

— Il y en a d'autres ?

Constance hocha la tête et commença une nouvelle rangée de son tricot.

— Bien sûr qu'il y en a d'autres. Nous en parlons rarement, voilà tout.

Elle lança un regard rieur à sa sœur en ajoutant :

— Du moins, pas dans la bonne société.

Rhys ne croyait pas au destin ni à toutes ces fadaises. Il n'empêche, quelque chose dans cette conversation le mettait très mal à l'aise.

— Pourquoi ne parlez-vous pas d'elles ? demanda-t-il malgré lui.

— Parce que ce sont les brebis galeuses de la famille, répondit Pru. Je vous assure que notre Caroline pourrait en remontrer à votre Carys. Quant à ses sœurs…

Constance soupira d'un air affligé.

— Mieux vaut ne pas parler de ces deux garçons manqués. Des jumelles.

Elle adressa à Rhys un regard qui exprimait à la fois sa désapprobation et une admiration malgré elle.

Rhys but une gorgée de champagne pour faire passer son toast.

— Comment se fait-il que je n'aie jamais entendu parler d'elles ?

— Elles appartiennent à la branche du Wessex et ont quitté l'Angleterre depuis des années. Leur père, Rollo, est un célèbre lépidoptériste.

— Il étudie les papillons, expliqua Constance.

Agacée par son interruption, Prudence lui lança un regard de reproche avant de reprendre :

— Elles le suivent autour du monde depuis qu'elles sont en âge de tenir un filet à papillons. L'année dernière, elles étaient au Brésil. Avant cela, en Afrique. Néanmoins, il semblerait qu'elles se soient décidées à rentrer au pays. Notre cousine Letty a reçu une lettre récemment.

Rhys glissa un doigt sous sa cravate pour la desserrer. Il faisait décidément très chaud dans la pièce.

— Je ferai probablement leur connaissance si jamais elles décident de réintégrer la bonne société, dit-il.

Le sourire béat de Pru fut pour le moins déconcertant.

— Oh, je n'en doute pas, mon cher.

*

* *

Le lendemain de leurs noces, Harriet et Morgan reçurent la visite inattendue de lord Melville. Il leur offrit une coupe en verre gravé de la part d'Anne et de lui-même en guise de cadeau de mariage. Toutefois, ce n'était pas là le seul but de sa venue.

— J'ai une proposition à vous faire, Davies, annonça-t-il. À vous aussi, Harriet.

Intrigués, ils lui firent signe de continuer.

— Puisque vous êtes désormais un homme libre, un négociant propriétaire d'un beau navire, l'Amirauté aimerait engager vos services pour une mission plutôt délicate.

Morgan inclina la tête sur le côté.

— Quelle est la destination ?

— Nous aimerions que vous vous rendiez en Martinique, répondit Melville avec une lueur malicieuse dans le regard. Il y a là-bas de nombreuses opportunités pour un commerçant. Cacao, café, sucre...

Glissant une main sous sa veste, il sortit une feuille de papier pliée. Le cœur d'Harriet fit un bond lorsqu'elle reconnut la carte étalée sur la table. C'était celle que De Caen avait laissée dans sa boutique.

— Et, pendant que vous y êtes, vous pourriez récupérer une autre précieuse cargaison.

— Vous voulez que nous tentions de retrouver l'or ? demanda Harriet en ne parvenant pas à cacher son excitation.

— Qui seraient plus aptes à diriger l'expédition qu'un capitaine qui connaît bien ces eaux et une spécialiste des cartes maritimes ?

Harriet contempla le cercle que De Caen avait tracé au crayon autour d'un petit point perdu dans l'océan, de l'autre côté du monde.

En redressant la tête, elle constata que Morgan l'observait, un petit sourire entendu au coin des lèvres. Il l'interrogea du regard, même s'il ne doutait pas une seconde de sa réponse.

— C'est une belle aventure, dit-il. Qu'en dites-vous, madame Davies ? Vous vous sentez d'attaque ?

— Bien sûr que oui !

— Et ton père ? Un voyage tel que celui-ci prendra des mois.

— Il parle de rendre visite à oncle William à Newstead Park cet été. Je suis sûre qu'il y sera très bien jusqu'à notre retour.

— Dans ce cas, nous acceptons, lord Melville. Nous pourrons partir dès que j'aurai recruté un nouvel équipage pour le *Briséis*.

Melville applaudit.

— Formidable ! Le temps presse. Naturellement, vous serez rémunéré à votre tarif habituel. En outre, le prince régent offrira un dixième de la valeur de l'or récupéré à qui le trouvera.

— Dans ce cas, nous ferions bien de commencer à préparer nos malles, répondit Morgan avec un sourire.

Lorsque Melville fut parti, Harriet ne put contenir sa joie. Elle poussa un cri de victoire et se mit à tournoyer sur elle-même au milieu du tapis du salon. Morgan l'attrapa dans ses bras tandis qu'elle chancelait, étourdie.

— Es-tu vraiment prête à être piégée avec moi à bord d'un navire pendant des semaines ?

Elle se hissa sur la pointe des pieds pour l'embrasser.

— Oh, je crois que je tiendrai le coup. Nous rendrons notre cabine très confortable. Penses-tu que nous trouverons le trésor ?

— Je n'en sais rien et je m'en fiche. Tu vivras une aventure et j'ai mon propre trésor ici, dans mes bras. Tu es tout ce que je désire. Je t'aime.

— Je t'aime aussi. Je te parie que nous le trouverons.

Il esquissa un sourire.

— Tu paries, hein ? Moi, je parie que je peux te rendre très heureuse.

— C'est un sacré défi. Tu veux dire là, maintenant, ou en général ?

— Les deux.

Pouffant de rire, elle glissa les bras autour de son cou.

— Essaie donc, Morgan Davies. Je te mets au défi de réussir.

Elle poussa un cri lorsque Morgan la souleva dans ses bras et la porta vers l'escalier. Naturellement, elle savait pertinemment qu'on ne défiait pas impunément un Davies, mais c'était là un pari qu'elle serait plus qu'heureuse de perdre.

AVENTURES & PASSIONS

7 juin

Katharine Ashe

Falcon Club — 2 — Deux cœurs dans la tourmente

Inédit

Après avoir été kidnappée par son père à l'âge de neuf ans, Viola Carlyle est devenue une corsaire aussi célèbre que redoutée au large des côtes nord-américaines. Depuis longtemps traquée par le capitaine Jinan Seton, ce dernier parvient enfin à la rencontrer et à la convaincre de retourner dans sa famille en Angleterre afin de devenir une femme digne de son rang. Mais la traversée est longue avant d'apercevoir les côtes anglaises et, bientôt, une ardente passion consume Viola et Jinan, rendant le retour dans la famille de l'indocile jeune fille de plus en plus douloureux. Viola trouvera-t-elle le moyen de concilier son amour de la liberté et celui pour son beau capitaine ?

✦

Lorraine Heath

Pour un duché — 3 — Les secrets de lady Lancaster

Inédit

Depuis que le duc de Wolfford a été pendu pour avoir tenté d'assassiner la reine Victoria, son fils, Marcus Stanwick, a tout perdu. Déterminé à redorer le blason de sa famille, il s'est fixé pour objectif de dénoncer les autres membres du complot et de les faire traduire en justice. Pour y parvenir, il fait appel à la plus rusée et la plus dangereuse des courtisanes : Esme Lancaster, qui accepte de l'aider. Tandis que leur quête de la vérité les expose à bien des dangers, Marcus découvre en Esme une femme moins froide et calculatrice qu'il ne l'avait imaginé. Bientôt une irrépressible passion les consume. Or, de lourdes menaces pèsent sur leur amour et pourraient ruiner leur unique chance de rédemption.

Laura Lee Guhrke

Abandonnées au pied de l'autel — 2 — Le scandale de l'année

Aidan Carr, le distingué et très conservateur duc de Trathen, manque de s'étrangler lorsque, un soir de bal, il se retrouve face à Julia Yardley. Six mois plus tôt, après l'avoir enivré, elle l'a séduit en s'arrangeant pour que son mari les surprenne en pleins ébats. S'en sont alors suivis un retentissant scandale et un divorce... Si Julia s'est libérée d'un époux violent, Aidan n'a pas oublié son humiliation publique et entend bien la faire payer au prix fort à cette créature dont le souvenir brûlant hante encore ses nuits.

✦

Eva Leigh

Dernière chance — 2 — Le fol espoir de Mlle Seaton

Inédit

Finn Ransome est un expert ès Dame Fortune et, à ce titre, refuse de parier sur l'amour. Cela étant, l'ultimatum matrimonial de son père arrive à échéance et la seule femme à retenir son intérêt est un bas-bleu qui ne saurait envisager d'épouser un débauché comme lui. Toutefois, Tabitha Seaton a besoin d'un mari. Après une entrée dans le monde désastreuse, elle a trouvé refuge dans les livres et rêve d'entrer à la Sterling Society, qui regroupe les plus brillants esprits de Londres. Hélas, son accès est interdit aux femmes célibataires. Le mariage est donc la solution logique. Cette union, opportuniste avant tout, laisse alors place à une passion inattendue et Finn devra bientôt jouer le tout pour le tout pour conserver ce fragile bonheur.

Jo Beverley

Les Malloren — 2 — Lady Portia

Inédit

Lord Arcenbryght Malloren ne veut plus entendre parler d'amour. S'il se marie, ce sera pour augmenter ses revenus et investir dans son projet de prédilection : la construction de canaux. C'est alors qu'il aperçoit Portia, dont la virginité est vendue aux enchères dans une maison close. Brygth ne peut se résoudre à abandonner la jeune femme à son sort. Et le voilà qui se retrouve avec sur les bras une affaire de dette ruineuse et une demoiselle qui ne croit plus en rien ni en personne. À mesure qu'il la côtoie, le jeune homme en tombe éperdument amoureux. Mais saura-t-il la convaincre de lui faire confiance ?

✦

Suzanne Enoch

L'éclat de sa beauté

Inédit

Jack Faraday, marquis de Dansbury, est riche, titré, beau, et il s'enorgueillit d'une longue série de conquêtes. Il trouve enfin une adversaire à sa mesure en la personne de mademoiselle Lilith Benton, surnommée la Reine de Glace. Cette dernière doit restaurer l'honneur de sa famille et, pour cela, un mariage respectable est indispensable. Alors quand ce débauché notoire s'avise de lui faire la cour, elle choisit de l'ignorer. Mais leur implication accidentelle dans la mort d'un duc va forcer les deux jeunes gens à travailler ensemble pour prouver leur innocence, et Lilith a du mal à empêcher Jack de lui voler des baisers chaque fois que l'occasion se présente. Le froid dédain laisse peu à peu la place au désir brûlant…

Monica McCarty

Les chevaliers des Highlands — 7 — Le chasseur

Prétendant au trône d'Écosse, Robert de Bruce est soutenu par l'Église, puissante alliée qui possède un vaste réseau de messagers capables de recueillir de précieux renseignements. Mais, parfois, les choses tournent mal. Ewen Lamont, membre de la garde d'élite des Highlands, est envoyé au secours d'une nonne tombée aux mains de l'ennemi anglais. Mission bientôt accomplie, pourtant les ennuis d'Ewen ne font que commencer. Sœur Genna est certes une créature divine, mais sa blondeur angélique et sa beauté déchaînent en lui des émotions qui n'ont rien à voir avec la dévotion d'un bon chrétien.

13795

Composition
FACOMPO

Achevé d'imprimer en Italie
par GRAFICA VENETA
le 3 avril 2023

Dépôt légal : mai 2023
EAN 9782290379479
9782290379479-545369

ÉDITIONS J'AI LU
82, rue Saint-Lazare, 75009 Paris

Diffusion France et étranger : Flammarion